假面之夜

マスカレード・ナイト

〔日〕东野圭吾 著
李倩 黄少安 译

南海出版公司

新经典文化股份有限公司
www.readinglife.com
出 品

假面之夜

1

昨天还在大堂里的巨大圣诞树消失了。取而代之的将是门松、垂幕和巨大的风筝等装饰。新年伊始,工程部的员工都要在黎明前紧锣密鼓地连夜布置。

眼看年关将至,氛围愈发紧张。跨年,对都市饭店来说是一项很重要的活动。

山岸尚美抬起头,看见中空二层的扶手上绑满了白色气球。这些气球是为了在昨晚的圣诞节活动上营造雪的效果,还没来得及收拾。过会儿要吩咐别人收拾一下,山岸尚美心想。

就在这时,制服口袋里的手机响了,是工作专用手机。私人手机在更换制服时和便装一起留在更衣室的储物柜里了。

尚美看了一眼来电显示,是年轻的大堂员工吉冈和孝打来的。尚美朝前台方向看去,却不见吉冈的身影。看来是出了什么问题,尚美的直觉告诉她,不然前台员工是不会给礼宾台打电话的。

"喂,我是山岸。"山岸尚美压低声音接起电话。

"我是吉冈。你现在方便通话吗?"电话那头传来吉冈不知所措的声音,呼吸稍显急促。

"发生什么事了吗?"

"对。有一点儿问题。"

"什么问题？"

"刚刚一位女客人入住了饭店，但她不满意房间，说是房间不符合她预订的条件。"

尚美听罢，忍住了将要皱起的眉头。"给她换个房间不就行了。这个时间应该还有空房啊。不要因为这种小事就给我打电话。"

"可是，事情不是这么简单。总之，能麻烦你先过来一趟吗？"

尚美以周围顾客难以察觉的音量默默叹了口气："好吧，我马上赶过去。客人的房间号是多少？"

"1536号房。"

尚美挂掉电话，麻利地操作起手边的电脑，查看饭店数据系统里那位女客人的信息。客人名叫秋山久美子，家住静冈县。这都无关紧要，尚美紧盯着的是客人预订时提出的要求：能够眺望东京塔，而且房间的墙上没有装饰肖像画或人物照片。

这个要求……尚美纳闷了。虽然这个要求很奇怪，但也没什么关系。问题是这家饭店房间里装饰的都是风景画或抽象画，装饰着肖像画的房间从何而来呢？但既然客人坚持说房间不符合条件，那应该是在视野范围内的某处存在类似肖像画的物品吧。就算是这样，赶紧解决一下不就行了，为什么还来麻烦我？派你去是干吗用的？我这里也很忙的好不好……尚美怀着满心的不满和疑问，朝电梯走去。

电梯在十五层停下。尚美走出电梯，快步来到1536号房间前，按下了门铃。门立刻打开了，是吉冈。他往日柔和的脸上添了一丝紧张，瞳孔略微缩小。

尚美踏进房间："打扰您了。"

这是间标准双人房，二十五平方米左右，配有沙发，最大的卖点是可以透过窗户一览东京塔。饭店官网上正是以"塔景房"的名称来吸引顾客的。

客人秋山久美子坐在双人床的一角,大约五十岁,身着灰色毛衣、黑色裤子,戴淡紫色镜片太阳镜。她紧紧盯着墙,并没有要理会尚美的样子。

尚美快速环视室内,并没有发现肖像画或人物照片。她凑到吉冈旁边,小声问道:"问题到底在哪里?"

"问题是……"吉冈正要回答,秋山久美子突然大声说道:"不要在那里偷偷摸摸的,大声一点儿让我也能听见!"她即使发火,也仍然面朝墙壁,并没有看向尚美他们。

"不好意思,失礼了。"尚美慢慢走近,在女客人面前鞠躬道歉,"我是饭店的服务人员山岸。听说您投诉这个房间没有满足您预订时的条件,请问具体是哪里没有满足条件呢?"

秋山久美子仍面朝墙壁,昂起下巴道:"我预订的时候,明明要求你们准备一间不能看到肖像画、人物照片的房间。但这个房间明明就不是那样嘛。"

尚美困惑了,又重新环视了一下室内:"请问您指的肖像画在什么地方呢?"

秋山久美子冷淡地答道:"你问他。"

尚美回头朝吉冈望去。吉冈走到窗户旁,冲尚美招招手示意她过去。尚美向秋山久美子鞠了一躬后,也朝窗户走去。

吉冈手指远方:"是那个。"

"嗯?哪里?"

"那里。茶色大楼的前方,有一栋银色建筑。"

顺着吉冈手指的方向望去,尚美不禁倒抽了一口凉气。那栋建筑的墙面上,赫然挂着一张印有欧美男性脸庞的巨大海报。海报上的男性目光犀利，面朝正前方。

"是那个……不行？"尚美压低声音问道。

"好像是这样。"吉冈小声答道，嘴唇几乎没动。

"我，"秋山久美子用高亢的声音说道，"只要看到人物照片或肖像画，就会觉得不舒服。所以预订时才特意要求你们准备一间完全看不到类似东西的房间。可是，你们瞧瞧，这算怎么回事？"

"实在抱歉。"尚美双手叠在身前，弯腰四十五度鞠躬道歉，"是我们考虑不周。"

"那要怎么办？难不成要我一直拉着窗帘吗？好不容易预订了一间能一览东京塔的房间，这是要我别欣赏夜景吗？"

"不是的，我们绝对没有那个意思。"尚美抬头，"您的要求，我们完全理解了。谨慎起见想向您确认一下，如果让您换到一间看不到那张海报的房间可以吗？"

"没有关系。但是如果看不到东京塔，那就没什么意义了。"

"明白了。我会尽快想办法解决，请您稍等片刻可以吗？"

"真是没办法。那就请你们快点儿。现在这样，我连窗户都不敢靠近了。"

"好的。我们现在马上解决。那先告辞了。"

尚美催促吉冈一起离开了房间。还在走廊上，尚美脑中就开始想起了对策。

"这可难办了。我还是头一次碰上这种投诉呢。"吉冈痛苦地说道。

"就当作学习吧。凡事都有头一回。"

"话虽如此，但该怎么办才好？能看见东京塔但看不见那张海报的房间，大概是没有的。"

"只是大概，不是吗？好好找说不定能找到呢。不要这么轻易下结论。"

"万一找不到怎么办？"

"那就只能在那张海报上想办法了。"

"你是指联系对面的大楼负责人，让他们把海报撤掉吗？绝对不可能的，他们肯定不会同意的。"

尚美停下脚步，瞪着吉冈："你刚刚说什么？绝对不可能？我问你，你在新员工培训的时候都学了些什么？"

吉冈微微举起双手作投降状，答道："对饭店员工来说，没有'不可能'！这我当然知道，但现实中凡事都有个可能和不可能吧。"

"在尝试之前不轻易放弃。不对，应该是在尝试之后，即使失败了也不能放弃。你去确认一下所有能看到东京塔的房间，说不定能奇迹般找到看不到那张海报的房间呢，比如被其他建筑遮住了，或被广告牌遮住了。"

"我知道了。"

回到一层的礼宾台后，尚美决定先锁定那栋挂着海报的大楼。她先参考网上的地图找到了那栋大楼的大概位置，打电话逐一询问附近的大楼后，得知原来是某栋时尚大厦。虽然大楼的名字弄清楚了，但接下来处处碰壁。张贴海报的是那栋时尚大厦的广告部，但委托张贴的是大厦内的租户。尚美打电话给大厦广告部的负责人，解释了现在的状况后，请求他们把海报撤掉一天。

"这么荒谬的请求，恕难从命。"对方冷冷拒绝。

挂断电话，尚美陷入沉思。

这时，吉冈过来了，一副愁眉苦脸的样子。"不行。根本找不到能看到东京塔但看不到海报的房间。"

"你真的仔细找过了？"

"全部亲眼确认过了。有一间挺可惜的，就差那么一丁点儿。如果房间前方的大楼再高个十米，就能挡住那张海报了。要是能在前方大楼的楼顶建个大隔断墙就好了。"

"那种东西现在怎么可能建得成。别人允不允许不说，费用要从哪里出呢……"尚美一边小声嘟囔，一边双臂交叉，抬头往上看去。就在这时，有什么东西映入眼帘，她不禁"啊"了一声。

"怎么了？"吉冈问道。

尚美指了指二层的中空部分，说道："用那个。"

秋山久美子显然还是一副很不高兴的样子，那表情似乎是在责难：怎么让我等这么久？不过在听到尚美说新房间已经准备好了之后，她的嘴角终于微微上扬。

"那个房间真的没问题吗？看不到那张奇怪的海报吧？"

"没问题。包您满意。"

秋山久美子从床上起身："房间在哪里？"

"现在就带您过去，这边请。"尚美等吉冈提起秋山久美子的行李后，朝门口走去。

新房间在上一层。尚美用房卡打开门，对秋山久美子道了声"请"。秋山久美子半信半疑地踏进房门，尚美和吉冈随后跟了进去。

房间是豪华双人间，比原来的1536号房宽敞许多。秋山久美子站在床边，一脸困惑。

尚美走到窗边，拉开窗帘："秋山女士，您这边请。"

秋山久美子犹豫着来到窗前，小心翼翼地朝海报的方向望去。就在下一秒，她不禁惊讶地张开了嘴巴。"那是……"

"您觉得如何？"尚美一边问，一边把视线转向了海报的方向。

海报消失了。取而代之的是轻轻飘在前方的一片白色不明物体。

是气球。饭店将昨天圣诞节活动剩下的白色气球充满氦气后，装饰在了海报前方的大楼楼顶，总共有三百多个。当然，已事先获得了大楼管理部门的许可。

"竟然专门在那种地方装饰上了气球……"秋山久美子小声感叹道。

"您觉得如何？现在这个季节，可以把那些气球当作楼顶的积雪。"尚美问道。

秋山久美子转向尚美，满脸感动。这位女客人还是头一次正视尚美。"太完美了。提出这么任性的要求，真是对不起。"

"哪里哪里。怎么能让您道歉呢。"尚美赶忙摆手道，"是我们没能领会您提出的要求的真意，给您造成了不便。实在是对不起。但愿今晚您能在这个房间尽情享受东京的夜景。"

"我会的。谢谢。"

"那我们就告辞了。请好好休息。"

和吉冈一同走出房门后，尚美深深地吐出一口气。

"太精彩了。"吉冈道，"能让秋山女士如此满意，真是太棒了。"

"所以我才说嘛，凡事都不能轻言放弃。身为饭店员工，打死也不能说'不可能'这个词。"

"深有体会。我会铭记于心的。"吉冈的语气认真极了，不像是在说应付前辈的客套话。

尚美回到礼宾台，发现桌子上贴了一张便条："有空到我房间来一趟。藤木"。看来是总经理亲自来了。

到底是什么事呢？尚美不禁胡思乱想起来。能想到的事有很多，但不祥的预感更多一些。

来到总经理办公室门前，尚美深吸了一口气，敲门。"请进。"室内传来藤木的声音。

尚美打开房门，鞠躬："打扰了。"然后踏进房门，随手把门关上，朝总经理的办公桌方向望去。藤木坐在椅子上，表情一如既往地温和。旁边站着的是客房部部长田仓。这样的画面已是见怪不怪，但与往常不同的是，今天房间内还有另一个人。一旁的接待沙发上，坐着一个穿西装的男人，五十五岁左右，大脸，宽下巴，看似温和，但目光犀利。

这个男人尚美是认识的。因为太熟悉，她眼前不禁一片眩晕。

"虽然没那个必要，但我还是要正式介绍一下，这位是警视厅搜查一科的稻垣警部。"藤木微微笑道。

稻垣像是想要舔下嘴唇，慢吞吞地从沙发上站起来，点头打招呼："你好。"

尚美脑中一片混乱，连寒暄的话都说不出口。此刻，在她心中翻滚的，正是她严禁吉冈说出口的"不可能"。

2

空气中飘荡着优美的旋律——One Hand, One Heart。这是电影《西区故事》的插曲，也是华尔兹的经典舞曲。

"来，从左转步开始。1，2，3。1，2，3。1，2，3。"

随着舞蹈教练的声音，新田浩介拼命地踩着舞步。眼看就要露馅了，他还是忍住不低头看。

"来，胳膊再张开一点儿，保持姿势。对，对，就是这样。"

和新田掌心相握的，是舞蹈教练。她是经营这家舞蹈教室的夫妇的独生女。虽然没有问过她的年龄，但目测不到三十岁。她眼大嘴大，容貌夺目，是个上等的美女。身上的鲜红衬衫很适合她。

"对，很好，看来你已经慢慢适应了。"

"好像身体的记忆终于苏醒过来了。"新田看着她的眼睛说道，"都是你的功劳。"

"哪里哪里……"对方笑着答道，"是因为新田先生有天赋，仅仅数次单人教程就能达到这种程度。记得您说过初中以后就没跳过舞了，对吧？"

"父亲工作的原因，我在洛杉矶待过一段时间，那时候被父母逼着学跳舞，说什么在欧美国家不会跳舞就算不上是合格的大人。"

"我觉得您父母的建议很好。"

"我看了这家舞蹈教室的海报之后,心里跃跃欲试,想重新练习跳舞,看来是来对了。"

"能听您这么说,我十分开心。"

"下次一起吃饭,怎么样?想向您表示一下感谢。"

"说什么感谢,不用。要是只吃饭,随时都可以。"

"太好了。那改日请您一定赏脸啊。"

"好。"她眨眨眼睛,点头答道。

正当新田坐在舞蹈教室角落的椅子上用毛巾擦汗时,手机响了。新田从运动包里取出手机,看了一眼来电显示,不禁撇了撇嘴。有那么一瞬间,新田想无视这个电话,但又怕以后的麻烦,只好接起来。

"喂,我是新田。"

"我是本宫。你在哪里逍遥呢?啊?"电话那头一如既往地没个好口气。

"我没在逍遥,正在进行社会学习呢。"

电话那头传来啧啧咂舌的声音。"又是升职考试的学习吗?你是多想出人头地啊!"

"是和升职考试完全没有任何关系的学习。话说我正在享受来之不易的假期呢,你打电话来有何贵干?"

"不是让你休假,是伺机行事。所以根据具体情况,有时也会召唤你过来。"

"请等一下。我们组上周才越过了一个坎哪。表在厅的同事在干吗,难不成全员出动了?"

表在厅是警视厅的下属部门,职责是在案件发生时快速行动。排在表在厅之后行事的是里在厅,可新田所在的小组连里在厅都排不上,即使连续发生了案件,也不至于叫新田他们去。

"真啰唆。表啊里啊什么的都不重要。总之是我们组被叫去了。一小时内到樱田门,明白了?"

本宫又说了一个警视厅会议室的名字后,不等新田回答就挂断了电话。

新田把手机放回运动包。这时,舞蹈教练笑眯眯地走了过来:"新田先生,休息好了吗?"

新田皱起眉头,耸耸肩:"休息好了,但是今天的课程只能上到这儿了。突然有工作要处理。"

"哦,这样子啊。本来还想教您新舞步呢。"她遗憾地说道。

"下次有机会请一定教我。但这个下次可能要等一段时间了。"

"这样啊。那……那我们说好的一起吃饭的事呢?"她小心翼翼地抬眼问道。

"那个也要过些时日了。"话刚出口,新田马上摇头,"不对不对,近日内肯定想办法实现。我会再联系您的。"

"太好了。"听了新田的话,教练瞬间喜笑颜开。

新田把毛巾挂到脖子上,提起运动包,冲教练眨了眨眼后,便朝出口走去。

大概四十分钟后,换上西装的新田出现在了警视厅的走廊里。走进本宫说的会议室后,能看到室内摆着几张窄长的桌子,三十几个男人面朝前方的高台就座。聚集在正中间的通道左侧的,正是和新田同一小组的同事,本宫也在其中。他旁边的位置刚好空着,新田便走过去坐下。

"你也太慢了吧。"本宫压低声音说道。他长着一张瘦骨嶙峋的脸,梳着大背头,细细的眉毛上方还残留着伤痕。有传言说在通勤电车上,本宫旁边的位子即便空着,也几乎没人敢靠近,想必并不夸张。

"你不是说一个小时以内吗?"新田把手表凑到前辈面前,"还剩十五分钟呢。"

本宫紧紧盯着手表，问："什么牌子的？"

"啊？"

"问你是什么牌子的手表？是精工啊西铁城啊还是卡西欧？"

"这可是欧米茄。"新田看着黑色表盘，"走时应该很准。"

"多少钱？"

"啊？"

"问你手表多少钱。快点儿回答！"

"应该不到二十万日元。"

本宫咂了咂舌，别过脸去："单身就是好啊，能这么奢侈。像我这种已婚人士，难得的假期也要被家人缠得团团转，身心疲惫着呢。"

看来本宫是在故意找碴儿。假日里被紧急召唤过来，想必他心里也不痛快。不过，能从这个人嘴里听到"家人"这个词，还是有点儿意外。说不定他在家是个好父亲呢。

新田朝通道右侧看去，坐在那边的人是其他小组的，其中有几张熟悉的面孔。

"对面也是一科的吧？"新田凑到本宫耳边小声问道。

本宫轻轻点头："是矢口那个组的。我们被叫来大概是要支援他们解决手头的案件，你就做好心理准备吧。"

"我们吗？为什么？"新田不禁提高声调问道，引得几个人朝这边望过来。

"声音太大了。"本宫面露不悦，"我们被叫过来是有原因的。而且那个原因和你有很大的关系。"

"和我有关？怎么回事？"

"你马上就知道了。"本宫微微一笑，看样子已经知道些什么了。

新田歪着脑袋，重新看向矢口警官的那群手下。虽说同属搜查一科，但和其他小组基本没有什么接触的机会。

新田的目光落到了一个人身上——矮胖的身形，圆圆大大的脸盘，头顶的头发稍显稀疏。

原来是他，新田想起来了。那个人是从品川辖区调到搜查一科的，今年四月份的时候，他发信件通知了新田。那时新田虽回信说"祝贺您高升，我们有空得庆祝一下"，但至今还没兑现。

那人姓能势，他还在品川辖区任职时，新田曾和他一起办过案。他貌似愚钝，其实颇有才干，而且脑子转得也快。

正当新田盯着能势的侧脸时，对方好像察觉到了新田的视线，也朝这边望过来。四目相接后，能势冲新田微微一笑，点头打了个招呼。新田也赶忙点头回应。

过了没多久，会议室前方的门打开了。最先走进来的是新田的上司稻垣，紧跟其后的是高瘦的矢口，腋下夹着文件。

最后进来的是管理官尾崎。他不是国家公务员出身，而是从基层一路摸爬滚打升到警视①的位置。据说当尾崎还是刑警的时候，他没有采用司空见惯的一步一脚印的搜查方式，而是利用独特的视角连续侦破了多起案件。高级西装在他身上显得那么合身，越发衬得他干练考究，想必练就这种气质非一日之功。

尾崎站到中央，环视了一下会议室。气氛瞬间变得紧张起来。"非常抱歉让大家专程跑一趟，尤其是稻垣小组的诸位，事出突然，想必大家都很困惑。今天请大家过来是有原因的，发生了极其特殊的情况。详细内容过会儿由两位组长跟大家解释，简单地说，就是矢口团队负责的案件有了新进展，让我们有机会逮捕凶手。但是，要抓住这次机会，无论如何都需要稻垣团队的协助，还请大家谅解。"

---

① 日本警察的警衔由上向下分为警视总监、警视监、警视长、警视正、警视、警部、警部补、巡查部长、巡查。警视对应的职位为管理官。

把小组称作团队是尾崎的习惯，据说是为了培养大家的团队合作精神。不过特殊情况到底是什么呢？为什么不是其他小组而是自己的小组被选中？新田完全一头雾水。

尾崎冲矢口点头示意后，便坐到了高台的椅子上。稻垣跟着在旁边坐下。

"接下来就由我说明一下我们正在负责的案件。"矢口走到背后的液晶屏幕旁，拿起遥控器，按下开关。

"练马独居女子杀人案"几个字跃上屏幕。

原来是这个案件，新田马上便想到了。这是月初发生的一起杀人案，在位于练马的一间单身公寓里，一名独居的年轻女子被发现死于他杀。

矢口打开文件，目光落到上面。"尸体是这个月七号被发现的，有人通过匿名举报热线提供的线索。"

新田颇感新鲜。匿名举报热线由警视厅委托给一家民间团体打理，主要受理一些由暴力团伙引起的犯罪，比如吸毒、少年犯罪、虐待儿童等。举报人提供有效的线索会得到相应的报酬，但大前提是举报人的身份不能泄露给任何人，包括警察。新田虽然知道这个制度，但一直以来负责的案件从未与此挂钩。

"举报人提供的线索是：请调查一下练马区'NeoRoom 练马'公寓的 604 号房，说不定有女性尸体。举报人不是通过电话而是网络举报的。通常，匿名举报热线是不会受理这类举报的，但看内容不像是简单的恶作剧，所以通知了辖区的警察局。"

矢口按下遥控器按钮，液晶屏上出现了一栋公寓的外观照片。墙面呈灰色，极其普通。

"辖区内距离最近的派出所派了两名警察到那栋公寓调查。他们按了内线电话，但是没有回应。于是找到物业管理处说明情况，并询问了那个房间的住户信息，得知住户是一名叫IZUMI HARUNA的女性。物业管理人员知道住户的手机号码，试着打了一下，只听到铃声，但无人接听。顺便提一下，房子是租的，没有保证人，紧急联系人也是瞎编的。警察和上司商量之后，又与物业管理处交涉，最终拿到了房间的备用钥匙，进入房间。房间是单人房，据那两名警察说，他们打开门的一瞬间就发现事情不对劲。"

矢口继续按下遥控器按钮。新田不禁皱起了眉头。液晶屏的画面上出现了一具身着蓝色连衣裙的尸体。皮肤呈接近淡紫色的灰色，两眼紧闭，乍一看并没有太大程度的腐烂。

接着，画面上出现了房间内部的照片。房间中央摆着沙发和茶几，墙边的衣架上挂满了衣服，似乎是因为衣柜已经容纳不下了。地板上并没有散乱的痕迹，相反收拾得很整齐。

床摆在窗边，女子的尸体躺在上面。

"正如大家所见，房内既没有打斗的痕迹，也不像是被翻找过的样子。辖区刑事科的警察立刻赶去保护现场，同时把尸体运到了东京都监察医院。"

紧接着，画面上出现了死者的驾驶证照片。死者长得美极了，身旁的本宫不禁发出"噢"的一声，新田也睁大了眼睛。

死者名叫和泉春菜，据驾驶证上显示的出生日期，现年二十八岁。驾驶证上的照片是两年前拍的，即便如此，死者看起来还是很年轻。就算说她是明星，大家也会相信。

"尸检结果显示，死者已经死亡三至四天。我们调查了死者的信件，发现十二月三号的信件已被收回房间内，四号以后的仍然留在信箱里。这栋公寓的信件派送时间是下午五点左右，据此我们可以推断，死者的遇害时间是在三号下午五点以后。关键问题是死因。现场的法医没能查清原因。尸体没有明显的外伤，没有痛苦挣扎的痕迹，也不是因为药物作用。最后法医认为可能是由于心脏麻痹导致的死亡，监察医院的诊断也是如此。但是，尸体被发现的经过极其不自然，而且法医说，房间内的角落都有被布之类的东西擦拭过的痕迹。由此，我们怀疑有他杀的可能性，所以就请监察医院做了仔细的解剖调查。"

矢口翻过一页文件。

"调查结果显示，死者胸部表面至心脏的组织以及后背至心脏的组织都呈现出很不自然的被加热痕迹。除此之外，经血液检查，发现死者服用了安眠药。根据以上这些证据，法医、鉴定科和科搜研的专家经过讨论，得出了以下假设。"

看到大屏幕上的画面时，新田不禁倒吸了一口凉气。屏幕中央显示的是一张女子的素描像，前胸和后背各有一条电线延伸到电源插座。

"有人让被害人喝下安眠药之后，将两根电线分别贴到她的前胸和后背，接通电流，致使她触电死亡。恐怕是瞬间死亡，完全没有抵抗的余地。调查至此，可以断定本案为他杀的可能性极高。鉴于此，辖区内成立了特别调查本部。负责这个案件的，就是我们小组。"

矢口稍稍挺起胸膛。在新田听来，这好像是在宣告，请其他小组帮忙是不得已的，这个案件始终是他们小组的案件。

紧接着，画面上出现了几家店铺的照片。

"被害人的职业是宠物美容师，和东京都内的几家宠物店、宠物沙龙、宠物医院都签了合同，大概每周各去一趟。除此之外，被害人好像也经常去私人住宅工作。记有行程表的笔记本已经找到了。据笔记本记录显示，被害人三号在池袋一家宠物店工作。离店时间大概是下午四点多，据店长证实，被害人离开时并无异常。第二天，也就是四号，本来是要去其他宠物店的，但三号晚上店里收到她的短信说有事去不了了。我们查看了被害人的手机记录，确实留有那条短信。被害人五号下午本来安排了去私人住宅工作。我们取得了那家人的联系方式后，打电话询问了一下，得知她并没有去，而且事前也没有联系。因为电话一直打不通，那家人还觉得有些奇怪。由以上的证言和解剖结果可以推断，案发时间为三号傍晚至四号。三号晚上发出的那条短信很有可能是凶手所为，但不能确定那时被害人是否已经遇害。"

矢口呼出一口气稍作停顿，看向新田他们。

"关于死因，我已经解释了。还有很重要的一点需要说明，是在解剖时发现的。被害人已经怀孕了，大概四周左右。我们在她的房间内找到了呈阳性的验孕棒，刚好也能证实这一点。"

原来有男人啊，新田心想。不过他并没有太惊讶，毕竟死者长得那么漂亮，没有恋人才奇怪呢。

"我们在死者住的公寓进行了走访调查，有好几个人称曾目击男性进出被害人的房间。遗憾的是没有人记住那个男人的长相，只是从个头身形来看，像是同一个人。于是，我们将查明那个人的身份作为最重要的任务，彻底调查被害人的人际关系，但现阶段仍未发现符合目击者描述的人物。就在这时，我们获得了新的消息。有人给警视厅寄来了一封信，就是这封告密信。"

矢口按下遥控器的按钮。出现在液晶屏幕上的，是一个信封和一张白色信纸。信封上警视厅的地址是打印上去的，白色信纸上的字也是打印的。

新田快速浏览了一下内容，闭上了眼睛，试图稳住稍显紊乱的呼吸。恢复平静后，新田睁开眼睛再次仔细阅读信纸上的内容。

轻微的目眩袭来。一瞬间，新田完全明白了，为什么自己这组会被召集过来，以及刚才本宫意味深长的话。

告密信上的内容如下:

警视厅的各位:
　　现有消息提供。
　　NeoRoom练马杀人案的凶手将会在以下时间、地点出现。请逮捕他。
　　12月31日晚上11点
　　东京柯尔特西亚大饭店跨年晚会会场

告密者敬上

3

　　漫长的会议终于结束了。新田踏出警视厅大门时,天已完全黑了下来。他在樱田门上地铁,没过几站便在有乐町下了车。进入十二月,走到哪里都是人,光是保证不撞到人,就身心俱疲了。

　　新田的目的地是一家位于外堀大道沿街大楼里的平民风格的居酒屋。新田告诉店员见面人的名字后,店员说"您的同伴已经先到了",随后引导新田至吧台。

　　等在那里的是能势。他胳膊肘撑在吧台上,用茶碗喝着水。看见新田来了之后,他立刻露出和蔼可亲的微笑:"呀,你来了。"

　　"不好意思,让你久等了。"新田边把外套递给店员边道歉。

　　"不用在意。我早料到稻垣小组的会议会延长。"

　　"不好意思。"新田再次道歉之后,在能势旁边坐了下来。

　　刚才会议中途休息时,两人发信息约好等会议结束后一起喝一杯。

　　新田点了两杯生啤和几样下酒菜。这家店他来过几次,对招牌菜很熟悉。

　　生啤很快就上来了。两人先干了杯。

　　"虽然晚了点儿,但还是要恭喜你高升啊。"新田举起酒杯说道。

能势一脸不好意思，歪头苦笑："在自己的地盘上踏踏实实地做调查，才对我的胃口，而且还自由，不用被人管。本厅这种地方，根本就不适合我，但是既然上头下了命令，没办法。"

"你这说的什么话。像你这么有能力的人，待在下面的辖区，实在是太屈才了。"

"你饶了我吧。我可不习惯被人恭维。"能势无奈地皱皱眉，喝了口啤酒，擦掉嘴角的白色泡沫后，凑到新田面前："先别说我了。倒是案件那边的进展有点儿让人意想不到呢。而且我做梦也没想到，还能有机会再一睹你那时的风采。"

新田倒抽了下身子，转过脸去，看着能势圆乎乎的脸。"我们小组的会议内容，你从别人那儿听说了？"

能势笑着摆摆手："不用问也能猜到。从一开始稻垣小组被召集过来的时候，搜查一科科长……不对，应该说是尾崎管理官的用意就一目了然。他是想重新上演几年前的那次作战计划嘛。最不可思议的是，竟然和上次一样，又是东京柯尔特西亚大饭店。一向以新奇大胆著称的尾崎管理官怎么可能想不到。既然要重新上演那次的作战计划，怎么少得了稻垣小组。说得更准确些，怎么少得了新田你这个主角呢？"

新田皱皱眉，叹了口气："刚刚组长跟我说了同样的话。"

"那是当然。试想一下，自己的部下被当作救世主，稻垣组长能不自豪吗？"

"下命令的人倒是轻松，吃苦的可是我们这群底下的人哪。"新田缓缓摇了摇头，喝起了啤酒。

几年前，东京都内发生了一起连续杀人事件。警方解读了凶案现场遗留的神秘暗号，破解出下一次作案地点会是东京柯尔特西亚大饭店。那时，尾崎他们想出的办法，就是派数名刑警假扮成饭店员工潜入调查。当时，新田假扮成前台接待员。被选中的理由是他不仅英语流利，而且外表很有气质。

虽然最终顺利逮捕了凶手，但回想起来还是会出一身冷汗。因为除了调查之外，作为饭店员工的工作更让人疲惫不堪。新田从未想过饭店服务业竟然如此不易。

说实话，不想再有第二次了。可是……

"除了你，没有更合适的人选了。这一点你应该比任何人都清楚。"稻垣的话在耳边回响。

当看到那封告密信的时候，新田就做好了心理准备。在小组内部会议上，稻垣一开始就挑明要潜入东京柯尔特西亚大饭店调查，而最先被点名的就是新田。同上次一样，他还是假扮成前台接待员。

新田本来还想推托，岂料当时的形势何止是寡不敌众，简直就是孤立无援。"废话少说。赶紧点头同意。要是连你都发牢骚，那这事就进行不下去了。"被本宫数落了一顿，新田到头来只能硬着头皮接受任务了。

之后会议决定让后辈关根假扮成行李员，也跟上次一样。其他同事有的扮成客人，有的被派去客房清洁部这种不会和客人有直接接触的部门。因为客人不会看到，所以没有必要真的去做客房清洁的工作，况且他们也做不来。那个工作需要极其熟练的技巧，新田上次经历过，所以很清楚。

点的菜上来了。新田拿起一双一次性筷子。"我还是想不明白那封告密信。"新田夹起一块生鱼片，扭头问道，"目的何在？"

"协助警方逮捕凶手的善意告密？"能势啪一声掰开手中的一次性筷子，"……想必事情没这么简单。"

"单从那封信的内容来看，告密者知道凶手是谁。如果是善意的，直接在告密信上写明真凶是谁不就好了。"

"没错。告密者的动机让人很费解。是不是告密者不知道真凶是谁,只知道真凶会出现在饭店呢?但这样的推理很难成立。"

"那封告密信看起来不像是恶作剧。不是有那张照片嘛。"

与告密信装在一起的,还有一张照片,是偷拍的男女二人合照。照片上女性的面孔很清晰,可以确定就是这次的被害人和泉春菜。但和她一起的男人面部被打上了马赛克,完全无法辨识。照片地点是和泉春菜的公寓前,应该是二人从玄关进入公寓前的一刻拍摄的。

想必告密者想传达的讯息就是:我手里有被害人和与她交往的男人在一起时的照片,当然也知道那个男人是谁。

"是啊。毕竟这次的案件,原本就是起源于告密。"

新田点点头表示同意。"匿名举报热线……是吧?"

"不直接给警察打电话,却选择用那种方式,举报人肯定是想掩盖自己的身份吧。打匿名举报热线,不用担心被追踪。况且,这次的举报人也没用电话,而是通过网络,看来相当谨慎。"

"举报者和告密者会是同一个人吗?"

"很可能是。不过话又说回来,举报者是怎么知道那个房间里的女人被杀害了呢?真是想不明白。那房间可是在公寓的六层呢。"

"举报者、告密者和凶手是同一个人,这个假设怎么样?"

能势瞪大他那细长的眼睛:"真是大胆的想法啊!"

"告密是向警方发出的挑战。'我会在饭店的跨年晚会上出现,你们要是有能耐就来抓我啊。'不过发出挑战的理由就不清楚了。"

能势喝干了杯里的啤酒,嗤嗤笑出声来:"你每次都有出人意料的想法。刚刚这个想法,其他人都没想到。我会留心一下的。哎呀,真是太吃惊了!"

对于新田半开玩笑的意见,能势非但没有当作胡言乱语,还认真地接受。真正出人意料的,是他吧。

"这次的案件，能势兄你负责的是哪一块？"

"调查取证。现在在调查被害人的交友关系。但说实话，完全没有头绪啊。一点儿成果都没有，就算骂我游手好闲，只拿工资不干活，我也认了。"

"被害人是一个人住吧。家人呢？"

"在山形县。"能势从西装口袋里拿出笔记本翻看，"被害人老家就在山形。我们跟她老家那边取得了联系，她母亲来认领了尸体。趁此机会，我们问了她母亲很多问题。被害人的家庭情况似乎有点儿复杂。"

"怎么说？"

"被害人的母亲是当地很有名的点心铺店主的独生女，丈夫是上门女婿。两人生下了和泉春菜。女儿还是小学生的时候，丈夫外遇，离家出走了。从那以后，母亲就一个人经营店铺了。两人闹离婚的时候，家里争执不断，和泉春菜受此影响，慢慢变得跟谁都不爱说话了，只是一直嚷着说高中毕业后要离开老家到别处去。实际上，和泉春菜毕业之后到了东京，一边在老家点心铺的连锁店里打工，一边去职业技校学习宠物美容。母亲也因为没能给她一个美满的家庭而心中有愧，女儿想做什么就都随她了。女儿到东京后，母亲还一直给她寄生活费，但是几乎没有联系。尤其是在女儿成为宠物美容师能独立生活之后，金钱方面的关系也断了，两人之间完全陷入了杳无音讯的状态。母亲来认领尸体时，号啕大哭，一直后悔说要是能多联系一下就不会发生这种事了。"

"要是能多联系一下……听这口气，要想从母亲这里找到解决案件的线索是没什么希望了。"

"是很遗憾。"说着，能势合上笔记本，重新放回了西装口袋里。

新田吃了口毛豆："我觉得最重要的，还是弄清楚被害人肚子里的孩子是谁的。"

"你说得没错。可是,无论我们怎么调查,都没有发现她和男性交往的痕迹。手机里没有相关的记录。我们也问了她的同事,可是他们都说从来没听她提过男朋友的事情。宠物美容师的工作之一,就是和顾客聊天,可她聊的不是宠物就是服装,从来都没提过跟男人有关的话题。"

"私人生活和工作严格分开啊。"

"也许是吧。可是,她连跟朋友都没提过男人的话题。我们查了她的手机记录,发现她在社交网站上和职业技校时期的朋友还保持联系,但是聊天留言里也完全没有相关内容。实际上,我们和她的几个朋友直接见了面,谁都没听说过她有男朋友。不仅如此,还有人说和泉春菜可能是对男人没兴趣,这辈子都不会结婚呢。"

"长得那么漂亮,实在是可惜了。可是,既然她都怀孕了,说明到头来还是有男人的嘛。难不成是萍水相逢的一夜情……"

"根据我对和泉春菜的调查,这个可能性不太大。就连交往比较久的朋友,都不曾听她说过和谁交往过。她肚子里孩子的父亲就是进出她房间的那个男人,这肯定没错。"

"她和那个男人都有这么深的关系了,但也没跟朋友透露过,想必是什么见不得人的秘密关系吧。"

"我是这么觉得的。"

"比方说,对方是有家室的?"

"嗯。"能势点头应道。

刚好店员经过,新田叫住他,点了杯威士忌,能势则又点了杯生啤。

"刚刚我虽然说了成果为零,但实际上有一件事引起了我的注意。"能势悄悄说道。

新田不禁笑了："果然是能势兄。我就说怎么可能什么收获都没有。"

"你就别讽刺我了。不然我都不好意思往下说了。也不是什么特别大的发现,你随便听听就行。我在意的那点……哎,是什么来着?"能势再次掏出笔记本,"对了对了,是被害人的 wardrobe。"

"Wardrobe？"

"这个词本来是衣橱的意思,引申为那个人的所有服饰行头。和泉春菜的一个朋友曾去她家做过几次客,碰巧有机会看到了她衣橱里面的衣服。因为衣橱里面的衣服风格和她平常的穿着太不一样,那个朋友吓了一跳。"

"怎么个不一样?"

"据她那个朋友说,和泉平常都是偏中性化的打扮,显得性感的衣服她都不穿。其实那种打扮也比较符合她宠物美容师的职业。可是衣橱里挂着的,净是些少女趣味的衣服。"

"少女趣味?!"回答如此意外,新田不禁提高了嗓门。

"嗯……"能势又看了一眼笔记本,"哥特萝莉风呀,少女风呀,等等,貌似说法有很多。具体是什么样子我也不太清楚,不过她那个朋友说是类似洋娃娃的衣服。"

此时新田脑中浮现的,是那种常在秋叶原看到的年轻女性的服装,或者角色扮演玩家的服装。

"是不是服装的喜好变了?她那个朋友有没有问原因?"

"没能问出口,好像她那个朋友是没经过本人同意,私自偷窥了衣橱。"

这时,店员端上了威士忌和生啤。新田端起冰镇威士忌,没有马上喝,而是转头望向能势。"如果是男人,一般交往的女朋友变了,服装风格也会跟着变。基本上都是因为交往的对象说你更适合这种衣服，从而引导男性穿成自己喜欢的样子。可是，像和泉这种情况，也是一样的理由吗？"

"你是说，她的少女趣味是因为男朋友的引导吗？也不是没有可能，但就我少得可怜的经验来看，不太像。"

"为什么？"

"就一般情况而言，男的吧，要是喜欢上了一个女的，就会接受她的全部，包括服装。如果男人喜欢上的是喜爱偏中性化打扮的女性，那他应该不会让她去穿什么洋娃娃似的衣服。再说了，大多数男人是不会被那种少女趣味的服装吸引的。"

"说得也是……"新田没能反驳，只是心里由衷地感叹这名刑警果然非等闲之辈。他感慨地摇摇头，然后喝起了酒。

"关于服装的调查，到这儿还没结束。后面还有截然不同的事等着呢。"

"怎么说？"

"据物证搜查小组说，和泉春菜从今年秋天开始频繁在网上购买衣服。不止衣服，还有内衣、饰品什么的。手机里还留有网购的记录。"

"最近，看了网上的照片就冲动购物的大有人在。这怎么就变成截然不同的事实了？"

"我指的是服装。我们把和泉网购的衣服图片给几名女性看了，衣服的品味可是广受好评，二十八岁的女性穿没有任何问题。我们反问不会太少女风吗，你猜怎么着，她们说完全没那回事，与其说是少女风，倒不如说显得稳重成熟。"能势喝了口生啤，问道："你怎么想？"

"我唯一能想到的，就是她对服装的喜好又变了。"

"正是。但问题是为什么。我刚刚也说过，男性一般不会要求自己的恋人改变服装风格。女性改变服装风格，是因为她想那么做。"

"难不成是使用了催眠术？"新田小声嘟囔了一句后，伸手去拿毛豆。

"催眠术？"

"就是有人用催眠术让她想改变风格。"说完，新田马上摆手道，"不好意思，玩笑话别当真。"

"又是一个崭新的想法呢。我得赶紧记下来，可别忘了。"能势说着，便真的在笔记本上写了些什么。

"真拿你没辙。"新田苦笑道。"你刚刚说被害人手机里没有男性的痕迹，对吧？那他们平时是怎么保持联系的？"

"这是个很大的疑问。不过能想到的倒是有一点。"

"什么？"

"被害人还有另一部手机。"能势伸出食指说道，"那部手机是那个男人专门买给和泉春菜和他保持联系的。他杀害和泉春菜后，把手机带走了。这么想，是不是比较合情合理？"

"原来如此。我投赞成票。真不愧是能势兄，果然犀利。"新田点头表示同意。

"过奖，过奖。"

"假设真如你推理的那样，那这个男人可是相当谨慎啊。为防止和被害人关系破裂后留下自己的痕迹，事先准备了联系专用的手机。"

能势露出严肃的表情："说得没错。"

"那个男人如此想方设法地掩盖两人的关系，要揭露他的真面目想必没那么简单。"

"强敌啊，所以才需要新田老弟你们的帮助。当然，我们也会继续努力调查。"

"明天一早我们就去东京柯尔特西亚大饭店待命。"新田说道，"一到饭店，就得先去理个发。要是还留着现在的发型，肯定又会被念叨的。"

"哈哈,是被'那个女人'念叨吧?"能势幸灾乐祸地笑了起来,"还真是有点儿怀念。不知'那位'过得还好吗?"

"似乎挺好的。昨天我们组长去饭店打招呼的时候遇到她了,说是现在已经调到礼宾部工作了。"

"礼……什么部……是个什么玩意儿?"

"礼宾部。三年前新成立的,主要是满足饭店客人各种要求的部门,比如餐厅预约,为客人购买想要的商品,等等。说得通俗一点儿,就像便利店一样。"

"听起来可不像是个容易的工作。"

"我猜,正因为那个工作不容易,她才被提拔过去吧。"

能势频频点头:"'那位'肯定做得很优秀。"

"'那位'可是一个只要认为自己是正确的,即使面对警察也丝毫不会退却的厉害角色呢。"

新田盯着威士忌酒杯,脑海里浮现出山岸尚美要强的脸庞。这次的作战计划新田完全没兴趣,倒是满心期待能和她再次见面。

4

年轻的行李员急匆匆地一路小跑到礼宾台前。"怀特先生到了。"看他身上挂着对讲机,应该是门童那边传过来的消息。

"知道了。谢谢。"

尚美按下内线电话号码,拿起听筒。电话马上就接通了。电话那头传来男人的声音:"你好,这里是行政前台。"

"我是山岸。怀特先生到了,请做好入住准备。"

"明白了。"

"拜托了。"

尚美放下电话听筒,不禁疑惑:刚刚电话那头的声音到底是谁的呢?脑海里浮现出了几张前台接待员的面孔,但都对不上号。

算了,现在根本不是考虑这种事情的时候。尚美走到正门玄关,在一旁摆正了姿势站立等候。这时,一位金发、大个头的客人——乔治·怀特正从双层玻璃门走进来。刚才那个行李员帮忙提着行李。

怀特发现了站在一旁的尚美,略显惊讶地睁大了眼睛。"尚美,你专门来迎接我啊,我太高兴了。"怀特笑着说道。

尚美看着对方的眼睛,嘴角浮上微笑,用英语答道:"欢迎您的光临。能再次见到您,我也感到非常高兴。"

"上次是两个月前了吧。那个时候真是给你添麻烦了，你可帮了大忙呢。"

"谢谢您的夸奖。能让您满意才是最重要的。怀特先生，要现在为您办理入住吗？"

"嗯，好的。"

"您这次的房间和上次一样，也是在行政楼层。虽然前台也能办理入住，但您要不要到专用的柜台办理呢？"

"嗯，那就去专用柜台吧。拜托了。"

"那我带您过去。您这边请。"

尚美冲行李员使了个眼色，便朝电梯间走去。

乔治·怀特是一名商人，住在美国旧金山。最近在经营日本文具，所以频繁来日本出差。每次他都会入住东京柯尔特西亚大饭店行政楼层的客房，有时还会在饭店的餐厅内接待客户，所以对饭店来说是棵摇钱树。他也经常使用礼宾台的服务，所以和尚美也很熟。

怀特两个月前入住饭店的时候，曾找尚美帮过忙：他想在美国重新向大家展示和纸的魅力，让尚美帮他想想好的点子。

那时，刚好饭店大堂有婚纱展，尚美就建议用纸做婚纱，她曾在报纸上看到过类似的新闻。

可是，怀特意兴阑珊地摇摇头："和纸的细腻美丽众人皆知，仅仅这样是没什么冲击力的。我这次想要强调的是完全相反的特质——结实、耐磨、耐撕扯。如果用和纸当材料，不是做婚纱，而是做作战服一类的衣服就不一样了。但如果只是像作战服，却不能实际使用，也没什么意义，所以我要展示的是实用的东西。你能不能帮我找一下，有没有地方能做这样的衣服？"

只要客人开口提出要求，就不能拒绝，这是身为礼宾人员的基本原则。不用说，尚美的回答当然是"我明白了，我会试着找一下的"。

但过程没那么容易。如果只是用纸做和服或一般的衣服,还能找到几家。实际上,尚美很快就找到了几家可以做婚纱和西装的厂家。但说起作战服,而且是实用的产品,所有厂家无不面露难色:如果有设计图,还可以试着做出成品,但不能保证产品的强度和耐久性。毕竟成品会被怎么使用,是无法预知的。

厂家说得对。真正的作战服需要具有怎样的性能,尚美一无所知。而且根据用途的不同,作战服也分为很多种。

该怎么办呢?尚美苦恼了。要不再征求一下怀特先生的意见吧。但在那之前,尚美重新回想了一下和怀特先生的对话。作为礼宾人员,不能只是客人吩咐什么就做什么,重要的是理解客人要求的真正意图。

这时,尚美突然灵光一闪。对了,"一类的",怀特先生说的是作战服"一类的"衣服。只要能凸显与和纸细腻美丽截然相反的特质——结实、耐磨、耐撕扯,即使不是作战服应该也可以。按照这个思路,尚美马上又调查了一遍。

用纸做衣服的方法,大致可分为两种。一种是使用纸布。所谓纸布,是以纸为原料做成线,再用线织成布。用纸布做出的和服不仅轻盈而且触感舒适,据说以前会用纸布制作夏季衣物。另一种则是直接以和纸为材料制作衣物。硬要分出个高低上下的话,那么前者属于高级品,后者则是低收入者的常用物品。

尚美查了有关纸衣的资料,突然有句话引起了她的注意:纸衣曾被用作武将在野战时的防寒衣。尚美灵光一闪,赶忙联系了几个厂家。

那天晚上,尚美向怀特先生建议,用和纸制作滑雪衣,而且有厂家答应可以帮忙做。

"如果让专业滑雪者穿上滑雪衣,在真实的雪场上滑雪展示,就能证明纸衣的实用性了。"尚美提议道。

怀特抱着胳膊，紧锁眉头陷入了沉思。突然，他站起身来，抓起尚美的双手："太棒了！"怀特不仅对尚美的创意赞不绝口，还感谢她能充分理解自己的意图。最后还不忘加一句饭店人员最爱听的话："以后，我一定还会入住你们饭店的。"

过了一阵子，怀特先生寄来了一封信。信上说，和纸滑雪衣的展示会获得了巨大成功，并由衷地感谢了尚美。那封信被尚美当作宝贝一样珍藏起来。

这次，怀特先生只入住两晚。虽然时间很短，但保不准他还会提出什么出人意料的要求。想到这儿，尚美既有点儿忧虑，又隐隐充满了期待。

电梯在行政前台所在的楼层停住了，等怀特先生和行李员出了电梯，尚美也紧随其后朝行政前台走去。走近时，有名前台接待员正站在那里等候他们。

看到那个人的长相之后，尚美不禁惊讶地停下了脚步。那是她熟悉的面孔，但一时间却叫不出名字。待看到他胸前的名牌后，尚美才想起来，他，是"新田"。

新田冲尚美露出意味深长的微笑，随后便换上一副明快的表情看向怀特："欢迎您的光临，怀特先生。现在为您办理入住手续，请坐下稍等。"他原本就流利的英语更熟练了。

站在新田背后的是大堂经理久我，他和尚美对视一眼之后，冲她微微点头示意。

尚美立刻明白了是什么情况。看来，之前说的作战计划——警视厅搜查一科那个令人想起来就头疼的作战计划，已经开始了。

尚美站在一旁，看着新田为坐在台前的怀特办理入住手续。

"让您久等了。因为还有宽敞的空房，我们为您升级了房间。"说着，新田展示了一下手中的房卡。

怀特很满意地张开双手，用日语说了声"谢谢"。

新田低头行礼之后，冲行李员使了个眼色。

行李员接过新田手中的房卡，领着怀特朝房间走去。尚美也跟着来到电梯间，目送他们乘上电梯后，便立即返回了行政前台。

新田正面朝前台，不知道在跟谁打电话。

"明白了。那我就按您说的办理手续……使用泳池之前，您吩咐一声就可以了。没有没有，哪里的话……好的，那我先挂了。"听语气，对方像是饭店的客人。

新田挂掉电话，在纸上写了些什么，然后像是察觉到尚美已经回来了似的，转身说道："好久不见。"

尚美深呼一口气，朝新田看去，那副样貌脸还像初见时一样斯文有气质，怎么看都不像刑警。"看你好像没什么变化呢。"

"你才是没什么变化。"

你指哪方面——尚美差点儿脱口而出，但还是忍住了。反正她有预感不会听到什么正经的回答。

"那个鲁莽的调查计划我从稻垣警部那里听说了，但没有想到这么快就开始了。更没想到的是，你竟然被安排在这一层的前台。这个服务台对饭店来说超级重要，你明白吧？"

"当然明白。我听说饭店翻新之后，在这一层新添了这个特别的前台，心想一定要来体验一下。和久我经理彩排了很多次，才得到了许可。"

在一旁的久我听罢苦笑："正如山岸你所说的，来这个前台的都是些熟客。但换个角度想想，这些客人的信息我们都已经掌握了，所以容易应对。相反，一层前台完全无法预料会有什么客人来，那才是真正的难以对付。所以决定先让新田先生来这里练练手，做好准备。"

"原来如此，练练手啊。"尚美将目光重新投向新田。

"不管怎么说，时隔这么久，已经生疏了。要是有什么做得不好的地方，请不用客气，尽管说。"

"这样啊，那恭敬不如从命，现在就有几点要说。"尚美指了指前台上的电话，"刚刚是和客人讲电话吧？"

"对。有个人想要使用健身房和泳池。"

"是'客人'。"

"噢，对，客人。哎呀，日语好难啊。"

"日语当然难。你挂电话前，说了什么？"

"什么？"新田一头雾水似的睁大了眼睛。

"'没有没有，哪里的话'。"尚美摇了摇头，"这种话太随意，太不礼貌，而且你的敬语用错了。"

新田皱皱眉，挠了挠鼻翼，笑道："果然还是那个雷厉风行的饭店女超人啊。"

"你这是在讽刺我吗？"

"没有没有……噢！这个用词也得注意。应该说敬语，对吧？上次你教我的。"

"虽说最近有很多人觉得敬语用得对不对都无所谓，但我就算是为了争口气也不会用错敬语的。"说完，尚美看向久我，"这次新田先生的搭档是久我经理吗？"

"不是，从明天开始新田就要去一层的前台了，会有其他员工做他的搭档。这一层由其他刑警轮流扮演客人监视。除了新田先生外，似乎没有其他人能胜任一层前台的工作。"

想必也是，尚美默默认可。新田可不是一般人。

"那协助新田先生的是谁呢？"

"嗯……"久我稍显犹豫，"氏原。"

"氏原……啊，这样啊。"尚美也不知该做出什么反应，就模棱两可地支吾了一声。

"我听说氏原是'前台办公室·助理·经理'，"新田说道，"据说一直上夜班到今天早上，所以我们还没见过面呢。他是个什么样的人？"

"什么样的人……"尚美迅速整理了一下思绪，谨慎地寻找措辞，"大概三年前从横滨柯尔特西亚大饭店调过来的，用一句话来描述，就是非常认真。工作决不会偷懒，严格遵守规则。"

"噢。"新田点了点头。

"人选是久我经理定的吗？"尚美问久我。

"不是，是总经理的指示。据说是和田仓部长商量后决定的。"

"为什么是氏原呢？"

"不清楚。我没问理由。"

"这件事已经和氏原说了吗？"

"说了。"

"他难道没有很吃惊吗？"

"这个嘛，"久我笑着答道，"当然很吃惊了。上次事件发生的时候，氏原还没调过来。也不知他从谁那里得知我们曾协助警方假扮成前台接待员潜入调查的事，据说他知道了之后觉得荒唐至极，相当无语。谁知这次又遇到同样的事情，而且竟然是自己被派去和刑警搭档，不论是谁都会不知所措的。"

"但是，他还是答应了吧？"

"嗯。他的理由是这样的：协助警方潜入调查这种事我绝对反对，但既然是上级的决定，我也只好认了。可是要让一个门外汉做前台，指导工作我是绝对不放心交给别人负责的。"

听了久我的话，尚美简直不能更认同。不难想象氏原说这话时的表情。

"我倒是无所谓。不管是谁做我的搭档，只要肯协助调查就足够了。"新田语气轻松地说完后,看向尚美,继续道,"那个,过会儿你有时间吗?有些事想和你商量一下,当然是关于饭店的事情。"

尚美看了眼手表,点点头。

"那我们去一层说吧。礼宾台空太久不太好。"

说着两个人便上了电梯。按下按钮之后,新田便开始嗅来嗅去。

"你是换了什么吧?"

"你指什么?"

"洗发水啊香水什么的……对了,你不喷香水的。"

"你到底想说什么?"

"味道。你身上的味道和几年前有了很微妙的变化。"

尚美深深呼出一口气,故作微笑状:"时过境迁,人可是会变的。不对,不止人会变,饭店也会。"

"这倒是。我倒要好好观察观察到底是哪里变了,怎么变的。这下我又多了一个乐趣。"

"乐趣?新田先生您特意打扮成这样,难道不是为了调查吗?"

"当然是啦。发现调查之外的乐趣才是暗中调查的诀窍,不然身心都撑不下去。"

"真不容易啊。"

"彼此彼此。"

下了电梯,二人走到礼宾台旁边的墙角站好。

"做梦也没想到还能有这一天。"新田环视了一眼大堂,感慨道,"能像现在这样穿着制服,又和你站在一起。"

"完全同感。"尚美答道,"不过我没心情说'好怀念啊'这种没心没肺的话。想起几年前的事情,我到现在还时不时吓得发抖呢。"

"毕竟那时你确实吃了些苦头。"

"那种事我不想再经历第二次了。所以这次我听说你们的计划后,眼前直发黑。"

"我想也是。我从组长那儿听说，藤木总经理提议你去休假吧？"

"对。他不想让我再蹚那种浑水了。"

"他那么想很正常。不过，你拒绝了。不仅如此，还主动要求在我们潜入调查期间尽可能让你一人负责礼宾服务。这是为什么呢？"

尚美扭头看向新田，稍稍仰起下巴，反问道："你觉得是为什么？"

新田耸耸肩，摇了摇头："不知道才问你的。"

尚美稍稍挺起胸膛："所谓礼宾人员，不管遇到多么困难的要求，都不能说不，不能逃跑，更别提轻易去休假了。还有顾客指望我们为他们提供服务呢。除了我之外，其他礼宾人员经验尚浅，而且对上次的事件也不知情，更不知道该怎么协助警方的潜入调查。你说我怎么放心把如此重要的礼宾台丢给一群毛头小子。换句话说，只有我能胜任。"

"但是工作时间很长吧。"

"早上八点到晚上十点。没关系的，我对自己的体力有信心。况且，只要坚持几天就可以了。"

新田缓缓摇摇头："不愧是饭店女强人啊。"他脸上的表情与其说是敬佩，不如说是惊讶和无奈。

"我十分理解新田先生你们也很不容易，所以只要是我能帮上忙的地方，请尽管提。"

"听你这么说，我就有底气了。还请您多帮帮忙。话虽如此，现阶段我们能做的，也只有等消息。"

"消息？你是指告密者的消息吗？"

杀人凶手将会出现在饭店的跨年晚会现场——警视厅收到写有这样内容的告密信一事，尚美早已听说了。

新田咬了咬嘴唇，神情严肃："告密信上清楚写明了凶手出现的时间和地点,却对凶手是谁只字不提。告密者的目的何在,现在还完全不清楚,但警方又不能无视这个消息。要是告密者再发来消息揭露凶手的真面目,不管有没有证据,警方都会先将那个所谓的凶手逮捕。如果那个人真的是凶手,那就天下太平。但事情肯定没这么单纯。今后事情怎么发展,完全无法预料,所以我们必须做好准备,应对各种可能。"

"是啊。饭店也要做好准备,应对各种情况。"

新田脸色稍稍柔和了些,他环视了一眼大堂:"我听说饭店为主办跨年晚会下了很大功夫。"

"没错。我们的辛苦没有白费,舞会广受好评,回头客也很多。久我经理有没有跟你说详细情况?"

"从他那里稍微听说了一点儿,入场券我也看过了。已经提前预约参加晚会的客人在办理入住手续时会拿到入场券。"

"对。"

"大概多少人?"

"去年大概四百人。"

"四百?真的假的?"新田皱起眉,挠了挠头,"这下麻烦了。更何况是假面舞会。"

"没那么简单。"尚美摇摇食指,"规则是所有参加者都要把脸遮住。"

"这是真真正正的假面舞会啊,光是想想就头痛。对了,晚会的名字叫什么来着?我记得是个超级长的名字。"

尚美盯着眼前这个假扮成前台接待员的刑警,调整了一下呼吸后说道:"想必也有客人会问,你要好好记清楚。晚会的正式名字是,东京柯尔特西亚大饭店跨年假面舞会之夜,简称'假面之夜'。"

5

行政前台的营业时间截止到晚上十点。就在新田看手表确认时间的时候,从电梯间走来一个男人。虽然他穿着前台接待员的制服,却是新田不曾见过的面孔。稀疏的头发被梳成规矩的三七分,戴金边眼镜,白皮肤,面部轮廓平坦,眉眼细长,大概四十多岁。贵族的打扮应该很适合他,新田默默想道。

看了一眼男人的胸牌,新田不禁吃了一惊,因为胸牌上写的正是"氏原"。对方也瞥了一眼新田的胸牌,面无表情地问道:"久我经理去哪里了?"

新田连眨了几次眼睛,才开口道:"刚刚突然被叫走,去了一层的办公室。那个……请问您是负责指导我的氏原先生吧?"

"是。"对方冷冰冰地答道。

新田赶忙点头行礼:"我是警视厅搜查一科的新田。这次很感谢您愿意和我们合作。"

谁料氏原竟不回礼,低头看了一眼手表后道:"这不是还不到十点吗?把一个外行人扔在前台,成何体统?"

"啊?"新田不禁困惑。

这时,传来了电梯到达的声音。走出电梯的不是久我经理,而是一名身穿西装的男士，手里拿着大衣和皮包："这个时间还可以吗？"

"请问您是要办理入住吗？"新田问道。

"嗯。"

"当然可以。"一秒前还面无表情的氏原，此刻脸上已挂满了笑容，蹿到新田前面抢着答道，"您这边请。"

氏原引导那名男士至桌前坐下后，问了他的名字。

"KUSAKABE。"

新田听到后，正准备操作手边的电脑，不料又被氏原抢先一步。氏原盯着屏幕上的检索结果，细细的眉毛稍稍皱起。

新田从一旁偷偷瞥了一眼屏幕，上面显示客人的名字叫"日下部笃哉"，预订了皇家套房，元旦当天退房。也就是说这位客人会在饭店迎接新年，但他没有申请参加跨年晚会。

氏原小声干咳了一下后，拿起住宿登记表，朝客人走去。

"您是日下部笃哉先生吧？"

"是的。"

"久候您的光临。您预订的是皇家套房，从今天开始共入住四晚，对吗？"

"啊，没错。"

"那么，请您在这张表格上签名。"氏原把住宿登记表和圆珠笔放到桌上。

趁日下部签字的空当，新田在一旁偷偷观察着他。此人四十岁上下，中等身材，单眼皮，高鼻梁，马马虎虎算得上是个美男子。高级精致的西装大概是登喜路的，大衣是纯羊绒的，四方形皮包应该是布里克斯牌的。

"日下部先生，请问您这次用什么方式支付呢，现金还是信用卡？"待日下部签完名后，氏原问道。

"信用卡。"说着，日下部从西装的内口袋里取出钱包，将信用卡递给氏原，"给，你是要留复印件的，对吧？"

"是的，麻烦您了。谢谢。"

在皇家套房连住四晚，费用应该在一百万日元以上。这么高的金额，要是客人赖账溜走，饭店就赔大了，所以一般会要求客人预付押金，或提供信用卡的复印件。估计日下部已经住惯了饭店，很了解其中的门道。不过，根据刚才电脑显示的信息，日下部并不是这里的常客。

氏原回到前台，开始复印日下部的信用卡——黑卡，接着又开始操作电脑办理房卡。完成后，氏原拿着信用卡和房卡走到了日下部身边。"让您久等了。这是您房间的房卡。日下部先生，这次是您第一次来敝店吗？"

"是的。"

"这样啊。非常感谢您的光临。其实敝店有一些优惠活动，想为您介绍一下。比如早餐——"

日下部不耐烦地皱了皱眉头，挥挥手道："不用了，有什么不懂的我会主动问的。而且几乎所有饭店提供的服务都差不多，无非就是使用健身房、泳池免费，美容护理能打折之类的吧。"

"对不起，失礼了。"氏原赶忙低头道歉。如果碰到客人态度蛮横，总之要先道歉，这是作为饭店员工必要遵守的原则。"那我就省去介绍了。这个小册子上有敝店服务的详细内容，您有空时可以看一下。"

"知道了，知道了。入住手续已经可以了吧？我很累，想早点到房间休息。"说着，日下部拿起装有房卡的文件袋，欲起身离开。

"是的，手续已经可以了——喂，你，过来帮客人把行李拿到房间。"氏原说道。

氏原口中的"你"竟然是自己，新田一时没反应过来。

"不用了，我自己提。"日下部提起皮包，朝电梯间走去。

氏原见状赶忙追了上去，新田也紧随其后。氏原赶在日下部前面按下了电梯按钮。

"对了，"日下部突然问道，"一层礼宾台的营业时间从几点开始？"

"礼宾台吗？早上八点开始营业。"氏原答道。

"噢，八点啊。"

"日下部先生，我们会一直待在前台，如果有什么需要，您尽管吩咐。"氏原行礼道。日下部没有回答。

这时电梯到了。电梯门打开，久我站在里面。看到有客人，久我立马移动到了角落。看到新田他们，他意外地眨了眨眼睛，估计是因为氏原也在吧。

等日下部进了电梯，久我才走了出去。

"请您好好休息。"氏原低头行礼。新田见状也赶紧照做，抬起头时，电梯门已经关了。

新田朝一旁的氏原看去时，他脸上的笑容已然消失，重新换上了毫无表情的面孔。

"有什么事吗，氏原兄不是应该明早才过来？"久我问道。论职位，久我在氏原之上，但他还是坚持使用敬语，大概是因为氏原比他年长。

氏原扶了扶金边眼镜，用毫无起伏的语调回答道："原本是这样打算的，但还是放心不下，就想尽早来确认一下情况。之所以穿着制服来，就是想着说不定能帮上什么忙。"接着他透过镜片打量了一下新田，继续说道，"我这次可是来对了。首次入住皇家套房的客人怎么能交给一个假的前台接待员来服务。"

"氏原兄，关于这个，你大可不必担心。新田先生掌握接待流程，一般的手续，他都能应付。我跟新田先生已经一起待了半天，完全没有问题，所以刚刚才留他一个人在这里负责。"

氏原用冷冷的目光看向久我："只是一般的手续没有问题，对吧？但如果碰到超额预订或重复预订的情况呢？又或是无预订的散客前来入住？"

"一层的前台不好说，但这层绝对不会出现你说的情况。"

"这可不一定，凡事都有万一。"

"话虽如此，但……"话刚到嘴边，久我又憋了回去，然后打起精神看向新田，"已经做完自我介绍了吗？"

"嗯，算是吧。"新田含糊其词地答道。

听新田这样说，氏原赶忙从上衣口袋里掏出名片，毕恭毕敬地说："我姓氏原，请多多关照。"

"啊，你好。"

新田正要伸手去接名片，氏原却快速把手抽了回去。"这可是成人间的寒暄，你一句'你好'算是哪出？"氏原皮笑肉不笑地说道。

虽然气不打一处来，但新田还是克制着没将心理活动表现在脸上。"失敬失敬。我姓新田，请多多关照。"

氏原又重新递上了名片。新田接过名片，上面写着"前台办公室·助理·经理 氏原祐作"。

"可以给我看看你的名片吗？"氏原问道。

"名片吗？不好意思，我放在更衣室了。如果是警徽的话，我倒是随身带着。"新田说着，伸手去掏内口袋。

氏原很扫兴地摆手道："那种东西不用给我看。我说的名片，是指作为饭店员工的名片。你该不会没准备吧？"

"啊，是还没准备……"

氏原马上摆出一副厌恶的表情："果然不出所料。"

"算了算了，新田先生他们的潜入调查不是今天才刚开始嘛。"久我赶紧打圆场。

氏原并不领情，继续盯着新田说道："如果客人问你要名片，你打算怎么办？我不认为说句'我没有名片'就能解决。"

新田语塞了。虽然很不甘心，但氏原说得有道理。

"氏原兄，这事就算了吧。"久我又打圆场道，"名片什么的，随便找个理由不就糊弄过去了嘛。"

"是我的错。"新田说道，然后朝向氏原，"谢谢您的指正。我会立即安排制作名片。"

氏原稍稍扬起下巴，回看新田："这样就对了。饭店员工可不是理了发，穿了制服，就能当的。请多加注意。"

"我会注意的。"新田回答。虽然此刻恨不得扭头咂舌，但他还是忍住了。

"丑话说在前头，我本身是不赞同这种潜入调查的。我认为饭店应当拒绝。但既然总经理已经决定要协助警方调查，我也只好服从命令。但是，如果什么都听警方的，饭店生意就做不下去了。我虽然答应做潜入侦查员的指导老师，但是是有条件的，做法要由我自由决定。是这样的吧，久我经理？"

"是。"久我苦着脸简短答道。

"您说的做法是指什么呢？"新田问道。

"基本上就是在前台要一切听我指挥。接待客人等业务都由我来做，你不用插手。我不在前台时，你也不用在。如果有电话打到前台，你也不用接。也不允许你胡乱找客人搭话。这些你都同意吗？"

意思就是不要做任何饭店员工该做的工作。虽然被当成笨蛋让新田咽不下这口气，但这样一来便能专心执行调查任务，他简直是求之不得。"我知道了。"新田答道。

氏原点点头，看了眼手表后，按下了电梯按钮。"这层的前台应该马上就关了吧。我就先告辞了。新田先生，你明天有什么计划吗？"

"暂时还不知道。我想明天一早就去一层的前台。"

"那我们就约好明早八点在办公室集合吧。虽然有点儿啰唆，但我还是得说，在那之前不要随便去前台，明白了吗？"

"明白了。拜托您了。"

电梯门开了。氏原冲久我说了句"告辞"，便消失在电梯里。

新田耸耸肩："这次的指导老师，风格和山岸小姐完全不同。"

"她不是也说过氏原认真，工作能力强，但就是过于严谨。这次跟他说过话后，想必你也明白了吧。"

"还有一点我也很明白了，那就是我们很不受欢迎。我得打起十二分精神，以免被训斥。"

新田看了眼手表，正如氏原所说，确实到了要关闭这层前台的时间了。"那今天就先到这儿了。"

"好。辛苦了。"

"告辞了。"

新田搭电梯回到一层，横穿过大堂。他冲礼宾台瞄了一眼，发现山岸尚美已经离开了。

6

新田从饭店员工专用出口出来,穿过马路。眼前是一栋名为"东京柯尔特西亚别馆"的建筑。虽然是别馆,但这里既没有客房,也没有什么服务设施,仅仅是设有营业部和管理部的办公楼。员工的更衣室、休息室以及会议室也在这里。新田走进楼里,顺着楼梯上了二层,打开第一间房间的门,走了进去。

踏进房门的瞬间,本以为会烟雾弥漫,乌烟瘴气,就像这个房间被作为上次案件的对策本部时一样,不料空气反而特别清新,既没有烟味,也没有乌烟瘴气。这并不是没有人在的缘故。稻垣、本宫以及其他同事都围坐在办公桌旁,只不过桌子上并没有烟灰缸。

"原来如此,"新田松了松领带,找了个位置坐下,"看来这里也禁烟。"

对面的本宫撇了撇嘴:"这年头禁烟我倒是能理解,但连吸烟处都不设置一个是怎么回事?连饭店都设有能吸烟的客房,员工却没有能吸烟的地方,这不是很奇怪吗?"

"烟味会沾在制服上,所以工作时间是禁止吸烟的。有很多客人对烟味很敏感。"

听了新田的话,本宫忍不住挑了挑眉毛:"客人?才一天的工夫就找回当初的感觉了。不愧是新田。"

"哪有那回事。饭店系统换了，服务项目也增多了，一时半会儿可适应不了。而且，从明天开始还有个顽固不化的调教老师跟在屁股后面。"

"要是情况如你所说，早点儿开始准备还是没错的。"稻垣说道。

"嗯，算是吧……"新田不好意思地摸摸头。

今天是十二月二十八日，离跨年夜还有三天。新田曾说过，提前潜入饭店估计也没什么意义，但稻垣还是下令早点儿融入进去，他认为这样比较好。虽然告密信上说凶手会在跨年晚会上出现，但谁也不能保证凶手当天才会来。假设凶手几天前就入住了，估计能把饭店员工的长相记个差不多。如果元旦那天前台突然出现一个从未见过的人，凶手恐怕是会起疑心的。

这时门开了，一副行李员打扮的关根走了进来。"我来晚了。"

"大家辛苦了。"稻垣说着，环视了一下部下，"那我们赶紧开始吧。谁先来？"

"我先来吧。"本宫举起手自告奋勇，"截至今天，信件包裹、电话、电子邮件之类的都没有什么可疑的。投诉电话这一个月内倒是有几个，但都是鸡毛蒜皮的小投诉，已经解决了。目前饭店没有跟暴力团伙有关的纠纷。需要注意的人物走到哪儿都有，所以就让饭店把曾经引起麻烦的客人名单列了出来。现在正在调查这些人与本次案件的关联性。不过他们都是从外地来的，大概跟本次案件没什么关系。我要报告的就这些。"

"知道了。下一个。"稻垣催促道。

于是，其他侦查员开始报告起来。内容是被害人和泉春菜和这家饭店的关系。据报告来看，和泉春菜并没有入住过，也不曾使用过店内的餐厅。警方连几年前婚宴的客人名单都调查过了，但还是没有发现任何相关记录。

听着报告，新田不禁稍感吃惊。通常，不管发生什么事，饭店都不会轻易提供客人的私人信息，这次却如此配合调查，想必是饭店深深体会到了危机感吧。稻垣小组出面参加此次调查肯定起了很大作用，毕竟几年前这家饭店将要发生命案时，就是新田他们阻止的。饭店肯定没有忘记。

听了部下的报告后，稻垣抱着胳膊低声说道："告密内容依然很让人费解，凶手会不会真的出现仍然不知道，但为什么会选择这家饭店呢？虽然有可能是偶然挑中的，但还是让人很在意。"

"假设告密信的内容是真的，那凶手来这家饭店的理由就是关键点。"本宫说道，"说不定告密者连这个也知道。"

"凶手来这家饭店的理由……"稻垣自言自语似的嘟囔了一句，又环视部下，问道，"大家有什么看法？"

"我可以说两句吗？"行李员打扮的关根略显顾虑地说道，"也不是什么大不了的事，就是突然冒出了一点儿想法。"

"没关系，尽管说。灵机一动的想法是很重要的。"

"是。"关根点点头，略显紧张，"有没有这种可能性，就是对于凶手来说，练马杀人案还没有达到目的。为了达成最终目的，凶手必须在跨年夜来这家饭店……这个想法会不会太荒诞？"

一瞬间，房间里所有人的视线都聚焦到这位行李员打扮的年轻刑警身上。"到底是怎么回事，说具体点儿。"不知是谁问了一句。

"我猜测会不会是这样。"在关根开口回答前，新田接口道，"除了和泉春菜以外，还有人是凶手必须杀掉的。而凶手打算跨年夜在这家饭店行凶。也就是说这是连续杀人案的一部分。"

"不愧是新田刑警，就是这么一回事。"关根重重地点点头，"目标人物会来这家饭店，所以凶手也只好跟来。"

会议室内瞬间鸦雀无声。那气氛好像下一秒钟就会有人说"这种无聊的想法亏你想得出来",然后一笑了之。但这一幕并未发生。

"确实有点儿荒诞。"稻垣语气沉重地说道,"如果是一般情况下,我可能会说世上有哪个笨蛋会选择跨年夜在一流大饭店杀人。但是,这次的案件从一开始就很荒诞,所以我们也要用荒诞的调查方法以毒攻毒。"稻垣用诚恳的目光看向旁边的本宫:"你怎么认为?"

"这个推测也不是没有可能。"本宫皱着眉头,"关于杀害和泉春菜的动机,特别搜查本部那边认为只是感情纠纷,可我不这么认为。因为并没有任何证据能证实他们的推测。如果凶手真的有其他动机,那被害人可能不止一人。神秘的告密者之所以能预测凶手下一步的行动,可能是因为了解凶手的动机,并知道下一个被盯上的人是谁。"

"嗯……"稻垣重重地叹了口气,皱起眉,敲敲桌子,"所有人都逼着我听这些讨厌的推理。虽然很不甘心,但你们所说的不乏道理。这样一来,我们就得以这样的推理为前提展开作战计划。来,大家倒是说说要怎么办?"

"告密信上不但写了凶手会出现在这家饭店,而且明确指出会在跨年晚会上出现。"一个姓渡部的老刑警开口道,"如何解释这一点也是个问题。"

"嗯。"稻垣点点头,环视部下,"跨年晚会似乎是个假面舞会吧?有谁比较清楚,能跟大家说明一下?"

"虽然也算不上清楚,我来讲一下吧。"新田稍稍举起右手,"跨年晚会从新年前夜晚上十一点开始,在三层最宽敞的宴会厅举行。正式名称是……"新田从口袋里掏出笔记本,翻看山岸尚美告诉他的内容,继续说道,"正式名称叫东京柯尔特西亚大饭店跨年假面舞会之夜。"

坐在对面的本宫张大了嘴巴:"什么东西?咒语吗?再说一遍。"

"东京柯尔特西亚大饭店跨年假面舞会之夜,因为名字太长,就简称为假面之夜。参加费一万日元，但饭店客人只要三千日元。据说参加者大多是饭店客人。另外，晚会采取预约制，报名人数超过五百就会停止受理。"

"今年的参加人数有多少？"稻垣问。

"已经有三百多人报名申请了。不过，一些入住的客人事先并不知道有这场晚会，知道后也有不少报名参加的。根据往年的经验，之后还会有一百人以上临时报名。"

"那个晚会到底都有些什么内容？"

新田又赶紧翻看笔记本。"宴会厅分成几个区域，分别有爵士乐演奏、魔术表演、街头表演。啤酒、葡萄酒、鸡尾酒等酒水可以尽情畅饮，还有各种小食可以享用。和一般的站立式自助酒会不同的是，所有参加者都要变装。"

包括稻垣在内，很多人不禁露出苦笑。

"只要不是太低俗，任何打扮都可以。喜欢角色扮演的人本来就很多，再加上最近受到万圣节的影响，普通大众对变装几乎没什么抵触心理了，精心打扮的人也越来越多。"

"你刚才是说'所有参加者'？虽然规定如此，但是没准备服装的人应该不少吧。临时报名参加晚会的客人怎么办？"

"饭店提供出租服务。不想打扮得太出格的客人可以照旧穿平常的衣服，只要戴个面具就可以了。为了这些客人，饭店还免费出借面具。"

"真是无微不至。"本宫有点儿泄气，"为什么要做到这种地步？"

"跨年晚会这种项目，每家饭店都在做，所以要拿出特色才行。据说这家饭店的晚会非常受欢迎，参加人数年年增加。素不相识的人在一起拍拍照什么的，相当热闹。但变装只到新年来临那一刻为止。倒计时归零的那一刻，所有人都要揭下面具以真面目示人，而气氛也会达到最高潮。之后，饭店会向所有参加者提供香槟酒。"

"光是听着，我都要胃酸倒流了……"稻垣歪着脑袋，"凶手该不会是要在这么华丽的场景下杀人行凶吧？"

听了上司的发言，部下都沉默不语。就算新田也没有证据敢断言"那不可能"。这次的案件从头到尾都不同寻常，发生多么离奇的事情都不奇怪。

"你刚刚说晚会是预约制的吧。参加者名单能拿到手吗？"稻垣问新田。

"一开始应该不会同意，但我觉得最终没问题。但就算我们拿到了名单，也不一定会派得上用场，因为凶手不太可能用真名。"

"参加者大多是饭店客人吧。如果使用假名，大概会用现金支付。能掌握这些人的信息，就不算是白费工夫。"

"知道了。"

"已经入住饭店，并且一直待到跨年夜的客人大概有多少？"

"截至今晚，大概有三十几组，但大部分都是外国人。这些外国人要么是生意人，要么是打算在日本跨年玩儿的。"

"如果是最近才来日本的外国人，直接从嫌疑人对象里排除就行了吧。日本客人有几组？"

"五组。其中有四组是拖家带口的，剩下一组是一对情侣。从住宿登记表的内容来看，那四组客人分别来自札幌、鸟取、福岛和富山，都是带着小孩子的三人或四人家庭。至于那对情侣，房间是以男人的名义预订的，地址写的是大阪。据当时接待他们的前台接待员称，他们说话确实是关西腔。那四组带家人的客人都没报名参加晚会，而且小孩子有年龄限制。那对情侣报名了——啊，对了。"新田报告的时候，突然想起刚刚入住的那位客人，"还有一位男客人入住了。从今晚开始连住四天，而且还是皇家套房。"

"哇。"发出惊叹声的是关根。他作为行李员，应该进过皇家套房，知道房间有多么豪华吧。

"那么宽敞的房间只有他一个人住吗？"稻垣问。

"从预订信息来看，是的。说不定之后会有女人过来。已经留了他的信用卡复印件，所以不会是假名。他还没报名参加晚会。"

"虽说留了复印件，但不能保证那是真的信用卡。而且，他有可能在晚会开始前临时报名参加。你们一定要抛掉这些先入为主的想法。跨年夜独自入住的男客人要特别留意，坚决不能移开视线。任何风吹草动，都要给我彻底盯死了。不对，不仅仅是这样。"稻垣环视部下，"就算是从地方来的家庭或情侣，也不能掉以轻心，因为我们不知道凶手会伪装成什么模样。从明天开始，一直住到元旦的客人应该会大大增加。和保洁员一起进入那些房间，尽可能地找准机会检查行李。饭店可能会抱怨，但到那时再说。现在先别管那么多。"

"是。"

"发生命案的公寓在公共玄关处设置了监控。"稻垣提高声音继续说道，"案发时间已推断为十二月三号傍晚至四号。这个时间段的监控录像一定拍下了凶手。我会把录像发到所有人的手机上，请大家各自观看录像，死死记在脑子里。只要发现任何疑似录像中的人物，就赶紧报告给本宫或我。"

"不管男女？"本宫想要确认。

"对。虽然被害人怀孕了，但不能肯定凶手就是男性。我已经强调过很多遍，一定要扔掉成见。要把所有到这家饭店的人都当作嫌疑人，绝对不能放过一个。我们已经知道了凶手要出现的时间和场所，如果这样还抓不住他的话，那我们不仅在警视厅内，还会在整个日本的警察圈里成为笑话，颜面尽失。跨年夜之前一定要想方设法找到线索。我要讲的就这些。"稻垣充满干劲的声音响彻整个会议室。

7

更衣室在办公楼的三层。新田冲了个澡,正摆弄自己的笔记本电脑时,有人走了进来。

"辛苦了。"对方先打了招呼。新田抬起头,是满脸笑容的能势手提着便利店塑料袋走了过来。他头戴茶色针织帽,西装外面穿着羽绒服。

"这么晚了还忙着调查呢?"新田看了一眼墙上的钟,指针已经走过午夜十二点了。

"没办法啊。对方只有晚上有空。"能势摘下针织帽,脱掉羽绒服,就近拉了把椅子坐下。

"只有晚上有空?对方是谁?"

"我之前跟你提过被害人老家在山形吧。我们派了一个年轻刑警去山形出差,打听到了一些有用的消息。和泉春菜有一位女性朋友,和她念同一所初中和高中,两个人几乎同一时期来到东京。那位女性朋友进了东京的大学,是那个最难考的、新田老弟你毕业的大学,而且还是医学部。"

"啊……"新田惊讶地张大了嘴,摸了摸下巴。在新田上大学那会儿,法学部也有几个成绩很好的女生。她们轻轻松松就通过了司法考试,然后去了律师事务所大展拳脚,每个人都超级强势。如果是医学部,水平不是相同就是在那之上。"为什么只有晚上有空?"

"太忙了。"能势脱口而出,"她现在还是实习医生,每天的工作都非常繁重。我跟她是在医院昏暗的接待室里见面的,自始至终她都挂念着她的传呼机,不知道什么时候会被叫走。"

"实习医生很辛苦我也有所耳闻。她和被害人关系很好吗?"

"她说关系非常好。初一的时候,两人成了同班同学,从此变得亲密起来,初中毕业之后还进了同一所高中。据她说,和泉经常到她家里去玩,两人在学校的成绩也差不多,经常在一起对考试答案什么的。只不过到了东京之后,两人的生活方式不一样,逐渐就疏远了。毕竟她俩一个是医学部的学生,一个是边工作边上职业技校的社会人,时间上很难碰到一起。"

"这么说来,她最近和被害人……"

"说是近几年都没和被害人联系过。"能势把便利店的塑料袋往桌上一放,从里面拿出罐装啤酒和威士忌,"怎么样,来一口?"

"啊,那我就不客气了。"新田伸手接过威士忌。

昨天在居酒屋小聚的时候,新田点了威士忌,想必能势是在那时候记住新田的喜好的。这应该就叫无微不至吧。这个人相当适合当饭店员工哪,新田心想。

"她知道和泉被杀了吗?"

"不知道。因为太忙根本没时间看新闻,跟中学时代的朋友几乎也没什么联系。跟她见面之后,反而是我被她盘问了:到底发生了什么,和泉为什么会被杀之类的。我告诉她就是为了弄清楚这些才来跟她见面的。接下来的事情刚刚也跟你说过了,和泉的近况她一概不知。所以我只好问了她一些和泉学生时代的问题。"

"被害人在学生时代是什么样的女孩?"

能势把罐装啤酒放到桌上，从怀里掏出笔记本翻看起来。"据说不是什么特别引人注目的学生。既没参加社团活动，也不爱在人前出风头，午休时间大多一个人静静地看书。"

"和男性交往的经历呢？"

"'据我所知，绝对没有过！'那个女医生是这么说的。她的语气很笃定，恐怕是真的吧。"

"昨天我们讨论的时候，你不是提到过被害人的一个朋友说被害人对男人没有兴趣吗？会不会是从很早以前就这样？"

"有可能吧。据说被害人从那个时候就是一身假小子的打扮，头发也短。衣服净是些牛仔装之类的。"

"你没问关于少女趣味的问题吗？"

"当然问了。"

"那个女医生有没有很吃惊？"

"嗯，这个嘛……倒也没有。"

"哦？是吗？"

"虽然外表很假小子，但被害人并不讨厌少女风的东西。据说她的一些小物品、文具什么的，都很少女气。"

"看来是有两面性啊。"

"有这种可能。但跟这次的案件有没有关系就不清楚了。"能势把笔记本放回口袋，伸手拿起啤酒。

新田脑海里浮现出一个喜欢假小子打扮的少女跟朋友在一起玩耍的画面。一般来说，喜欢这种打扮的人大多活泼好动，但和泉春菜却不是这样的。新田突然想起了一开始能势说的一句话："你刚刚提到那个实习医生跟和泉的成绩差不多吧。既然学业这么优秀，为什么不考大学呢？"

能势嘴里还含着啤酒，点头道："我也问了这个问题。那个实习医生的回答是'其实我也一直很纳闷'。似乎她一直以为和泉会和她一起考大学。"

"是不是因为被害人特别想成为宠物美容师？如果是那样的话，就没有必要考大学了。"

"问题就在这儿。按实习医生的说法，有点儿不可思议。"

"怎么说？"

"实习医生说她从不记得和泉跟她提过要当宠物美容师的只言片语。她记得和泉只跟她说过不会考大学，要去东京工作。当时她问和泉为什么不考，和泉说没有这个必要。"

"没有必要吗……"新田把威士忌放到桌上，抱起胳膊，心想，在读的大学生或者已经毕业的大学生中，会有百分之几的人认为考大学没有必要，"虽然没有考大学的必要，却有来东京的必要，是这么回事吗？"

"我问了实习医生完全相同的问题。她说，感觉对和泉来说，是非来东京不可的。她还提到，和泉当时无论如何都要离开家到别处去。"

"是因为母亲离婚吗？"

"实习医生说她不太清楚。家家有本难念的经，所以她尽量不去触碰这一点。"

"这么成熟？在她那个年纪，好奇心不是应该相当旺盛吗？"

"你也这么想，对吧？我当时也觉得有点儿不太对劲。"能势浅笑着歪了歪脑袋。

"怎么回事？"

"一提到跟这个相关的事情，那个实习医生突然变得口风很紧。说什么不太记得了，不想说一些没有事实依据的想象之类的，总之就是吞吞吐吐的。我怀疑那个实习医生是在隐瞒什么。"

"隐瞒什么？比如说？"

"这个我也不太清楚，就是难以公开明说的事情吧。至少是对今天才见面的警察难以说出口的内容。"

"到底是什么呢？好好奇啊。"

"实习医生以没有时间慢慢聊为理由把我赶回来了。我准备明天再去试试。说不定只是我想多了呢。"

能势手握啤酒罐，目不转睛地盯着空中，不知在想些什么。看着能势这副表情，新田心中暗想，看样子他是掌握了什么线索。这个刑警的直觉相当敏锐。

仿佛一下缓过神来似的，能势突然问新田："你们那边调查得怎么样了？"

新田摇摇头："截至今天，成果为零。我们把饭店记录翻了个底朝天，也没发现被害人的名字。"

能势沉下脸，叹了口气："果然还是这样。我们调查了被害人的交友关系，没有一个人曾听被害人提过这家饭店的名字。物证搜查小组也彻底调查了被害人的房间，同样没发现任何跟这家饭店相关的物品。被害人的手机里也没有任何相关记录。短信、社交网站之类的也没有发现相关内容。可能被害人跟这家饭店没有直接的联系吧。"

"如此说来，"新田摸了摸微微冒出胡楂的下巴，"这家饭店被选中，是因为凶手那边有什么内情。"

能势猛地抽动了一下眉毛，问道："难道有线索？"

"刚才开会的时候，有人提出了一些不同寻常的意见。"新田把会议上有人提出这次和泉春菜被杀一案不是偶发性的，而是有预谋的连续杀人案一事一五一十地告诉了能势。

听罢，能势脸色越发严峻，低声说道："凶手为了对下一个目标下黑手,才来这家饭店……新田老弟,这个想法虽然很大胆,但是相当犀利呢。"

"能势兄也这么认为?其实我也觉得很有可能。通常,人行凶之后,在风头没过去之前都不会抛头露面。而这回凶手却明目张胆地选择去舞会这种公开的场合,一定有什么原因。"

"同感。而且从一开始,我就觉得这个案件有点儿不对劲。"说着,能势弹了一下自己的鼻尖。

"哦?名刑警又闻到什么了?"

能势摆摆手:"你可别这样。我昨天不也说过不习惯被别人戴高帽子嘛。我说这个案件不太对劲,也只是装装样子,实际上没什么大不了的发现,就是觉得凶手的作案手法太过熟练了。"

"熟练……你是说手法很巧妙?"

"对。凶手先让被害人喝下安眠药,再用电线致使其触电而死,这种手法普通人是想不到的。连勒脖子都比这种方法快,凶手却没选择那样做,肯定是有他的讲究。包括隐藏自己的身份在内,这个凶手着实是手法熟练。"能势说完之后,稍作停顿,又补了一句,"杀人手法。"

"就是说,和泉春菜一案,不是凶手第一次行凶杀人?"

"虽不敢断言,但是很有可能。"

"原来如此……"新田摸摸下巴,点了点头。在刚才的会议上,并没有人提出这样的看法。但如果真像能势所推断的那样是连续杀人案,就没有理由断定和泉春菜是第一位受害者了。"也就是说,在至今未破的杀人案里,有些可能是同一个凶手?"

"有调查的价值。这就交给我来办吧。"能势掏出笔记本,赶忙记下了什么。

"对了,上次案件的时候,我们也谈到同样的话题,未侦破的案件也是拜托能势兄调查的。记得你曾说过,搜查一科的资料组里有你的同届校友。"

"幸运的是,那家伙现在还在资料组里熬日子呢。平日里就爱喝一口小酒,只要我说请他喝酒吊吊他的胃口,他马上就会上钩帮我查资料了。"能势舔舔嘴巴,一副胸有成竹的样子。

"告密者那边怎么样?有什么线索吗?"

"哎,没有。"能势苦哈哈地回答道,"打印告密信的打印机型号倒是查清楚了,但这年头哪能算得上什么线索。至于和告密信一起寄过来的照片,也只查明了是在附近的建筑后面偷偷拍摄的,除此之外,并没有什么新消息。"

"你说那张照片是出于什么目的偷拍的呢?难道告密者知道和泉春菜会被杀?"

能势撇了撇嘴,摇摇头:"不清楚。凶手就不用提了,连告密者我们也一点儿头绪都没有。话又说回来,为什么举报人知道那个房间里发生了杀人案,我们也不清楚。"

"关于这件事,有一点我一直很在意。举报人通过匿名举报热线提供信息时到底说了什么?'那个公寓里有尸体,请调查一下'吗?"

"嗯……稍等一下。"能势舔舔指尖,开始翻看笔记本,"准确的表述应该是:'请调查一下练马区 NeoRoom 练马公寓的 604 号房,说不定有女性尸体。'"

"说不定有……"新田重复道,"不是'有',而是'说不定有'。你不觉得这个表述有点儿奇怪吗?"

"被你这样一说,好像真有点儿奇怪。"能势看着笔记本,"为什么会用这么模棱两可的表述方式呢?"

"是不是因为举报人也不清楚当时的真实情况?觉得可能有尸体,但不能断定。"

"觉得可能有尸体，让人产生这种想法的情况应该少之又少。"能势说道，"比如说，举报人看得到室内的情况，之类的？"

"我认为只剩下这种可能性了。尸体被发现时，房间的窗户是什么状态？尤其窗帘是什么样子的，是完全拉紧的吗？"

"稍等。我让组里的年轻警察确认一下。说是在特别搜查本部过夜，可能还没睡呢。"说着，能势拿起了手机，应该是在发短信吧。他粗粗的手指在手机屏幕上滑动的样子甚是熟练。发完短信后，能势看向新田："你的意思是说，举报人当时从某个建筑偷窥被害人的房间？"

"我觉得这个假设的可能性最高。被害人是躺在床上死去的吧？偷窥房间的人看到女子毫不动弹，因此产生了怀疑，于是举报。这样一来，就讲得通了。"

"原来如此。如果直接向警察举报的话，就不得不解释为什么会偷窥女子的房间，所以才……"

"所以才选择了匿名举报热线。"

能势咧嘴一笑，指着新田的脸："又出现了，新田老弟的剃刀推理。"

"别这么说。又不是什么大不了的推理，而且说不定会跑偏呢。"

这时，能势的手机响了。他接起电话，三言两语之后便挂断了，然后朝新田竖起了大拇指："窗户的窗帘当时是拉开的。"

"拉开到什么程度？"

"一扇玻璃窗的宽度，一米左右吧。"

"查查从附近建筑能看到什么程度，怎么样？"

"那就试着查查吧。"能势起身，拿起针织帽，"太感谢了，今晚获得了不少启发。"

"要是因此而查明举报人，再顺藤摸瓜抓到凶手，就再好不过了。"

听新田这么说，能势摇摇头，一边披上羽绒服一边道："要是能这么顺利当然好了，但这次的案件可不好对付。"

"这是能势兄的直觉吗？"

"算是吧。新田老弟，你不也是这么认为的吗？而且都展开如此大规模的潜入调查了，要是简简单单就破案了，岂不是很没意思，你肯定也是这么想的，没错吧？"

新田干咳了一声，赶忙辩解道："我们只是听从上头的命令办案而已。"

"放心吧。"能势开心地笑道，"估计凶手会落入你们布的网中。很期待那一刻的来临。"

"可是对方的真面目无从得知，何况还有一群来历不明的人正一个接一个地奔着饭店来呢。"

"新田老弟，你一定能够揭开凶手的真面目。"说着，能势举起了啤酒罐。

"在揭开凶手的真面目之前，我们这边先别露馅就好了。"新田叹息着拿起威士忌，冲能势的啤酒罐轻轻碰了碰。

8

礼宾台从早上八点开始营业。尚美正忙着做营业准备时,身穿前台制服的新田走了过来:"早上好。"

"早上好。新田先生,我看你从刚才开始就一直在大堂里转来转去的,你怎么不去前台站着呢?"

新田皱皱眉,撇了撇嘴,两手插进裤子口袋里:"我倒是很想那么做,可是……"

尚美指着他的手:"手不要放进口袋里!"

"啊!失敬失敬。"新田赶忙把手抽出来。只不过稍有松懈,等待他的就是这种下场。

"接着说啊。你倒是很想那么做,可是……可是什么呢?"

新田用拇指弹了下鼻尖:"可是被人说不能一个人站在前台。"

"被谁说?"

"昨天提到的那个姓氏原的人。"

"你们已经见过面了?"按说氏原昨天应该下了夜班就回家了。

"昨天晚上,我正在行政前台待着,氏原突然出现了。我就是那个时候被说的——接待客人这种业务就由身为专业人士的我来做,警察就乖乖地躲在后面不用插手。"

"我觉得那位的说话方式不会这么野蛮,但想必他说了类似意思的话。"

"他还说什么不要胡乱找客人搭话。不用我做前台业务我倒是求之不得,可是以我的立场来说,也需要随机应变采取行动。根据情况,有时也需要直接跟客人接触。要是一点点小事都被说,哪还能做什么调查?说句实在话,还是你做指导那回好一点儿。"

"好一点儿?这个说法让我有点儿反感。"

"我是在夸你。一想到往后要一直跟那个人一起我就泄气。凶手就不能早点儿出现吗?非得等到什么跨年晚会。早点儿出现,我就能早点儿抓到他,然后早点儿撤离这个地方了。"

"新田先生,你过来就只是为了冲我发牢骚吗?"

"发牢骚只是铺垫而已,我来是有事情要告诉你。"

"什么事?"

新田要说的是关于昨晚很晚才入住的日下部笃哉的事,那个入住皇家套房的男人曾询问过礼宾台的营业时间。

"氏原已经告诉他早上八点营业了,所以他可能过会儿就过来。"

"这样啊。劳烦你特意跑过来通知我,真是十分感谢。"

新田四下打量了一圈,悄悄凑过脸来:"那可是个很讨人厌的家伙。办入住手续时还掏出了一张黑卡,像是故意炫耀似的。那种东西,只要多消费几次积累点儿积分谁都能有。我记得我老爸好像也有一张呢。"

尚美眨眨眼,看向新田。想必新田没有意识到自己刚刚的一番话也很讨人厌吧。

"怎么了?"新田一副不解的神情问道。

"没,没什么。"果然是没意识到,尚美心想。

"如果他来了,稍后你能把他找你商量的内容告诉我一声吗?上

63

头要求我们搜集那些一直住到跨年夜的客人的全部信息。"

"我不觉得杀人案的凶手会找礼宾台。"

"这可说不定。上头一再要求我们不能有成见。能拜托你帮这个忙吗？"

"这得看具体的内容了。弄不好会涉及个人隐私。"

新田又凑过脸来："你明白吗？这可是紧急事态。"

"我明白。可这个和那个是两回事。保护客人的隐私是我们的义务。不过……"尚美继续说道，"根据情况需要，我会提供客人的相关信息。但对象不是作为警察的新田先生，而是作为前台接待员的新田先生。"

就在新田叹口气正要说些什么的时候，逐渐朝这边靠近的氏原进入了尚美的视线。她忙扭头打招呼："早上好，氏原先生。"新田听罢，吃惊地回过头。

"早上好。新田先生，昨晚我们说好了早上八点在办公室集合吧？"

新田看了眼手表，道："还有两分钟呢。我上个厕所就过去。"

目送新田大步流星地走开之后，氏原低声问尚美："那个警察都跟你说什么了？"这个人除了在面对客人的时候，表情和语调几乎都没有起伏。

"入住皇家套房的客人曾询问过礼宾台的营业时间吧？因为是跨年夜也住在饭店的客人，要是向礼宾台提了什么要求，希望把内容告诉他。"

氏原的眼睛在镜片后面眯成了一条缝："你不会是答应他了吧？"

"我跟他说'根据情况需要，我会提供信息的'。"

氏原听罢，毫不遮掩地沉下脸来："虽然他一副饭店员工的打扮，但说到底是外人。而作为饭店员工必须遵守的原则，就是不能向外人提供客人的相关信息。"

"但总经理说要把新田先生当作正式员工一样对待。"

氏原扶了扶镜框，上下打量着尚美。

"有什么问题吗？"

"我听说了。上次案件的时候，那个警察是由你指导的吧。"

"是的，那又怎么了？"

氏原微微撇了一下嘴："都是你那时候给惯坏的，所以那个警察才得意忘形，总想着做些根本就做不来的前台接待员的工作。我和你不一样，只要我待在前台一秒，就不会让他靠近客人一步。"

"和他怎么相处，是氏原先生的自由。但新田先生应该说过，这样根本无法展开调查吧。"

"我可不管。对我来说重要的是这家饭店，是客人。他们破案立功也好，失败也罢，都跟我没关系。"

"新田先生他们在追捕的可是杀人犯。"

"我知道。可那又怎么样？这家饭店每天有数百人来访，数百人入住。形形色色什么样的人都有，其中可能也不乏杀人犯。不对，你或我接待过的客人里面，肯定有一两个是，说不定应该更多。有告密者说跨年夜的客人里面可能有杀人犯，这和一直以来的每个夜晚没有任何区别。那我们需要做的，就是像往常一样。你说总经理下令把那个粗枝大叶的男人当成正式员工对待？好，那就遵从命令。以饭店员工的标准来看那个警察的话，简直是个半吊子，不对，还不如半吊子。不让这种生手沾前台业务，是非常合理的判断吧。"

尚美的表情纹丝不动，心里却默默咂舌：亏你还能唠唠叨叨说出这么多饶舌的话。她自然没有将想法表现在脸上，只是稍作停顿后开口道："我刚才说过了，如何跟新田先生相处是氏原先生的自由。恕我冒昧地说一句，在您对新田先生下结论之前，最好先了解一下他。

他不是氏原先生想象的那种人。"

氏原的脸颊稍微抽搐了一下。"你这是给我提建议吗？态度还真是高高在上。说这番话是因为你被提拔为礼宾人员，有了自信吗？"

"不是的……"

"即使你不说，我也会好好监视那个姓新田的警察，因为我要向总经理报告，他对饭店是多么不利。这样一来，就可以进言再也不要做什么协助警方调查的蠢事了。"

尚美叹了口气，冲着氏原故作微笑："这样啊，那请便。"

氏原微微皱起眉头，但马上恢复了能面[①]一般的表情。他用指尖扶了一下镜框，随后转身离开了。

[①] 日本传统戏剧艺术能剧所使用的面具。

9

过了中午十一点，前台开始热闹起来，大概是因为规定的退房时间——十二点马上就要到了吧。商人一般会在更早的时间段退房，现在退房的大多是些观光客。

尚美从礼宾台偷偷观察着前台的情况。

氏原和其他前台接待员一起，正忙着处理退房手续。他脸上挂着恭敬的笑容，这是和尚美单独相处时从未有过的表情。他麻利地办理着手续，毫无多余动作，一副信心满满的样子，估计觉得自己才是这家饭店的一把手吧。

氏原从横滨柯尔特西亚大饭店调到这里来的时候，尚美刚被调到新设的礼宾台不久。虽然尚美不清楚他的具体来历，但听说他曾在几家很有名的饭店工作过，而且还有小道消息说他的野心是当上总经理。说不定他平常就在幻想自己当上总经理之后要做这做那，所以这次才明目张胆地反对藤木总经理协助警方潜入调查的决定。

尚美将目光移到氏原身后，新田站在那里。乍一看他是在对着电脑，实际上是在观察客人。退房的客人是要从饭店离开的，所以应该跟案件没什么关系。但按照新田的说法，这种成见也不能有。

看着新田的模样，尚美实实在在地感受到了这家饭店正面临着不寻常的事态这一事实。新田虽然一副前台接待员的打扮，可他是货真价实的刑警，而且是警视厅搜查一科的。

尚美在心中默默祈祷：千万不要发生什么事情。

和前台一样，礼宾台也逐渐忙了起来。现在刚好是午饭时间，客人的要求大多是希望推荐吃午饭的餐厅之类的。如果单是这样，简直是小事一桩，解决起来根本不在话下。可令人头疼的是，客人提的要求大多都有很苛刻的附加条件：小孩子很吵也没关系的店、能在单间里畅饮但消费控制在人均一万日元以内的店、能在自己座位上抽烟的店，等等。估计客人是把礼宾人员当成了魔法师，才提出这么任性的要求。有时还会有更任性的客人，说希望立刻去一家半年前就已经预满的超级名店用餐。

但是，绝不能发半句牢骚。如果单纯是好吃的店、价格低廉的店这种要求，现在只要在手机上一查就知道了。客人特意跑到礼宾台来提要求，肯定是有原因的。而且作为礼宾人员，即使碰到再难的问题，都不能说"不可能"。如果客人的要求实在难以实现，就必须拿出一套替代方案让客人满意。

刚刚那对意大利情侣提出的要求，是希望吃到在回国之后能向朋友们炫耀的食物。不是像寿司、天妇罗这种司空见惯的食物，而是外国人很少会吃的那种，即使不合胃口，也会忍耐。尚美问了一下，得知他们已经挑战过纳豆和海鞘了。

尚美左思右想，列举了两种料理的名字，一个是咸圆鲹鱼干，一个是鲫鱼寿司，还特意补充道："这两种食物味道很冲，很多日本人都吃不惯。"

"那你喜欢哪一个？"男子用英语问道。

"两个都很喜欢。"事实并非如此，但这种时候说谎也是权宜之计。

那对情侣商量了一会儿，给出了答案："推荐一家两种食物都能吃到的店吧。"

尚美听罢，不禁眼前一黑。咸圆鲹鱼干是八丈岛名产，而鲫鱼寿司是滋贺县名产，同时推出这两种食物的店家估计是不存在的。

尚美火速给专门制作八丈岛料理的店家挨个打电话，询问是否有制作鲫鱼寿司，不出所料，答案当然是没有。尚美挂断电话，陷入了思考：就算再给专门制作鲫鱼寿司的店家打电话，询问有没有推出咸圆鲹鱼干，恐怕结果也是一样的。

那对意大利情侣坐在大堂的沙发上，看着手机有说有笑，大概是在搜集咸圆鲹鱼干或鲫鱼寿司的相关信息吧。看着他们充满期待的样子，尚美到底没能说出"店没有找到"这句话。

就在这时，一位客人从尚美眼前走过，手里提着一个塑料袋，里面装的大概是便当。估计是客人要在房间里吃的。为了节约餐费，这样做的客人不在少数。

尚美突然灵光一闪——如果没有能同时吃到咸圆鲹鱼干和鲫鱼寿司这两种食物的店，那把其中一种食物带进店里不就行了？因为咸圆鲹鱼干必须在店内制作，那要带进店里的就是鲫鱼寿司了。

尚美查了一下，发现有乐町有家滋贺县特产店，在那里可以买到鲫鱼寿司。紧接着，她又给专营八丈岛料理的店家打电话，解释了情况后，询问能不能把鲫鱼寿司带进店里。终于在打到第三家的时候，店家同意了，说两样都是有臭味的东西，臭味相投，似乎很有趣。

尚美赶紧把结果告诉了那对意大利情侣，两人听了很开心，在手机里记下鲫鱼寿司店和咸圆鲹鱼干店的地址后，便手牵手出门去了。

他们在看到鲫鱼寿司后会是怎样的表情呢？在闻到咸圆鲹鱼干的味道后又会是怎样的反应呢？光是想象一下就很开心。不管怎样，希望这可以成为他们在日本的珍贵回忆，尚美在心里默默祈祷。

就在尚美发呆时,一个男人朝礼宾台走了过来。他身穿高级西装,四十岁上下的模样。"能打扰一下吗?"

尚美赶忙起身:"当然,请问我能为您做些什么?"

"我是住在1801号房的KUSAKABE,有件事想请你帮忙。"

听到KUSAKABE这个名字,尚美立刻在脑中将其转换成了"日下部"这几个汉字,因为她想起了新田之前告诉她的内容。

"好的。日下部先生,您请坐。"

等对方坐好之后,尚美也坐了下来,并开始操作电脑。1801号房,日下部笃哉,果然是新田口中那个人。

"日下部先生,非常感谢您选择入住敝店。"尚美低头行礼,"敝店的服务您还满意吗? 有什么服务不周的地方,请尽管提出来。"

"到目前为止还不错。早餐也挺好吃的。"日下部跷起二郎腿,用意味深长的目光打量着尚美,"但问题从现在开始。"

尚美微笑着问道:"此话怎讲?"

"这家饭店的服务是不是一流的,就要看你们对我的要求能满足到什么程度了。"

果然如新田所言,是个有点儿爱显摆的人物,尚美心想。但不管怎样,他仍是饭店尊贵的客人,这一点是不变的。

"如果有什么我们能够帮得上忙的,请您尽管提。"

"嗯。其实……"日下部将身子微微前倾,"我今晚预订了这里的法式餐厅。七点。"

尚美看了一眼电脑屏幕,上面确实显示客人预订了法式餐厅。

"没错,您确实预订了。晚上七点开始,两位,要能欣赏夜景的座位,对吧?"

"对。可是,我想稍稍改变一下。"

"您想变成什么样呢?"尚美从口袋里取出笔记本,又拿起圆珠笔。

"也不是什么大不了的事,就是想把整个餐厅包场。"

尚美吃惊得屏住了呼吸,内心已是波涛汹涌,但还是忍住不表现在脸上。"我知道了。我现在马上就向餐厅确认,您能稍等一下吗?"

日下部摆了摆手:"那就不必了。我已经打电话问过餐厅了,但他们说不行,所以我才到礼宾台这里来,看你们有没有什么办法。"

"这样啊……"

当然不行了,尚美心想。这个时候餐厅肯定已经有很多预订,现在再联系那些客人说要拒绝他们,怎么想都是不可能的。

"你们有没有什么好办法呀?我无论如何都想两个人单独用餐。当然,钱嘛,多少我都出得起。"日下部信心满满地说道。

"如果想两个人单独用餐,我可以确认一下还有没有单间。如果没有,可以用隔板将两位和其他客人隔开。"面对无理的要求,就要拿替代方案对抗。

但日下部又摆摆手,摇摇头道:"那么窄的地方可不行,我的计划会无法实施的。而且,仅凭一道墙,哪能完全遮盖其他客人的动静,更别提什么隔板了。"

"那……"尚美发动所有脑细胞,寻找其他替代方案,"在日下部先生您的房间里享用全套法式晚餐如何?您的房间是皇家套房,空间应该足够宽敞。"

日下部的表情发生了变化,那样子像是在说:还有这一手?尚美见日下部这副表情,正在暗暗庆幸终于能让他满意了,不料日下部开口道:"不行,还是不行。服务员进进出出,开门关门的声音都能听到,这样一来就打乱我的计划了。"

"您刚刚也提到了同样的内容,说计划无法实施。如果您不介意,能告诉我那个计划是什么吗?"

"当然不介意。要实施那个计划还得请你们帮很多忙呢,我正想告诉你们来着。一言以蔽之，就是我想准备一个惊喜。"

"什么样的惊喜？"尚美再次拿起笔记本。

"玫瑰。"日下部瞪大眼睛，鼻孔也略微扩张。

"玫瑰……"尚美困惑了，光是这么说，她还是不明白日下部想做什么。

"今晚和我共进晚餐的人，是一位对我来说非常重要的女性。用餐结束后，我准备向她表达我的这份心意。"

"您是指……求婚？"

日下部重重地点了点头："可以这么说。"

尚美轻叹一口气，如释重负。这样啊，原来是这么一回事，那你早点儿这样说不就行了吗？她心想。

我想要进行一次戏剧性的求婚，请你们帮帮忙——这种请求，礼宾台每年都会接到好几件。为了应对，尚美平常就会搜集各种点子，还储备了几个压箱底的法宝。但这次这位日下部先生，好像已经有自己的打算了。

"您想怎么安排呢？"尚美问道。

"时机要等到上甜点之后。"日下部像是在挥动指挥棒一样挥了挥食指，"甜点结束，茶点开始后，想请你们演奏一首钢琴曲，曲名叫《回忆》。你知道这首曲子吗？是音乐剧《猫》的主题曲。"

"我知道。"尚美快速记下笔记，"请问这首曲子对您有什么特别的意义吗？"

"初次约会时，我们一起去看了那场音乐剧。今晚她一听到这首曲子，肯定会有所察觉——马上有什么要发生了。"

想法真简单，尚美心想，但没有说出口。"这之后您准备怎么安排呢？"

"演奏要结束时，灯光也逐渐变暗。"日下部先张开双臂，又慢慢收回,"当曲子完全结束时,光源就只剩下我们桌子上的蜡烛了。"估计是想要展现那个时候室内黑暗吧,日下部降低声音悄悄说道。

事前在桌上摆好蜡烛,尚美在笔记本上写道。

"事发突然,她一定会疑惑。但是我什么都不会说,只是吹灭蜡烛。当然,那一刻餐厅会变得漆黑。这时,我会跟她说'你回头看'。然后她背后会打上聚光灯。"日下部的声音又慢慢变大,"出现在她面前的将是一条玫瑰之路。"

"玫瑰之路?"尚美停止做笔记,抬头问道,"具体是什么样子的?"

日下部笔直地伸出双臂:"首先,从我们的座位一直到餐厅的出口要铺上红地毯,大概一米宽就可以。"

"铺上红地毯……"尚美赶紧做笔记。红地毯从宴会部就能借到。

"然后,"日下部继续说道,"在红地毯的两侧摆上玫瑰路引,鲜红的玫瑰。尽量不要留缝隙,要摆满。"

原来如此,这就是所谓的玫瑰之路啊,尚美边做笔记边开始思考:要从餐厅内一直到门口全摆满玫瑰的话,大概要多少朵才够呢?恐怕一两百朵根本就不够。

"估计她看到后会惊讶得说不出话来,趁她发呆的空当,我就赶紧将早已藏在脚边的玫瑰花束送给她。总共一百零八朵红玫瑰,花束正中间放着我提前买好的戒指。"说到这儿,日下部干咳了一下,"那时候我会说什么,现在就不必明说了吧。她收下戒指后,我和她两个人就沿着玫瑰之路退场……怎么样?"

"我明白了……"尚美反复回味日下部的话,脑中想象着将会出现的画面。

这个点子如此蹩脚,光是听着就觉得害臊。但也不至于太糟,毕竟还是有些冲击力的,而且如果那位女士真心喜欢日下部,应该会很感动。

可问题是计划能不能实现。因为必须在女士背后迅速摆上数百朵玫瑰而又不被她发现，而且摆放玫瑰花的时机只有店内灯光变暗的短短一段时间，仅靠一两个员工根本完不成。

现在尚美明白了日下部为什么说自己的房间不行。皇家套房再怎么宽敞，要想趁他们用餐时悄无声息地将大量玫瑰搬进房内是不可能的。要想执行这一计划，必须把餐厅包场，并提前藏好玫瑰。

"怎么样，是不是这家饭店做不了这么富有戏剧性的事情啊？"日下部挑起双眉，似乎在挑衅：要想让我觉得你们是一流饭店，这种程度的要求都满足不了怎么行。

"做得了。我会想办法满足您的要求的。"尚美斩钉截铁地说道，"日下部先生，请问用餐时间能稍微调整一下吗？"

"调整时间？大概多久？"

"比如晚一个小时怎么样？我可以跟餐厅商量好，让他们调整给您二位上菜的时间，以保证当您二位用餐结束时，其他的客人都已经回去了。也就是说，等上甜点的时候，餐厅就相当于变成了您的包场。您意下如何？"尚美偷偷观察对方的脸色。

日下部托着腮，陷入了沉思，估计是在斟酌这个新的方案吧。眼看他眉间皱起了褶子，尚美心里不安起来。

但是，那褶子下一秒就消失了。日下部盯着尚美，点点头："行。这个方案还是不错的，那我们就照这个办吧。晚餐时间变为八点。剩下的就交给你了，可以吗？"

尚美松了一口气："请放心交给我吧。"

"那就拜托你了。我接下来要出去办点儿事，要是有什么问题就给我打电话。"说着，日下部从怀里掏出一张名片放到桌子上，起身道，"我会在晚餐前一小时回到饭店，到时会来问你事情的进展。"

尚美也赶忙起身："我知道了，您请慢走。"

目送日下部从正面玄关出去之后，尚美火速拿起了电话。首先要跟餐厅员工交涉，然后还要准备红地毯和玫瑰。她在心底默默祈祷：今天千万别再有比这更麻烦的事情找上门来了。

10

"那就请您下午六点半直接送到餐厅来吧,拜托您了。这次能满足我这么无理的要求,真是十分感谢。"挂断电话,尚美轻舒了一口气,红玫瑰终于顺利搞定。虽然饭店内也有花店,但是玫瑰花的数量远远不够,尚美只好打电话找外面的花店求助。

餐厅员工也协商好了。调整上菜的时间、钢琴演奏、灯光调整其实都是小事一桩。日下部要求的一百零八朵玫瑰的花束,也只需提前藏在桌子底下。真正的难题,还是玫瑰之路。

餐厅的主厅和玄关入口由一扇门隔开。等其他客人用餐结束离开之后,尚美他们就可以开始布置,将红地毯和玫瑰铺至门前。问题是门后到主厅的这段距离,如何才能不被那位女士发现而又能在她身后铺上地毯、摆上玫瑰呢?尚美打算让女士坐在背朝门的位置上,但只要不小心弄出一点儿动静,一切计划就都化为泡影了。

为了防止这种情况,大家商量之后,决定在上甜点之前,找个空当在女士背后摆上屏风。这样即使女士回头了,工作人员摆放玫瑰的样子也不会暴露。然后,瞄准钢琴演奏的时机把屏风撤掉,再一鼓作气把玫瑰摆至女士身后。钢琴曲《回忆》的演奏肯定是女士意料之外的事,注意力一时间应该会被旋律所吸引,无暇顾及背后。

以防万一，工作人员还移动了钢琴的位置，以确保女士的视线可以正对前方而不分神。

尚美心想，作为礼宾人员能做的都做了，接下来就看日下部的本事了。为了今晚，他还准备了求婚表白的话，到底是什么话呢？尚美不禁好奇起来。不过就冲着那一百零八朵玫瑰，尚美也能猜个八九不离十。

就在尚美天马行空发挥想象力的时候，一个女人朝礼宾台走了过来。她约莫三十岁上下，气质稳重大方，是个典型的日本美人。

"有点儿事情想要咨询您一下，现在有空吗？"女人彬彬有礼地问道。

尚美赶忙站起身来："可以，请问有什么事吗？"

女人做了个深呼吸，平复了一下心情后，开口道："有位姓日下部的男士昨天入住这里了吧，日下部笃哉？"

从女人口中听到这个刚刚还盘旋在脑海中的名字，尚美不禁有点儿惊慌失措。但在这种场合下该如何作答是有规定的，所以无须困惑。

"这位女士，实在抱歉，我们饭店规定不能随便回答类似的问题。请您谅解。"尚美低下头，诚恳地道歉。

女人脸上稍稍泛出一丝焦躁的神情，但她只是无可奈何地点了点头："我明白了。但我知道他就住在这家饭店，因为今晚我和他要在这里的餐厅用餐。"

原来是你啊，尚美心想，并努力控制住自己不去凝视女人的面庞。"这样啊，祝您用餐愉快。"

"他……没向你拜托什么事情吗？"

"哎？！"尚美不禁看向女人的眼睛。

"他没有拜托你在用餐的时候提供一些特别服务什么的？"

面对这个问题，尚美有点儿不知所措。不仅因为女人知道这件事情令她感到疑惑，也因为她察觉到了对方的目光是如此真挚。

看尚美哑口无言，女人再次问道："有吗？"

"非常抱歉，您的这个问题我也无法……"

"无法回答吗？"

"非常抱歉。"尚美再次低下头。道歉也是饭店员工的工作之一。

"我知道了。不用了。"女人转身就要离开。

尚美犹豫了。应该就这样让她回去吗？看她刚才真挚的目光，显然是有什么重要的事情。

"女士！"尚美喊道。女人停下脚步，回过头。

"有关其他客人的隐私我们无法回答，但您如果有什么需要我们帮忙的，请尽管提。"

女人仍然保持回头的姿势，垂下眼帘像是在思考什么。几秒钟之后，她折返回来。"既然你这么说，那就恭敬不如从命了。"

"有什么要求请尽管提。"尚美劝女人坐下，随后自己也坐了下来。"请问您有什么要求呢？"尚美重新问道。

女人深呼吸了一下："刚才我也提到过，今晚我要和日下部先生一起用餐。他因为工作的关系一直住在美国，我们这次也是隔了好久才见面。等新年一过，他马上又要回美国了，很长时间内不会再回日本。所以他今晚……"女人咽了口唾沫，继续说道，"所以我觉得他今晚会向我求婚。那个人一向喜欢华丽的东西，所以我猜他肯定会下足功夫，拉上贵店员工帮忙。你说这涉及客人隐私不能告诉我，那就算了，但我这边有件事情要向你挑明。"

"……是什么事情呢？"

"就是……我不准备说'YES'。"

尚美吃了一惊，盯着女人问道："您准备拒绝日下部先生的求婚？"

"是的。"女人轻轻点头,"我要拒绝。"

"这样啊。这种事也不是我们饭店员工方便插嘴的……"日下部笃哉的神态浮现在尚美眼前。要是求婚被拒绝了,自信满满的他会变成什么样子呢?

女人突然轻笑一声:"你一定觉得我是个很奇怪的女人吧。明知道会被求婚,而且也决定要拒绝,为什么还答应来赴宴呢?"

"没这回事……"虽然尚美含糊其词,但其实被说中了。现在她心中满是疑问。

"和日下部先生相遇,是在三年前的北海道。那时我在滑雪场的缆车里碰到了他,稍作交谈后就认识了。他老家在横滨,我老家在埼玉。滑雪旅行结束后,我们马上就又见面了。第一次约会时我们一起看了音乐剧《猫》,但内容我都记不太清了。只记得自己当时就像一个春心萌动的初中生一样,心里小鹿乱撞,紧张到不行。"

"从那个时候起您就被日下部先生吸引了吧。"

女人害羞地轻轻点点头:"后来,他不得不回美国。在他回去之前,我们一有空就约出来见面。他回去的时候,我还去成田机场给他送行。当时我们还约定好只要他回国我们就见面,实际上每隔几个月也真的都见到面了。他在美国的时候,我们就用短信或视频电话联系。"

"真是很美好的关系。"

"谢谢。"女人微笑道,"我不想结束现在的这种关系,如果有可能的话,最好能一直保持下去。但我也明白这是很自私的想法。"

尚美稍稍歪了歪脑袋:"这话怎么说?"

"对于我俩来说,结婚不等于维持现在的关系。要是结了婚,我就要辞掉工作,跟着他去美国。"

"您是做什么工作的?"

"老师。但不是一般学校的老师,而是残疾儿童上的那种特别支援学校。"女人直直地看着尚美的眼睛说道。那目光显然是对自己的工作充满了自豪。

"是很有意义的工作啊。"尚美由衷地说道。

"谢谢。"女人再次道谢,"所以我无法跟他一起去美国。我在日本有自己要完成的使命,那就是照看那些有残疾的孩子,让他们获得能够自力更生的勇气和能力。虽然我一直在苦恼,但最终还是找到了答案——我要在这条路上一直走下去。所以当我接到今晚用餐的邀请时,本来是想拒绝的,因为我预感他会向我求婚。但是我又不想通过电话或短信跟他分手,我想这种方式他也不会同意,而且,我也想好好地享受跟他的最后一顿晚餐。"

"难道没有两全其美的办法吗?比如说先不结婚,但是还是保持现在的关系之类的。"

听了尚美的建议,女人苦笑了一下:"我刚刚也说过了,这个想法太自私了。只要我不离开日本,他就需要另外寻找伴侣,毕竟不能把时间浪费在我身上。再说了,说不定我以后会有新的邂逅呢。"

"……您说得有道理。"听了女人冷静的话语,尚美只好选择闭嘴,毕竟世界之大,恋爱的形式也多得数不清。"那么,我们能帮您什么忙呢?"

"你想啊,"女人突然挺直脊背,"面对他的求婚,我只能回答'NO'吧?可是这样的话,一个美妙的夜晚就被糟蹋了,是不是?所以,我想请你们帮忙想想有没有什么好办法。"

"好办法……比如说?"

女人摇摇头:"我也不知道,所以才来找你商量嘛。我想要的,是一个既不能让他丢脸,又不会让气氛变得尴尬,但是能明确拒绝求婚的办法。"

尚美疑惑了。这种办法真的存在吗?但是作为礼宾人员,无论如何都不能说"不可能"。

"明白了。"尚美回答道,"我会试着想想办法的。请给我点儿时间可以吗?"

"当然可以。那就拜托你了。"女人从包里取出一张名片,"要是想到办法,就按上面的号码联系我。"

尚美接过名片,看到上面印着特别支援学校的名字,还有"教员 狩野妙子"、手机号码、邮箱地址等内容。

尚美也赶忙递上自己的名片:"要是您的想法有变化,请随时跟我联系。"

"不会有变化的。对于求婚,我的答案始终是NO。"狩野妙子莞尔一笑,抛下一句"拜托了",便扬长而去。

11

宴会部的江上经理不愧是做宴会主持的,平日里都像惠比寿神一样笑眯眯,可今天交出资料的时候,却是一副苦哈哈的表情。他提交的那摞资料的最上面写着"假面之夜 参加者名单",下面紧跟着一长串客人的名字。

"那就借看一眼了。"新田说着拿起资料。

这里是办公楼的三层,宴会部的办公室就在这里。江上的座位在阳光能照射到的窗户旁边。名单上面记载的是预约者姓名、参加人数以及预约者的联系方式。联系方式一栏里写着电话号码或邮箱地址,或两个都写了,但就是没有住址。

"没有预约者以外的参加者的名字吗?"

"没有。"江上回答道,"几乎所有人都是在预订饭店的同时报名参加舞会的。饭店预订本来就是以预订者的名字办理的,所以其他参加者的名字我们不太清楚。"

"那这样一来,在会场入口就无法确认身份了吧?"

"在办理入住的时候,都会按人头把入场券发给已报名参加舞会的客人。新田先生,您已经开始在前台办理业务了,这一点您应该知道吧?"

"只要有那张券，谁都能进入会场吧。"

"我想您应该是知道的，参加舞会的人必须要变装。这种情况下还进行身份确认，恐怕没什么意义。"江上一本正经地说道。

"哈哈。确实是。"

"新田先生，"江上严厉地盯着新田，"您要知道，对饭店来说，把这种名单交给外人是不得已而为之的。"

新田绷紧表情，看向江上："请您放心，我会慎重对待。"说着，他便拿起资料转身离开了。

走出房间，新田顺着楼梯来到了二层的会议室。一个姓上岛的年轻刑警正坐在电脑前，他是专攻计算机和网络犯罪的。新田从他背后偷偷看了一眼电脑屏幕，发现他好像正在检索警视厅的数据库。

"犯罪记录吗？"新田问道。

"嗯，正在用饭店客人的名字检索。"

"有线索吗？"

"目前为止还没有任何线索。轻微犯罪或交通违章之类的，我都忽略不计了。要是连这种程度都查的话，可就没完没了了，时间再多都不够用。"

"要是有重大犯罪前科，使用假名的可能性会很高。"

"说得没错。所以我把驾驶证也放在了检索范围之内，估计会有很多同名同姓的人出现吧。"

"只要能把面部照片拿到手就够了。是不是本人，就交给我来辨别。"

"拜托了。"

新田放下手中的资料，说道："这个就交给你了。"

"这是什么？"

"跨年晚会参加者名单。不过只有预约者的名字，而且还不知道是真名还是假名。"

"那我收下了。"

新田走出会议室,看了一下手表,还差几分钟就下午两点了。马上就是办理入住的时间了,但凭新田以往的经验,这个时间段入住的客人比较少。只不过前台要做的工作还有很多——确认房间的清洁状况、对连续多日预订以及多间预订进行房间分配,等等。但是对于冒充饭店员工的新田来说,没有实际动手的必要,况且氏原也会擦亮眼睛盯着他的一举一动。比起这些,倒是有一件事情让新田很挂心。

新田回到本馆,走到礼宾台前,看到山岸尚美正在操作电脑。她表情严肃,皱着眉头。

"看来你很忙啊。"

听到新田的声音,尚美仍然目不转睛地盯着电脑:"与其说很忙,不如说是很烦恼。"

"有人给你布置了很难的任务?"

尚美抬起头,目光严厉:"有事就快说。"

"我想跟你确认一下日下部的事情。他早上来找你了吧,我从前台看到了。他都找你聊什么了?"

尚美微微一笑:"日下部先生确实提了一个要求,但我敢肯定跟案件没有关系。希望您可以信任我这个礼宾人员。"尚美用异乎寻常的委婉语调回答道。

"你不是说过,饭店员工之间有必要共享客人的信息吗?"

"我应该也说过,如果涉及客人隐私,就另当别论。"

"就算是这样,也不可能是除你之外的其他员工都不知情吧?你总该告诉要帮忙的人。"

"您说得没错。不过我并没打算请新田先生帮忙。"

新田露出不愉快的表情:"拜托你了。我不是跟你提过,上头要求我们彻底监视那些一直住到跨年夜的客人的动静嘛。日下部跟你的聊天内容与案件有没有关系,由警方来判断,还请你协助调查,告诉我吧。"

尚美无可奈何地耸耸肩:"真拿你没办法。你可不要到处乱说啊。"

"我明白。你大可放心。"

尚美于是娓娓道来。内容平凡无奇,让新田很是泄气,不过就是计划用玫瑰攻势展开求婚而已。

"听起来确实跟案件没什么联系。"新田脱口而出听后的感想。

"都跟你说过没关系了。还有其他事情吗?我现在可是为了这件事很头疼呢。"

"是吗?但这也不是什么太难的任务吧。不就是摆上大量玫瑰,再安排一下演出什么的嘛。"

"本来是挺简单的,但事情变得复杂起来了。因为一起用餐的女士又提出了其他要求。"

"一起用餐的女士?这是怎么回事?"

尚美稍稍犹豫了一下到底要不要说,最终还是将事情的前因后果偷偷告诉了新田。听罢,新田不禁惊讶地往后仰了仰身子:"要拒绝求婚?!"

"你声音太大了!"尚美皱眉道。

"这个要求还真是有点儿乱来。既不能让对方丢脸,又不能让气氛变得尴尬,但是又能明确拒绝求婚?真能找出这么好的方法吗?"

"虽然很难,但是也要想办法办到才行。这就是礼宾人员的工作使命。"尚美语气坚定地说完后,又点了点头,像是在给自己打气。

"一般来说,当男人决定要求婚时,是觉得有胜算才这么做的,脑海里肯定已经幻想好了女性说'YES'的画面。要是被拒绝,肯定会陷入恐慌的。"

"我也很担心这个。日下部先生可是信心满满,完全没想过会被拒绝。"

"那你干脆告诉他好了,说'你求婚会被拒绝'。"

尚美气鼓鼓地盯着新田:"这种话怎么可能说得出口?!"

"不行吗?"

"当然不行。要是他问'为什么你敢断言',我该怎么回答?"

"告诉他事实不就好了,说是那位女士告诉你的。"

"这种事可不能轻举妄动。狩野女士还想自己亲口跟他说呢。"

新田皱起眉头:"真是麻烦。"

"确实有点儿麻烦,但这毕竟是关系到两个人的大事,必须要慎重对待。"尚美一本正经地说道。

"真是辛苦你了。果然还是你专业,我就等着跟你讨教该怎么处理吧。"

这时,新田的手机响了。他掏出来一看,是能势打过来的。他接起电话:"喂。"

"新田老弟,是我,能势。昨晚真是打扰了。"

"你就别跟我客气了,有什么事吗?"

"就是昨晚跟你讨论的那件事。如果这次案件是连续杀人案,那至今未破的杀人案里有些可能是同一凶手作案的那个假设。我今天一早就去找资料组的同届警友帮忙了。"

和迟钝的外表相反,能势行动起来相当迅速灵活。"真不愧是能势兄,"新田再次深深感慨道,"发现什么了吗?"

"这个……"能势用不怎么乐观的语调回答道,"总之,我先让那个同届警友帮忙调查了一年内未侦破的案件,没发现能跟这次案件挂钩的内容。倒是有几起年轻女性被杀的案件,但没有共通的关键词。"

"关键词？"

"针对过去案件的侦查资料，资料组分门别类做了数据管理，所以只要输入相关的关键词，就能立马找到对应的资料。以这次的案件为例，触电死亡、告密信就是关键词。除此之外，我们还用被害人的名字、工作店铺的名字、公寓的名字做了尝试。当然，也用东京柯尔特西亚试了一下。"

"但都没能发现像样的内容？"

"是啊。所以我想稍微扩大一下检索的范围，却找不到合适的关键词，正犯愁呢。"

"哈哈，关键词啊。"

"你有没有什么好点子？"

新田心想，这次的案件，自己不比能势了解得多，还是仔细回想一下之前跟他的对话内容，说不定能得到什么启发。"'风格改变'怎么样？或者是'少女趣味'之类的？"

"对啊，忘了还有这方面的。我马上就按这几个词试一下。真不愧是新田老弟。"

"也有可能跑偏离题哦。"

"没关系。刑警的工作就是到处胡乱放枪。"

真是有趣的比喻。"没错。"新田附和道。

"另外一件事我也正在调查。就是假设举报人当时从某处建筑物偷窥被害人房间的那件事。"

"怎么样？"

"很遗憾，附近并没有符合条件的建筑物。其实想想也是，正因为如此，被害人才会拉开窗帘吧。要是附近有能偷窥的建筑物，正常情况下都会拉上窗帘。"

"确实。"

新田正要因推理落空而垂头丧气，能势接着说道："不过……要是使用高倍望远镜，能偷窥到被害人房间的建筑物范围就广了。假设扩展到一千米会怎样？我现在正让年轻刑警调查呢。"

"一千米？那也太厉害了。"

"越想越觉得新田老弟的推理是正确的。总之，我还会加把劲儿坚持下去的。对了，之前跟你提过的那个女实习医生，我今晚还要再去会会她。这次非得让她坦白不可。"

"我知道了。祝你能有所收获。"

挂断电话之后，新田告诉尚美刚刚的电话是能势打来的。调查上次案件的时候，她和能势见过面。

"这样啊。那位警官也进了警视厅……如此说来是高升了吧。"

"他本来就很优秀，而且做事风格跟我完全不同。他总是踏踏实实地到处搜集证据，然后找出真相。在他面前，连有所隐瞒的人都会忍不住对他说实话。"

"那他肯定能说会道。"

"和能说会道稍微有点儿不同。"新田歪着脑袋，"那个人有很强大的武器，是我不曾拥有的。"

"什么武器？"

"诚意。"新田说道，"不论对方是什么人，他都会先展示自己的诚意。不仅用词很小心，姿态也低，但绝对不是人前一套人后一套。看到他真诚的态度，任谁都会想要打开心扉。"

"诚意吗……"

"对。像我这样的人动不动就想要耍手腕心机，虽然我也知道这样做是无法打动人心的。"

"手腕心机……"尚美小声重复了一句后，突然睁大了眼睛，仿佛醍醐灌顶。她眨了眨眼睛，盯着新田说道："没错，手腕心机是不好呢。"

"你这是怎么了？"

"也许，日下部先生的那件事，我找到解决办法了。"

"真的吗？怎么办？"

"一直以来，我想到的净是些小打小闹的伎俩，根本就无法从中体会到诚意。狩野女士的心意也不是闹着玩儿的，说不定直接表现出来反而会更好。"尚美的语气渐渐变成了自言自语。她先是像陷入沉思般望着半空中发呆，接着又像是回过神来似的看向新田："新田先生，不好意思，从现在开始我要着手做很多安排了。"

"明白。赶紧忙你的工作吧。不好意思打扰你了。"

尚美调整了一下坐姿，开始打电话。她的脸上已然挂满了往日的自信。

12

日下部笃哉回到饭店时已经是晚上七点多了。他来到礼宾台，问尚美："准备得怎么样了？"

"一切都按您的吩咐准备妥当了。餐厅员工那边已经掌握了所有情况，只要日下部先生到时按服务员的引导坐到指定位置就行了。"

"知道了。那我八点到餐厅去。"

"我会在上甜点之前在餐厅里待命。绝对不会打扰二位，您尽可放心。"

"那拜托你了。还真有点儿紧张呢。"日下部露出一副很满意的笑容，朝电梯间走去。

大概三十分钟后，狩野妙子带着略显僵硬的表情也来到了礼宾台。尚美赶忙引导她坐电梯上了二层——万一被日下部撞见她俩在一起，可就大事不妙了。

尚美朝婚礼场地瞄了一眼，发现没人，便找了一个角落的位置坐下。

"想到什么好点子了吗？"狩野妙子问。

尚美挺直后背，直直地盯着她的眼睛："我想了很多，但最终还是觉得不必故意模棱两可，只要堂堂正正地回答'NO'就是最好的办法了。"

狩野妙子的脸上布满了疑云："你是要我清清楚楚地拒绝吗？"

"我觉得 NO 也是分很多种的。像狩野女士您的情况，并不是要拒绝日下部先生本人，而是要表达您无法同他结婚、远赴美国。但您仍然是喜欢他的，对吧？既然这样，您只要把自己的真实感受坦率地表达出来就好了，不是吗？"

"怎么表达？"

"这并不难。只要您准备相同的东西就可以了。"

"相同的东西？"狩野妙子一头雾水。

"对。"尚美微笑着点点头，"和日下部先生准备同样的东西——鲜花之路。"

13

新田瞥了一眼手表,指针指向夜间九点五十分,距上次确认时间才过了十分钟。他又抬头朝礼宾台的方向望去,看见山岸尚美坐在台前,似乎在做着笔记,丝毫没有要动身的样子。

"怎么了?"久我在一旁小声问道,"从刚才你就在不停地看手表。"

"没什么。"新田回答道,"今晚又要在办公楼召开调查会议,我心想可千万不能迟到。"

"你这工作可真是不容易,换我可做不来。"久我摇摇头,一副"我真是服了你"的表情。

"半斤八两吧。我也只是为了调查需要在这里短时间装装样子而已,如果真要让我一直做饭店员工,我早就吓跑了。"

"听你这样说,我就放心了。"久我苦笑道。

"就算你现在立马逃跑也无妨,我可是热烈欢迎。"面朝前台的氏原回头说道,语气里丝毫没有开玩笑的意思。

久我面露难色,斥道:"氏原,你也真是的……"新田微微一笑,冲久我摆了摆手,示意他不要在意。

饭店入住手续的办理暂时告一段落。现在待在前台的,只有新田、久我、氏原三人。整个大堂仿佛在真空中一般悄然无声。

"其实,"新田小声对久我说,"比起调查会议,我一直惦记着法式餐厅那边怎么样了呢。"

"那个啊,"久我扭头看看礼宾台,"我也听说了。据说有个客人计划在餐厅举办一场盛大的求婚仪式。"

"是一位姓日下部的客人,昨天深夜办理入住。因为要住到元旦才退房,上司让我多盯着点儿。可是,除此之外,还有一点我很在意。"

"求婚能不能成功?"

"不是。事情可没这么单纯。"

"怎么说?"

"你俩简直不成体统。"氏原又一次回头,"如果是为了案件调查相互交流客人的信息也就算了,净聊些八卦,是要干什么?"

"哎呀,失礼失礼。我告辞了。"久我苦笑着道歉之后,打开后面的门,朝办公室走去。

"新田先生,"氏原看着新田继续说道,"如果是和您的工作有关的话,就请去餐厅看一下情况如何。只要不是在前台办公区域内,新田先生您在哪儿做什么,都和我没关系。"他说完便扭过头去。

"这样啊。那需要的时候,我会去的。"

"请便。"冷冰冰的回答传了过来。

就在这时,一名高挑的女人从正面玄关进来,径直朝前台走来。她长得很美,估计是欧美混血,轮廓很立体,身披一件深棕色的毛领大衣,手拉行李箱。行李员赶忙小跑上前,和女人简单交流了几句之后,便接过行李箱来到前台。行李员看了看新田和氏原,说道:"客人姓 NAKANE,要办理入住。"

新田敲打手边的电脑键盘,调出预订者名单。名单上面只显示了一名叫仲根（NAKANE）伸一郎的男士的名字，除此之外，便没有其他姓NAKANE的客人名字了。

此时女人也来到了前台："我是NAKANE。"

"不好意思，请问名字是什么？"氏原温柔地问道，语气与和新田说话时截然不同。

"啊，"女人恍然大悟般点了点头，"名字是伸一郎，是实际预订的人。不过他要过会儿才到，所以让我先来办理入住手续。"女人的嗓音沙哑，富有魅力。

"我知道了。现在跟您确认一下预订信息。您预订的房间是转角套房，两位，入住时间是从今天到一月一号，共三晚，对吗？"

"对。"

"行政前台还在营业时间内，您是去那里办理还是现在直接办理呢？"

"直接办理就可以。"

"那么，请您填写这张表格。"氏原把住宿登记表递到女人面前。

女人拿起圆珠笔，稍稍犹豫了一下后开始填写。"这样可以吗？"

新田偷看了一眼女人填好的表格。姓名栏填的名字是仲根绿（MIDORI NAKANE），住址是爱知县。

这里本来应该填写预订人的名字，但鉴于姓氏一样，估计也没什么大问题。氏原并未让女人重新填写，说了声"可以，谢谢"，把表格接了过来。

"仲根女士，请问您用什么方式支付，信用卡还是现金？"

"嗯……大概是信用卡吧。"女人歪头想了一下后答道。

大概？那支付人应该是仲根伸一郎了。

"这样的话，按规定我们需要留一下信用卡的复印件。"

"啊，但本人还没过来……能先付押金吗？"

"当然可以。如果是以现金支付押金,我们需要收取住宿费的150%。您这次要住三晚,需要支付的押金是……这个金额。"氏原熟练地敲打计算器,算好金额后递到女人面前。屏幕上显示的金额超过六十万日元。

想必谁都不会随身携带这么多现金吧。女人面露难色。

"仲根女士,用来复印的信用卡和您实际支付时的信用卡不一样也是没关系的。如果现在您手头有信用卡,可以先拿来复印,没有问题。"

"持卡人是我也没关系吗?"

"是的。"

女人略微想了想,点点头,然后从钱包里取出一张金卡,放在氏原面前:"这张可以吗?"

"请稍等。"氏原拿过卡正要去复印,却像发现了什么似的,脸上瞬间露出了讶异的表情。这一切都没有逃过新田的眼睛。

复印完后,氏原道了声谢,便把卡还给了女人。

趁氏原准备房卡的空当,新田偷偷看了一下信用卡复印件,上面赫然印着"MIDORI MAKIMURA(牧村绿)"。

"让您久等了,仲根女士。这是1701号套房的房卡、早餐券和跨年晚会的入场券。"氏原说明道。

循着氏原的声音,新田朝桌上望去,发现跨年晚会的入场券有两张。

接着,氏原又把饭店的服务内容简单说明了一遍,随后便招手把站在一旁等候的行李员叫过来,把卡递给了他。在行李员的带领下,女人朝电梯走去。

新田拿起住宿登记表看了一眼,说道:"看来她填的不是真名。虽然名字都叫绿(MIDORI),但信用卡上的姓却是牧村,而且她手上没有戴婚戒，应该不是随夫姓。故意将姓填成和那个男人一样的，应该是想让别人认为他们是夫妻吧。"

已经恢复面无表情状态的氏原不耐烦地撇了一下嘴，劈手夺过新田手上的表格："那又怎么样？"

"没有结婚的男女共住一个房间本来不是什么稀罕事，但她故意把名字填成那样，应该是有什么见不得人的地方吧。"

"你是指婚外恋？"

"也许吧，但也不能一口咬定就是那样。这种情况多了去了。这种客人对饭店来说可是贵客。他们不方便在大庭广众下公然见面，肯定不会去餐厅这样的公共场所。这样一来，自然会消费客房冰箱里的东西或是利用客房的送餐服务。这两项对饭店来说可是非常有赚头的。"氏原云淡风轻地继续说道，"用我们饭店行话说就是Love Affair——风流韵事。"

"哈哈，"新田笑道，"风流韵事吗？真够直接的。"

"要是拐弯抹角、遮遮掩掩的，我们这生意可就做不成了。"氏原面无表情地说完后，便背过身去。

这时，从礼宾台那边传来了电话铃声。新田扭头看去时，山岸尚美正拿起话筒。

14

打电话给尚美的,是法式餐厅的经理大木。

"刚刚我们已经上了主菜,接下来就是甜点了。"

"知道了。我马上赶过去。"

礼宾台的营业时间早已结束。尚美挂断电话后赶忙朝电梯间奔去。她刚上电梯,新田便从身后追了上来:"能让我也见证一下这一浪漫的时刻吗?"

尚美眨眨眼,看着他问:"为什么?"

"我不是说过了嘛。日下部可是重点监视对象,要尽可能掌握他的动静。"说完,新田笑着搓了搓鼻子下方,继续道,"这么说其实只是借口,我就是想凑热闹,看一看你是如何解决那个难题的。请放心,我绝对不会捣乱的。"

尚美苦笑道:"好吧。毕竟我能想到解决方案也算是新田先生给我的启发。"

"你是说诚意吗?那个怎么就变成启发了呢?"

"这个嘛,敬请期待吧。其实,到底能不能顺利进行,我一点儿把握都没有,说不定会被日下部先生斥责呢。"

"我越来越感兴趣了。"新田两眼透出好奇的光芒。这时,电梯到了。

"你要答应我一件事。"下了电梯之后,尚美冲新田说,"进了玄关入口之后,一定不要发出任何声音,也不准乱动。你能答应我吗?"

"在旁边老老实实看着就行了。嗯,当然能答应你。"

"那就好。"

尚美和新田走到法式餐厅前面,发现玄关入口的门是关着的,大木站在门前。

"都这么晚了。"尚美说道。

"有一组外国客人迟迟不肯离开,所以日下部先生他们的主菜也迟迟上不了。不过已经没事了,现在里面只剩下日下部先生他们了。"说着,大木一脸惊讶地看向新田。

"不用管我。"新田说道,"我就是来参观学习的。"

大木虽然还是一副无法理解的表情,但也没再问什么。"入口处的灯光调得很暗,小心点儿。"说着,他打开了入口处的门。

尚美和新田紧跟在大木身后走了进去。里面确实很暗,但依稀能看到地板上铺着红地毯,两侧设置了鲜花路引。

看到鲜花后,新田正想要说些什么,尚美做了一个嘘声的动作。

红毯一直延伸到主厅门前。日下部他们现在应该就在里面用餐。主厅门前站着几名员工,他们身旁堆满了用来当路引的插花,目测大概有二十多个。

这时,一名男员工开门走了出来,在大木耳边轻声嘀咕了几句。

"甜点已经上了,屏风也摆好了,钢琴师已经准备就绪。"大木小声对一旁待命的员工说道。

门打开后,员工们迅速行动起来。一人开始铺地毯,其余的人则抱着路引插花,弯腰前行。

尚美站在大木旁边,悄悄观察里面的情况。

摆满大厅的餐桌均已收拾完毕,唯一还在用餐的那桌被摆在窗前的一米半高的屏风遮挡住了,从尚美的位置是看不到的。短短几秒钟,红地毯已经铺至屏风下面,路引插花也已经摆到屏风后面,员工们没有丝毫多余的动作。

这时,一个推着饮料车的服务员出现了,慢慢朝屏风后面的那桌靠近,可以看到小车上放着两人点的饮料。过了片刻,服务员又慢慢退下。茶点时间要开始了。

"终于要开始了。"尚美在大木耳边轻声说道,"灯光调整怎么样?"

"没问题。工程部的员工已准备就绪。"

女钢琴家按下琴键。是音乐剧《猫》的主题曲《回忆》。曲子本来就有名,再加上一开始就是从大家都熟知的章节处开始演奏,所以冲击力甚是强烈。

两名员工蹑手蹑脚地靠近屏风,将其撤到旁边的角落,日下部两人隔着桌子相对而坐的样子映入眼帘。背对尚美等人坐着的是狩野妙子,她的注意力完全集中在钢琴演奏上,丝毫没有要回头看的样子。

从尚美的位置可以看到日下部,他应该也能看到尚美他们,但他完全没往这边看,只是扭着身子把脸朝向钢琴的方向,估计是不想被狩野妙子发现有什么异样吧。

渐渐的,灯光暗了下来,钢琴演奏也迎来了高潮。尚美看到员工们一鼓作气将红地毯铺到了狩野妙子身后,同时也摆放好了路引插花。顺利布置完毕后,员工们又蹑手蹑脚地迅速回到原位。

钢琴演奏结束的同时,照明灯光全部灭了。剩下的唯一光亮,是两人桌上摆着的蜡烛。

尚美他们看不到狩野妙子的反应。好像她在说着什么,但由于距离太远听不到。倒是坐在对面的日下部一副十分满足的表情。

日下部靠近蜡烛，一口气将其吹灭，餐厅瞬间变得一片漆黑。但马上，狩野妙子身后洒下了一片聚光灯的亮光。排得整整齐齐的鲜红花朵在灯光下愈发华丽惊艳。

"你回头看。"一片寂静之中，日下部的声音回荡在整个大厅里。

狩野妙子回过头，双眼瞬间放出惊讶的光芒。虽然她早知道会有这么一出，但那神情却不像是在演戏。大概是眼前的场景之美远远超出了她的预期吧。

"妙子。"日下部再次唤道。狩野妙子回头看时，日下部已经起身，怀里捧着超大束的玫瑰花。

"你知道红玫瑰的花语是什么吗？"日下部问道。

"应该是……爱情？"

日下部点了点头："没错。但是，这捧玫瑰是特别的，总共有一百零八朵，这个数字有着特殊的含义。如果你不知道，现在可以立刻用手机查一下。"

果然不出所料，尚美心想。

狩野妙子从包里掏出手机。

一百零八朵玫瑰的花语——请和我结婚。

狩野妙子抬起头，看着日下部："谢谢。我好开心。"

听到这句话，略显紧张的日下部放下心来，从玫瑰花束里取出一个小盒子。估计里面放的是戒指。

"请收下这个。然后，让我们两人一起沿着这条玫瑰之路走下去，永远永远……"日下部打开盒子，递上前去。

狩野妙子看看戒指，又看看日下部，但最终没有伸手去接戒指，而是嗖地站起身来。

"谢谢。"狩野妙子再次道谢。"竟然为了我做到这种程度……我一辈子都不会忘记的。这份回忆，我会珍藏一辈子。但是……"她继续说道，"很遗憾，我俩要走的路不是玫瑰之路，不是火热的爱情之路。"

日下部手拿戒指盒，呆呆地站在那里，不明白狩野妙子到底在说些什么。

"你到这边来，然后好好看看红地毯两侧摆着的花。"

听她这样说，日下部从桌子的另一侧转到狩野妙子那边。他在之前的位置应该看不清地板上的路引插花是什么样子的。

"啊?!"日下部惊呼。他睁大眼睛，弓着腰，低头靠近路引插花仔细观察起来。"这到底是怎么回事？这不是玫瑰花。"

"对，这不是玫瑰花，而是麝香豌豆花。"狩野妙子说道。

"麝香豌豆花？为什么……"直到这时，日下部才首次将目光投向了尚美，目光里交织着愤怒、困惑和怀疑。

"你不要怪山岸小姐，是我求她帮忙的。"狩野妙子说道，"我料到你今晚会向我求婚，但我不知道该怎么向你表明我的心意，于是就找山岸小姐商量了一下。她建议说，如果我今晚决定不选择玫瑰之路，那最好明确地表明到底要走哪条路。我听了之后觉得有道理，就采用了她的建议。我想这样一来，也算能真诚地回应你的求婚了吧。"

日下部看向狩野妙子，久久无语。

"你知道麝香豌豆花的花语吗？"

听她这么问，日下部摇了摇头，然后像想起了什么似的掏出手机，估计是在搜索花语。

日下部抬起头，脸上的表情既有惊讶茫然，也有沮丧气馁。

"怎么样？"狩野妙子问道。

日下部反复做深呼吸，试图平静下来。然后，他挤出落寞的笑容：

"有别离的意思吧?"

"也有起程出发的意思。另外还有甜蜜温馨的回忆这个意思。"

"这……就是你对我的回答吗?"

"非常抱歉。"狩野妙子语气坚定地说道,"我希望从今晚开始,我们可以各自踏上新的道路。"

"这样啊……踏上新的道路……"日下部紧紧盯着手中的戒指盒看了一会儿后,啪地盖上了盒子,然后朝尚美说道:"这么多麝香豌豆花,还真让你给凑出来了呢。"

尚美一言不发低下头,不知道该怎么回答。

"真是了不起。"日下部感慨地摇摇头。

"笃哉,"狩野妙子轻轻喊道,"能陪我一起沿着这条麝香豌豆花之路退场吗?"

日下部重新望了一眼排得整整齐齐的麝香豌豆花路引,紧绷的表情逐渐缓和。他微微一笑:"真是讽刺啊。《回忆》这首曲子竟然变成了这个意思。"

"谢谢你给了我一个美妙的夜晚。"狩野妙子泪眼婆娑,声音颤抖。

"服务员。"日下部招呼道。

服务员赶紧靠上前。日下部点了两杯香槟:"在退场之前,为我们两人各自踏上新的道路干杯。"说着,他冲狩野妙子笑了起来。

15

新田来到会议室时,会议已经开始了,老刑警渡部正在汇报情况。渡部负责在饭店内外巡视,查看有没有可疑人物出现。

"今天下午四点左右,负责在警备室监视监控器的伙计报告称发现了一个可疑的男人。说具体点儿,就是那个可疑人物从饭店正面玄关进来之后,乘电梯到了二层。据说他偷窥了宴会厅和休息室内部的情况后,又爬楼梯到教堂偷窥,还打开了员工专用门。等那个男人回到大堂后,我就开始跟踪他。他乘电梯到可以直通地铁站的地下二层。在他进地铁站之前,我叫住了他。"渡部的意思是他进行了盘问,"我问他为什么在饭店做这些事。他回答说独生女儿要在这家饭店举行婚礼。女儿老是找母亲商量,对他却只字不提。他实在是好奇,想亲眼确认一下,所以才跑到饭店做出了那样的行为。我要求他出示驾驶证,名字和住址经确认都没什么问题。"

"真是当父亲的悲哀啊。"稻垣苦笑道,"其他的没什么问题吧?"

"只不过,我被反问了。"

"被反问?"

"对。他问我是不是东京柯尔特西亚大饭店经常有警察埋伏在内,看到可疑的人就盘问。"

稻垣挑了挑眉毛："你怎么回答的？"

"我就说今天只是碰巧而已。"

"他没再怀疑了吗？"

"这就不好说了。"渡部歪了歪脑袋。

"行了，就到这儿吧。辛苦了。下一个。"

渡部坐下后，本宫起身开始汇报。今天他跟着保洁员去了好几个房间，搜查了客人的行李。

"那四组一直住到元旦的拖家带口的客人，我检查了他们的行李，并没有发现什么可疑的内容。从鸟取来的那一家，我在行李里面发现了药品，但只是普通的降血糖药，那家的父亲好像有糖尿病。"

"你搜客人行李没有被保洁员发现吧？"稻垣确认道。

"没有。我是趁他们不注意的时候查看的。"

"那就好。继续。"

"那对关西腔的情侣，我也没从行李箱里翻出什么可疑的东西。总之他俩应该是真正的情侣。昨晚至少做了两次。"本宫轻描淡写地说道。本宫口中的"做"，当然是指做爱。

"为什么你连次数都知道？"渡部问。

本宫得意地一笑："垃圾桶里的避孕套有两个。"

渡部一副嫌弃的表情："连这个你都翻。"

"这还用说。要不我干吗特意跑去看人家打扫卫生。"

"那个避孕套你没有回收吗？"稻垣问道。

"没有。保洁员死死盯着呢，没能得手。"

"牙刷和剃须刀呢？"

"也没拿到。保洁员动作太快了，嗖的一下就换上了新品，使用过的都回收到袋子里了。"

听了本宫的回答，稻垣沉下脸来。

之所以想要拿到牙刷和剃须刀，是因为这两样东西是最适合拿来做DNA检测的。这次案件的被害人和泉春菜已经怀孕，要是能找到和她肚子里的孩子有亲子关系的物证，可是一条大线索。

可是，这一点没有得到饭店方的任何协助。不经过同意就随便调取客人的DNA，简直荒谬绝伦。本来警方计划的是让刑警趁保洁员不注意的时候偷偷回收物证，但听本宫的描述，怕是行不通了。

"那位客人怎么样？"稻垣问道，"就是一个人住在皇家套房的那位客人。"

"那个姓日下部的人吧。关于他还不是太清楚。他房间里有个很大的包，但是上了锁。"

应该是那个布里克斯牌的皮包吧，新田心想。

"关于那位客人，你有没有获取到什么信息？"稻垣转过头问新田。

"他是久居美国的商人，这次回日本的目的，似乎是为了向女朋友求婚。"

新田话音刚落，大家都吃惊得瞪大了眼睛。"具体是怎么回事？"稻垣问道。于是，新田便把刚刚在餐厅里看到的一幕描述了一遍。

"竟然发生了这么戏剧性的事情。那个姓日下部的人应该很受打击吧。"

"他最后的样子倒是挺神清气爽的。本来以为是个讨厌的家伙，这次倒是让我稍稍对他改观了。"

"不过，他接下来会怎样呢？"本宫说道，"他的皇家套房一直预订到元旦，肯定是打算等对方接受求婚后一起住才预订的吧。"

"应该是。目前房间还没有取消。"

"看来是准备一个人孤苦伶仃地迎接新年了。唉，真是悲哀啊。"

"这么说来，这个姓日下部的人以后就不用再怎么盯着了——上岛，"稻垣冲着坐在角落里的年轻刑警喊道，"关于这个人的信息，你有没有发现什么？"

"犯罪记录的数据库里面，没有找到他的名字。驾驶证的数据库里面，倒是找到了一个跟他同名同姓的人，是一个住在东京的男人。"说着，上岛将笔记本电脑转了过来。

新田凑上前去，瞄了一眼电脑屏幕上显示的照片，摇了摇头："根本不是同一个人。"

"我想也是。"上岛把电脑转了回去，"刚刚听你讲餐厅的故事时，我就觉得年龄应该对不上。电脑里的这个人已经五十八岁了。"

"没有其他同名同姓的人吗？"新田问道。

"我检索了全国的驾驶证数据库，除此之外就没有别的了，可能是因为姓名比较罕见吧。"

"这是怎么回事呢？难道他没有驾驶证？"稻垣像是自言自语般提出了疑问。

"这不太可能。不会开车在美国可生活不下去。"新田断言道。

"如果是久居美国的话，可能是持有美国的驾驶证吧。"上岛说道。

"有这个可能性吗？"稻垣问新田。

"很有可能。"新田回答道，"日本人在考美国驾驶证的时候，一般会先出示日本驾驶证然后再考试，我父亲当时也是这样的。只不过，如果没在日本拿到驾驶证就去了美国，直接在那边考也是可以的。应该说直接在那边考更简单一些。"

"原来如此，是这么回事啊。"稻垣一副恍然大悟的样子，"那我们继续下一个。听说跨年晚会的参加者名单已经到手了。怎么样，有什么线索吗？"

"按照调查日下部的方法，我在数据库里检索了名单上所有人的犯罪记录和驾驶证记录。"上岛回答道，"犯罪记录方面，从数据库里找到了几个相吻合的,但同名同姓的可能性比较大。至于驾驶证,几乎每个姓名都检索出了好几条结果,到底是哪一个人还无法判定。"

"没关系。把所有人的面部照片数据都搜集起来,等相关人物入住后可以立刻确认。"稻垣说道,"今天入住的客人的资料呢?"

"在这里。"新田递上一摞资料,"总共有一百四十二组,一直住到元旦的有四十五组。"

稻垣吃了一惊:"一下就增加了这么多?"

"估计明天会更多。"

"有没有比较值得注意的客人?"

"单人男性客人中,有十九人要住到元旦早上,其中有十一人是日本人,全部都用信用卡付款,其中有七人是在网上付的。也就是说,他们使用真实姓名的可能性比较大,并没有什么可疑之处。"

"其他客人呢?"

"截至目前,没发现可疑人物。不过,倒是有一位客人在住宿登记表上填了假名。"

"假名?"

看稻垣紧咬不放,新田便把仲根绿,即牧村绿的事情告诉了大家。"我猜她是故意填个假名好让别人误以为他们是夫妻。预订者仲根伸一郎在那之后到底有没有入住,我还没有确认。"

上岛举手道:"这个人的名字在跨年晚会参加者的名单里,我已经查过他的驾驶证信息了。住址应该是爱知县吧。"

"回答正确。表上的地址写的就是爱知县。"新田回答道。

上岛敲打键盘后,把电脑转了过来。屏幕显示的驾驶证上,有一张中年男人的照片,四方脸,表情稳重。

"这个男人应该已经入住了。"发言的是一身行李员打扮的关根,"刚刚那个房间点了两杯香槟,是我送过去的。"

"你亲眼看到他了吗？"稻垣指着屏幕上的照片问道。

"这倒没有。我在门口把香槟给了一位女士,没有进到房间里面。"

"是个美女吧？"

听新田这么一说,关根眉飞色舞地附和道："很有异域风情的美女呢。"

"照你俩说的内容,大概没什么问题。不过,要好好确认一下那名女士的同伴是不是驾驶证上的这个男人。"稻垣说道,"光靠监控录像可能看不清楚,新田或者关根,你俩不管是谁,找个理由直接会会他本人。"

新田和关根对视一眼："知道了。"

"组长。"本宫喊道,"按照刚才的信息,要是一共有四十五组客人一直住到元旦,要和保洁员一起进屋搜查房间的除了我以外,至少还需要三个人。"

"没错。明天我就让监视组的人过来帮忙。还有什么问题吗？没有的话,我这里有些内容要通知大家。我们拿到了新的录像,是和泉春菜出入的宠物沙龙里的监控录像,总共有三份。每一份都是近一个月的录像内容,能录到和泉春菜的估计只有前三天,但如果她的交往对象是店里的客人,那么很有可能被拍进了录像里。我会把这些录像发到你们的电脑上,请各位好好确认。"

"是。"

听到部下的回答声之后,稻垣站起身来："虽然只剩下两天,但真正的战斗才刚刚开始。请大家一定要时刻谨记,凶手一定会出现在这家饭店,不对,说不定已经来了,所以千万要谨慎行动,绝不能暴露警察埋伏在这家饭店的事实。我要说的就这些。解散。"

像往常一样,新田冲了个澡,正在摆弄电脑的时候,手机响了。

是能势打来的。新田看了一眼手表,已经过了午夜十二点。

"辛苦辛苦。工作到这么晚吗?"

"新田老弟不也一样?你现在肯定是在电脑前吧,我都能想象得出来。"

"真是逃不过你的法眼。莫非能势兄是刚见完那个女实习医生回来?"

"没错。我在见她之前,先去求她的指导医生腾出时间,还送了盒点心。这一招还挺奏效的,那个女实习医生虽然很不情愿,还是跟我见了面。"

"不愧是能势兄。那你挖掘到了什么有用的信息吗?"

"问出了一些很有意思的内容。"能势压低声音说道,"不过,在电话里讲不清楚。我知道你很累了,但我现在过去找你可以吗?"

"热烈欢迎。我等你。"

"大概三十分钟能到。威士忌要两罐够吗?"

"不好意思又要麻烦你。如果可以,顺便带点儿柿种[①]好吗?"

"明白。那咱们过会儿见。"

三十五分钟后,能势出现了:"真不好意思,我来晚了。"他今晚也是针织帽加羽绒服的打扮。

"可能是因为年末了,根本打不到车。而且都这个时间了,街上的人还是很多,去个便利店都挤到不行。"能势把塑料袋往桌上一放,没没得及脱下羽绒服,就赶忙把威士忌和柿种递到了新田面前。

"日本人就这样。年关将至,在家里绝对待不住。不像美国人,不是出去度假,就是待在家里跟家人悠闲度日——那我就不客气开喝了。"新田伸手去拿威士忌。

---

① 源自日本新潟的一种米制点心,常作为下酒菜。

"真是个闲不住的民族，难怪会有'师走'①这种说法。"能势脱掉羽绒服，摘下针织帽，找了把椅子坐下来后，从塑料袋里取出一罐啤酒，举起示意："辛苦了。"

"辛苦了。"新田也举起威士忌跟他碰了一下，然后拉开了拉环，"赶紧把你的成果说给我听吧。你从实习医生那里打听到了什么有意思的内容？"

能势喝了一口啤酒，然后把罐子放回桌上。"实习医生这个称呼太绕口了，我就直接告诉你她的名字吧。她姓早川，早退的早，山川的川。"

"嗯。那个早川说什么了？"

能势使劲缩了缩下巴："极其敏感的话题。"

"敏感？具体是指什么？"

"早川是这么跟我说的：接下来我说的话都只是我的推测，请不要当成证言，也不要做任何记录。"

"原来如此。"新田把威士忌放回桌上，摆正姿势重新坐好，因为他知道接下来能势说的内容要认真听才行。

"据早川称，和泉春菜开始打扮成假小子是初中二年级夏天时的事，这很可能是家庭原因。只不过既没有确凿的证据，和泉也没有亲口证实过，所以只是推测而已。"

"家庭原因对服装风格产生了影响？确实很有意思。"

"她俩在初中时关系变得很好之后，早川时常从和泉嘴里听到她说母亲的坏话。你觉得是什么样的坏话？"

"这个……"新田歪着脑袋，"他父母离婚是因为父亲出轨了吧？那没有理由责怪她母亲啊……"

---

① 日语中"十二月"的别称。在古代日本，到了农历十二月，家家户户都会请僧人来诵经，这些僧人便忙于奔走各家。又因僧人在日语中称为"师"，"师走"由此得名。

能势狡猾地一笑，竖起大拇指道："她母亲有男人了。"

"噢！"新田发出惊叹声。她母亲恢复单身后，又跟某个男人好上了，这也是很正常的事情。

"我之前跟你提过她母亲是老牌点心铺继承人这件事吧。她母亲的新相好是点心铺的大伙计，店铺实际是由他主持经营的。这可是兔子吃了窝边草呀。说不定俩人从一开始就对彼此有好感呢。"

"那和泉春菜应该从很早以前就知道那个男人了？"

"没错，所以才有了抵触情绪。要是素不相识的男人也就罢了，偏偏是自己熟悉的大叔和母亲好上了。一想着他俩干着什么见不得人的事，肯定觉得很恶心吧。"

"虽然说不清为什么，但这种心情我能理解。"新田小声说道。

"据早川说，和泉还说过她打死都不要叫那个大叔'爸爸'。"

"那她母亲和那个男人分手了吗？"

"没有。现在还住在一起呢。"

"啊？！竟然是这样。那他们登记结婚了吗？"

"也没有。"

"为什么？"

"因为不可能。"能势立刻回答道，"那个男人还有妻子呢。"

"啊……"新田不禁张大了嘴巴，恍然大悟似的点了点头。这也是常有的事情，虽然分居，但没离婚。这种情况大多是因为丈夫想离婚，但妻子那方为了谋求生活保障不肯离婚。

"和泉上了初二后不久，那个男人就住了进来。从那时开始，和泉就不怎么发牢骚了。早川还以为和泉已经放弃或习惯了。"

"其实不是？"

"早川是这么想的。"能势细长眼睛中的目光微微闪烁了一下，"那年暑假的一个晚上，和泉突然跑到了早川的家里。说是晚上，其实已经是深夜了。早川听到有人敲打房间的玻璃窗,还喊着自己的名字,一看才发现是和泉。和泉哭着求她能不能让自己留宿一晚。无论早川怎么问,和泉都摇头不作答,只是边哭边说已经受够了,再也不想回那个家了之类的。听了这话,早川一个激灵,意识到应该是有人对和泉做了什么。她试着问了一句之后,和泉就像贝壳一样啪地闭口再也不说话了。"

"然后呢?"

"然后早川迷迷糊糊地睡着了,醒来时已是早上,和泉也不见了,只是在桌上留了一张纸条,写着'对不起'。"能势抓过啤酒罐,喝了一口继续说道,"等她俩再次见面的时候,和泉已经是一副若无其事的样子,也绝口不再提起那天晚上的事情。只不过,有一点却发生了极大的改变。"

"难道……她把头发剪了?"

"你猜得没错。她把头发剪成了男孩头,衣服也换成了假小子风格。早川问她理由时,她说天太热所以剪短了,而且暑假刚好是改变风格的好时机。"

新田用指尖轻轻敲着桌子:"这么一回事啊……"

"早川也从没提过那天晚上的事情,所以那天晚上到底发生了什么她也不知道。虽然想象过,但都是些臆测。"

"被她母亲的男人骚扰了?"

"正常来说,应该只剩下这个可能了。是什么程度的骚扰、有多频繁,或者说能不能用'骚扰'这么不痛不痒的描述,谁都不清楚。"

"她换成假小子风格,估计是为了保护自己吧,觉得那种打扮可以防止男人起色心。"

"恐怕是的。"能势点点头,"她高中毕业之后非要来东京的理由这下也清楚了,就是为了摆脱那个男人。"

"她母亲知道这件事吗？"

"这个就不好说了。早川说不觉得和泉曾告诉过她母亲，否则她母亲肯定会把那个男人赶出家门。可是凭我那次见到她母亲时的感觉，总觉得事情没这么简单，因为她母亲表现出来的愧疚程度非同一般。"

"你是说，她母亲虽然没听女儿说过，但其实隐隐约约察觉到了，是吗？"

"对。"能势明确地回答道，"我觉得可能性很大。她母亲虽然察觉到了，但是没能跟女儿确认，因为没有勇气，或害怕知道真相吧。"

新田轻轻呼了一口气，再咕咚喝了一大口威士忌："真是让人讨厌的话题。"

"真对不住了。你这么累，我还逼着你听这么不开心的故事。"能势本来就短的脖子此时缩得更短了。

"没办法，刑警的工作就是搜集这种不开心的事情。接下来就是要弄清这件事跟案件有什么联系了。"

"没错。现在只弄清楚了和泉春菜改变服装风格和来到东京的理由。这个话题先到这里为止。现在请你回忆另外一个话题，就是和泉春菜的房间里曾经有过很多少女趣味的衣服这件事。"

"这个又怎么了？"

"我那个在资料组的朋友发现了一些有价值的资料。"

新田睁大了眼睛："我记得是让他帮忙找一下过去未破的案件里有没有相似的案件，对不对？难道找到了？"

"可能找到了。"能势的用词相当谨慎，"他把时间范围扩大到一年以前，再用触电死亡为关键词搜索，就出现了好几件吻合的。其中，有一件还包括了萝莉这一关键词。"

"萝莉？"

能势掏出笔记本翻看："情况和这次案件非常相似。都是先让被害人喝下安眠药后，再使其触电而亡。有一点不同的是，那次的被害人是在浴室的浴缸里触电死亡的。刚发现尸体那会儿，警方还以为是普通的心脏病发作，但稍微调查之后就发现事情没这么简单。房间里所有地方的指纹都被擦掉了。警方因此怀疑是他杀，而且最有可能是触电死亡，于是就调查了房间的用电情况。果不其然，用电量曾瞬间爆表导致跳闸，而跳闸时间和推测的死者死亡时间刚好相吻合。"

"确实是非常相似。那次的被害人也是女性吗？"

"对，二十六岁，而且是个大美人。也是外地人，被害时是一个人在东京过着单身生活，这一点也和本次案件不谋而合。报告里还说，虽然她平常的打扮很正常，但衣柜里却有几件萝莉风的衣服什么的。"

"看来我们的推理……是猜中了吗？"

"只不过，"能势稍稍压低了声音，"如果是连续杀人案的话，作案时间间隔可不是一般地久。刚刚那个案件是三年半以前的。"

"三年半？确实有点儿久。"

"但我还是很在意，我明天再仔细调查一下。"能势说着，小心翼翼地合上了笔记本。

"那边调查得怎么样了？就是举报人平日从某处建筑物偷窥被害人房间的那个假设。找到相吻合的建筑物了吗？"

"我还让手下的年轻刑警继续找着呢。把范围扩大到一千米以内之后，还是找到了几栋像那么回事的。但麻烦的是，一千米这个假设可能不太管用。"能势皱皱眉，一副为难的样子。

"你是说距离可能更远？"

"对。据说不用像天文望远镜这么专业，市场上卖的那种普通的望远镜都能清楚地看到三千米以内的人影。要是范围一下扩展到这么大，到底是哪栋建筑物可能就很难断定了。"

"三千米啊……"新田脑海里浮现出东京的地图。以前他曾经调查过，从这家东京柯尔特西亚大饭店到樱田门警视厅本部的距离，大概刚好就是三千米。这个范围内的建筑物数量，光是想想头都大了。

"唉。不管怎样，先让手下再继续找找看吧。对了，新田老弟，你们那边进展如何？有什么收获吗？"

"很遗憾，没有像样的成果能向能势兄报告。不过要是让我讲讲饭店这个场所是多么独特，来的人是多么形形色色的话，我倒是有很多梗呢。"

"是什么呢？好好奇啊。"

"等案件告一段落了，我再跟你细细说。"新田说道。日下部笃哉求婚大作战的故事倒是很好的下酒菜，可是一讲起来就没完没了了。"不过，前提是那天可以到来。"

"要想听有趣的故事，就得先破案，对吧？好，这下又找到一个提升干劲的理由了。"能势仿佛在说俏皮话，但这也是他的心里话。

16

每天早上，尚美来到礼宾台后做的第一件事，就是确认放在旁边的小日历本的日期。上夜班的前台接待员总是在更换前台日历的同时，也顺便帮她换掉。今天日历本上的日期赫然写着十二月三十日。

今年只剩最后两天了呀……尚美不禁在心中感叹。

每到年末这个时候，回想起这一年内发生的事情，大家都习惯性地感慨时光如梭。可今年尚美却没有悠闲的心情感慨这种无关痛痒的事情。

警视厅的潜入调查到今天已经是第三天了。可是截至目前，还没有发现任何跟杀人案有关的线索，但这并不代表可以高枕无忧。如果真要发生什么的话，最有可能是在跨年晚会上，而距离跨年晚会，还有四十个小时。

尚美抬头朝前台望去，发现已经换上饭店员工制服的新田正在用锐利的目光盯着电脑屏幕，那种目光是饭店员工绝对不会有的。尚美很想上前提提意见让他收敛一下，可是他的心情尚美也是理解的。明天就是跨年夜了，从今天开始，那些准备在饭店辞旧迎新的客人应该会一个接一个地入住饭店，人数估计会超过一百。要想把所有客人的信息都查一遍，不露出猎犬那样的锐利目光才怪。希望你能看破任何可疑之处,在不幸的事情发生之前就将凶手绳之以法,尚美在心里默默祈祷。

这时,一个大块头的外国人映入眼帘,是乔治·怀特。他从电梯处径直走到前台,氏原为他办理了退房手续,看起来一切顺利。

退完房后,怀特朝礼宾台方向走来,脸上挂着稳重平和的微笑。尚美见状,赶忙起身迎接。

"谢谢你了,尚美。这次我也住得很愉快呢。"说着,怀特伸出了大手。

尚美赶忙跟他握手:"您要离开了吗?之后准备去哪里呢?"

"去京都。那边有个朋友,邀请我一起过新年。"

"那太好了。希望您能过个愉快的新年。"

"你也是,尚美。你有没有假期?"

"很遗憾,没有。我要一直工作到一月三号。"

"所谓的新年头三天啊。那真是辛苦你了。要多注意身体。"

"谢谢关心。"

怀特笑着点点头之后,回头环视了一圈大堂,歪着脑袋。

尚美见状,问道:"有什么问题吗?"

怀特犹豫了一下,开口道:"这次我来了之后,总觉得饭店的气氛跟往常不太一样。"

尚美暗自一惊:"怎么个不一样呢?"

"总是有一种说不清道不明的紧张气氛。是不是有什么重要的VIP客人住在饭店啊?当然,我不是想打听是谁。"

尚美虽然故作镇定,保持微笑,但她自知表情有点儿僵硬:"您为什么这样认为呢?"

怀特仍然面朝尚美,竖起大拇指指了指身后:"你看到站在电梯旁边的那个男人了吧。他从刚才开始就什么都不做,只是一个劲儿地盯着周围。仔细一看,他身上还佩戴着对讲机呢。如果是保安的话,肯定会穿饭店制服,但他没有,而且像他那样的人在饭店内随处可见。我想肯定是有什么大事发生了。"

正当尚美苦恼着该如何作答的时候,怀特说道:"不用介意。如果不方便回答就算了。只是应该不止我一个人察觉出有异样,其他客人应该也是这么想的。我只是想提醒你这一点。"

"谢谢。饭店绝对没有发生什么问题,还请您放心。"

"我知道。你们做事我是绝对放心的。可能我说了多余的话,请忘掉吧。"

"没这回事。非常感谢您提出的宝贵意见。请您慢走。祝您京都之行愉快。"

怀特恢复往常无忧无虑的表情,用日语说了一句"谢谢"之后,便朝正面玄关走去。目送怀特离开之后,尚美叹了口气,重新环视了一眼大堂。

其实,谁是假扮成普通人的警察,根本不用别人特意指出,尚美也能知道。站在电梯旁边的那个人肯定是,坐在沙发上假装看报纸的那个人,恐怕也是。

正如怀特所说,其他客人很可能也察觉出有异样了。万一在这种情况下发生了什么重大案件,那就无法收拾了。到时饭店肯定会被世人诟病:"你们明知会有事情发生,为什么不通知客人?!"

到底怎么办才好?——虽然像自己这样的小员工想了也没什么用,但还是忍不住去想。而且,杀人案的凶手会出现在跨年晚会上又是怎么回事?凶手的目的是什么呢?真是越想越头疼。

尚美操作着手边的电脑,调出了晚会参加者的名单。看着屏幕上显示出的一排排齐刷刷的名字,尚美心想,这里面可能就隐藏着凶手的名字。不过再怎么看也没有什么感觉。

正当尚美叹了口气，将视线抽离电脑屏幕的时候，发现有人就站在面前，不禁吓了一跳。那不是一个人，而是一对情侣，不到三十岁的样子。

"那个……请问你现在有空吗？"男人略带顾虑地问道，一口关西腔。旁边站着的女人闷闷不乐地俯视尚美。

"有空。"尚美赶忙起身，爽快地笑着回答，"请问碰上什么为难的事了吗？"

"也不算是为难，就是想确认一点儿事情。但不知道该找哪个部门询问，所以就跑到这里来麻烦你了。"

"具体是什么事情呢？"

"这……"男人瞥了一眼旁边的女性，又转回视线，"我俩是前天入住的。昨天上午出了门，回到饭店时已经是夜里十点左右了。"男人顿了顿，又瞥了一眼旁边的女人，继续说道，"她说她的包不知被谁给翻过了。"

"啊？"尚美不知不觉提高了声调，"这是怎么回事？您是说丢失了什么东西吗？"

"不是，倒没有丢东西。我都跟她说了应该是她多疑了，但是……"

正当男人支支吾吾的时候，站在一旁的女人突然仰起头发话了："根本不是我多疑。绝对有人碰过我的包，化妆包在包的最底层，我是绝对不会这么放的。请赶紧确认一下是不是房间的保洁员动了我的包！"女人一口气说完，高亢的关西腔响彻整个大堂。

敲门声响了两下之后，坐在总经理位子上的藤木应道："请进。"

门开了。首先进来的是警视厅搜查一科的稻垣，紧跟其后的应该是那位姓本宫的刑警。尚美最初见到他的时候还以为他是小混混，这种人即使假扮成客人，对饭店来说也很碍眼。跟在两人后面最后现身的是新田。可能是因为跟凶神恶煞的本宫形成了鲜明对比，新田点头示意的样子比往常看起来更像是饭店的一员了。

"很抱歉突然把你们叫过来。"藤木起身说道。

"没关系。"稻垣简短地回答，表情严肃。

"来，我们还是坐下谈吧。"藤木指着沙发。

总经理室的待客设施非常豪华。所有人都围着大大的茶几坐了下来。饭店这边有藤木、客房部部长田仓、行政楼层保洁员滨岛以及尚美。

"相关情况你们都知道了吧？"藤木问稻垣。

"我从田仓部长那里听说了。"

"我只是说了一个大概。"田仓说道，"而且我也是听别人说的，不能保证百分百传达了正确的内容。还是让山岸直接再说明一遍吧。山岸，麻烦你了。"

尚美点点头，咽了一下口水后，转脸看向刑警们："到我这里投诉的，是住在0923号房的一对情侣，说是昨晚十点左右回到房间后，发现包有被翻过的痕迹。包的主人，也就是那位女士的性格一丝不苟，为了方便使用，每次都会按照习惯摆放好包里面物品的位置。昨天，她为了一回到饭店就能立刻卸妆，出门前特意把化妆包摆在了最上面，但是回饭店后却发现化妆包跑到了最下面，所以她一口咬定是有人动过了。虽然没有丢失什么东西，但就这样算了的话实在有点儿糟心，所以希望饭店能调查一下。"

稻垣抱着胳膊望着半空中，脸上没有任何表情。跟他形成鲜明对比的是坐在旁边的本宫，像是做了亏心事似的黑着一张脸。看来这个本宫就是罪魁祸首了，尚美心底已经有了着落。

"那你是怎么处理的呢？"新田问道。

"我立刻联系了行政楼层保洁员，说明了情况。"尚美说着，稍稍瞥了一眼坐在旁边的滨岛。

"接到山岸的电话，我立刻跟负责0923号房的保洁员进行了确认。两名保洁员都坚称自己绝没有碰客人的行李。"身材微胖的滨岛可能是有点儿紧张，声音比平常略显高亢，"只不过，在做0923号房的清洁时，是有刑警在场的。可能是那位刑警动了客人的行李。那两名保洁员是这样回答的，我已经如实转告了山岸。"

"然后呢？"新田又问道。

尚美深呼一口气："在那个时间点我还没能最终锁定事实，但总不能让客人一直等下去。我判断应该是刑警动了客人的行李，于是就以这个假设为前提回复了客人。"

"具体是怎么回复的？"新田充满好奇地问道。

"我解释说，保洁员在清扫房间时本想移动一下包，不料将其失手打翻在地，可能就是那个时候包里面物品的位置被弄乱了，然后又向客人道了歉。我试探着问客人要不要把当时的保洁负责人叫过来直接再解释一遍，客人听了解释之后好像已经放心了，说没这个必要。"

"原来如此。不愧是山岸小姐，处理得太完美了。"

"过奖。"山岸习惯性地低头道谢。刚一道完谢，她马上就后悔了：自己干吗非道谢不可呢。

"您怎么想，稻垣警部？"藤木道，"就凭刚才听到的内容，我也和山岸一样，认为是你们翻了客人的包。你有反对意见吗？"

稻垣仍然抱着胳膊，稍稍转头问旁边的本宫："也说不上是翻吧？"

"对，也就是稍微看了一眼包里面。"本宫回答道，语气粗鲁。

"只是看了一眼，摆在最上面的化妆包怎么可能跑到最底下去？"尚美不满地讥讽道。

"我想打开包的时候不小心碰到地上去了,就是在那个时候里面的东西被打乱的。你是山岸小姐吧?你跟客人解释的情况实际上真的就发生了。"

"真是一派胡言……说到底,一开始你随便动手打开客人的行李本身就是违规。"

尚美瞪着本宫那瘦骨嶙峋的脸毫不客气地反击,但本宫一副事不关己的样子。

"本来,作为饭店一方,不经客人同意就让外部人员进入房间是绝对不允许的行为。这次我们还是同意让你们和保洁员一起进入部分房间,是因为我们也知道现在正面临紧急状况。"

"我认为您的判断非常英明。"

稻垣的赞美在尚美听来只是一句场面话。估计藤木也是一样,他不耐烦地摆摆手:"但是不管情况多么特殊,有些规定说不能触犯就坚决不能触犯。既不能给与案件无关的客人添麻烦,也不能让他们觉得不愉快。我们要努力提供像往常一样的,不对,应该是比往常更好的服务给客人。"

"这一点我绝对理解。"稻垣终于放下了抱起的胳膊,又挺直脊背,"这次确实做得有点儿过头了。我会让部下以后多加注意的。"

"您打算让部下多加注意什么呢?"

"就是……就是不要给客人添麻烦。"

藤木嘴角泛起了笑容,但无论怎么看都觉得是冷笑。"说句不客气的话,你们警察懂得什么事情是给客人添麻烦,又或是什么事情会让客人感到不舒服吗?我不认为你们能做出正确的判断。"

"没有这回事。我们警察也是堂堂正正的社会一员,普通常识还是都有的。"

"难道不是警察的常识吗?"

稻垣皱起眉头："你这话是什么意思？"

藤木朝田仓使了个眼色，示意他快说。

田仓开口道："昨晚，据行李员领班报告，有客人在大堂发现问题了。说是饭店员工里面有人佩戴了对讲机，有的则没有，这是为什么？虽然觉得这个问题很奇怪，但他还是回复说，需要不停移动的员工，也就是门童和行李员佩戴了对讲机，而像前台这种工作场所固定的员工则没有佩戴。但客人不买账，继续发问说有些人没穿饭店制服却佩戴着对讲机，是怎么回事，其中还有几个人一直坐在大堂沙发上东瞅西瞅，怪瘆人的。行李员领班只好敷衍说那些人应该跟饭店没关系，但还是会调查一下。他觉得虽然这次算勉强糊弄过去了，但下次再被问起就不知该怎么回答了，所以跑来找我商量。而且山岸说，今天早上也遇到了同样的问题。对方是一位外国人，但是是饭店的熟客，也察觉到了气氛跟往日有所不同。除此之外，还有一件事情……"田仓竖起食指，继续说道，"总务部那边接到一通电话，是昨天一位提前来饭店实地考察婚宴会场的客人打来的。客人称，他出了饭店往地铁站走的时候，被什么人给叫住了。一个自称是警察的人盘问了他。他问为什么盘问自己时，那个自称是警察的人说'因为你在饭店里鬼鬼祟祟很可疑'。最后客人质问饭店难道一直让警察监视客人的一举一动吗？"说完，田仓扭头去观察警察们的反应。

"这下你们该明白了吧？"藤木朝稻垣说道，"我知道你们一心扑在搜查上。无论是佩戴着对讲机埋伏在店内外监视，还是跟踪可疑人物进行盘问，都是你们警察的常识吧。可是这对于光顾我们饭店的普通客人来说是极不平常的事情，是让人感到困惑和不愉快的事情，请你们不要忘记这一点。客人里面什么样的人都有，你们不可能完全理解这一点，这就是我想说的。你瞧，这不就有一位女客人竟然连自己摆放在包里的物品的顺序都记得一清二楚吗？这是你们根本就没想到的吧。"藤木朝本宫投去一束戏谑的目光后，将视线转回到稻垣上："怎么样，我说得没错吧？"

稻垣干咳了一声："那你想让我们怎么做？"

藤木微微挺起胸膛："你们可以埋伏在饭店内部进行监视，但不要经常使用对讲机；对客人的盘问，不到万不得已也请克制；然后，如果陪同保洁员一起进房间的刑警还试图翻看客人的行李，那以后就全面禁止你们的陪同。我会下令让保洁员们仔细盯着点儿——滨岛，传令下去让所有保洁负责人都给我盯紧了。"

"知道了。"滨岛低头应道。

"总经理，请等一下。"稻垣一脸焦虑地说道，"这样一来根本就办不到。"

"什么办不到？"

"逮捕凶手。我理解饭店希望认真做好服务，我们警察也没有要轻视这一点。但是为了将杀人凶手绳之以法，有时必须采取一些特别的手段。对讲机我们能不用就不用，不到万不得已，我们也可以不进行盘问。我们绝对不会给饭店添麻烦。只是不能搜查客人行李这一点，能不能请您再重新考虑一下？对我们的案件调查来讲，搜查客人的行李是极其重要的环节。"

"那就先征得客人的同意再搜查。只要客人同意，我绝对没意见。"

稻垣露出一副"我真是服了你"的表情，摆摆手道："这怎么可能？想必你也知道这是不可能的吧。"

"那就放弃。我们平日一再跟保洁员们强调，尽量不要碰客人的衣物和随身物品。更何况是不经同意就查看行李，绝对不允许。"

"总经理，您好好考虑考虑。"稻垣探出身子，"凶手可是要在这家饭店行凶犯罪。阻止惨案的发生，不应该是最优先事项吗？"

藤木挑起眉毛："这跟我当初听到的内容不一样。之前不是只说杀人凶手可能会出现在跨年晚会上吗？并没有说一定会犯罪。"

"告密者的目的、杀人凶手来这家饭店的理由，现在都还不清楚。要是你认为告密内容是假的，或者杀人凶手来饭店只是为了欢度新年，那未免太乐观了。"

"你说得有道理。但你想想，饭店这种地方时刻充满了危险。谁能保证客人里面没有一个人是罪犯，而且也完全没有打算做什么坏事呢？也不能因为这个就让保洁员去翻看客人的行李。绝对不可以。"

藤木的发言倒是和氏原的想法有些共同之处。饭店这种场所不只是优雅华丽，危险也随处可在，想必大家都有这种觉悟和共识，尚美心想。

稻垣深深地叹了口气："无论如何都不行吗？"看来反击的办法已经弹尽粮绝了。

"还请您理解。"藤木低下头说道。

"我知道了。总经理，您看我们这么办可不可以。既然查看行李这一防止犯罪最有效的方法实行不了，那我们能指望的就只剩下客人个人信息这条路了。饭店所掌握的全部客人信息都要上交给我们，而且对我们的提问一定要配合回答，可以吗？"稻垣说道，坚决的态度中隐隐透出他作为案件调查责任人的尊严。

"关于这一点，我们当然是不得不配合。"藤木目光诚恳，"只不过，信息的使用及管理一定要慎之又慎。"

"当然。我保证绝对不会透露给第三者。另外，我还有一个要求，希望从今天开始负责办理入住手续业务的前台接待员能配合。"

"具体怎么配合？"

稻垣从西装口袋里掏出一张名片，解释道："如果入住的客人申请参加跨年晚会，请前台接待员在把入场券交给客人的时候……"

稻垣把名片举到面颊旁,继续说道,"举到这个高度。"

藤木脸上露出戒备的神情。"也就是说,埋伏在大堂里的刑警可以凭这个动作立马分辨出参加跨年晚会的客人,是吗?"

"嗯,算是吧。虽然前台有新田在,但经常有多个人同时入住,我怕他一个人盯不过来。"

藤木盯着稻垣,慢慢吐了口气:"坚决不给跟案件无关的客人添麻烦,你能答应我吗?"

"当然,我保证。"

藤木点点头,冲田仓说道:"吩咐下去,让前台做好准备。"

"知道了。"田仓答道。

"还有其他的吗?"藤木问道。

"暂时没有了。非常感谢您的帮助。"说完,稻垣站起身来,低头看了一眼两个部下,催促道:"走了。"

看着本宫和新田起身后,稻垣说了一句"告辞",便朝门口走去。新田两人也紧跟其后离开了房间。

藤木倚进沙发里,道:"都说到那个份儿上了,应该是没有问题了,但凡事都有个万一。滨岛,你一定要好好跟保洁员们说,让他们眼睛擦亮点儿,千万别离开陪同的警察半步。"

"知道了。"滨岛答道。

"如果没有其他事情,就解散吧——对了,山岸,你留一下。"

"嗯?哦,好的。"尚美正从沙发上起身,闻言又坐了回去。

等田仓和滨岛出去以后,藤木转到尚美的对面坐下:"上次案件的时候也是,这回又让你操心受累了。真是对不住。"

"快别这样。总经理没有理由向我道歉。"

"可是,上次案件的时候,是我搭桥引线把你介绍给了警察。要是没有上次的事,这回你也不用被牵扯进来了。"

"总经理,这个话题就到这儿吧……"

藤木呼地吐了一口气,说道:"也是。那行,这个话题咱们就说到这儿。我喊你留下,其实跟案件没有任何关系。可能对你来说,是件好事。"

"具体是什么事?"

"我想你应该已经听说了。洛杉矶柯尔特西亚大饭店要重新装修,他们想趁机物色几个优秀员工,要日本人,而且还能胜任前台工作。他们也到我这里来打探有没有合适的人选可以推荐。我都说到这个份儿上了,相信你应该明白我的意思了吧?"藤木探头看了看尚美,继续说道,"我想推荐你去,你觉得怎么样?"

听到这突如其来的消息,尚美蒙了。

17

撤出总经理办公室后不一会儿，本宫便向两人道歉："搞砸了。"

"别往心里去，没什么大不了的。"稻垣一边朝前走，一边轻声回应。

"不过，这么一来就没法检查客人的行李了。"

"从今天开始入住的客人有一半以上都会住到元旦。真要一一检查每个人的行李，不管怎么都会被饭店的人发现。一旦暴露，那个总经理肯定也会摆出和这次一样的态度。"

"话是这么说，可是……"

"没关系。就算不能查行李，打扫卫生的时候进屋看一圈也能得到不少信息。"

"这一点我也有同感。所以我才提心吊胆的，怕总经理禁止我们进入客房。"

稻垣听了本宫的话，嗤笑了两声。"不会的。他是怕客人再投诉，才那么强硬地禁止我们去碰客人的行李，但是他本人应该是希望我们去调查可疑客人的房间的。他不是也说过会为我们提供信息，协助确认参加晚会的客人吗？也多亏了这次的交涉，在下属面前，他自己先摆出了应该向警方让步的正义立场。"

新田看了一眼稻垣的侧脸："你的意思是，藤木先生的抗议是做给下属看的？"

"也有这个目的吧。那人是个不可貌相的谋士，虽说戴着假面。"

原来如此。新田认同了稻垣的说法，也对慧眼识破了这一切的稻垣产生了敬佩之情。他们刚刚似乎被迫参演了一出老狐狸之间的对手戏。

"话虽如此，"稻垣止住脚步，转向新田，"即便是查看了客人入住的房间，也不一定能得到什么信息。想找出凶手，最好还是能跟每个客人都接触一下。也就是说，你的角色依然是最重要的，这一点没有改变。我查了一下，参加跨年晚会的客人有一半会在今明两天入住。虽然人数相当多，但只要稍有一点儿可疑之处，务必毫无遗漏地向我汇报。"

"明白。"

"别忘了，变装的不只你一个人，对方也有伪装，绝不能被骗。"上司的话在新田脑中回荡。

他们又商量了一些细节后，新田回到了大堂。山岸尚美正准备坐到礼宾台后的椅子上。她似乎有什么烦心事，神情不悦。新田慢慢凑了过去。

尚美发现凑过来的新田后，双唇紧抿成一条直线，肩膀微微上下晃动，大概是在深呼吸。

"给你添麻烦了。"新田低下头。

尚美用让人害怕的目光仰视他。"真不敢相信，竟然私自去翻客人的行李。"

新田挠了挠头。"因为太专注于调查，所以就……那位姓本宫的刑警是负责案件的警部补。他虽然态度强硬了些，但是责任感要比一般人高一倍。"

"你们做事也该有个限度。不过,既然你们说了今后会注意自己的言行,我也不会再说什么。"

"那就拜托了。对了,看你好像没什么精神,是我的错觉吗?"

"没精神?我?"

"刚刚你坐下之前,你的表情好像在说你有什么烦心事。"

"刚才我露出那样的表情了吗?"山岸尚美轻轻地拍了好几下自己的双颊,"不行,我必须得留心才行。"

"发生什么事了吗?"

被新田这么一问,有一瞬间,尚美似乎是想回答些什么,可马上又恢复了平时的样子,摇了摇头。"跟你没有关系,跟案件也没有关系。"

"是你的私事啰?"

"嗯,是的。"

"既然这样,我也不好再问什么了。"

新田正要回到前台,又停下了脚步——他看到仲根绿,也就是牧村绿正从茶室走出,一双纤细的美腿从深蓝色的连衣裙裙摆下露出来。她在店门前披上一件焦糖色的大衣后继续向前走,只带着一个手包。

新田朝她的身后看去,并未发现同行的人。这么说来,她的"丈夫"仲根伸一郎仍然留在饭店里。仲根绿大概是在想什么事情,一副困惑的神情,朝正门玄关走去。她经过新田身边时,新田轻轻地说了一声"路上小心",但是她连看都没看新田一眼。

"真漂亮啊。"不知什么时候,尚美来到了新田身边,"她有什么问题吗?"

"稍稍有点儿小问题。"

新田把她在住宿登记表上化名仲根绿、原名可能叫牧村绿的事告诉了尚美。

"原来如此,不过这也不是什么稀罕事。"

"风流韵事之类的吗?"

听了新田的问题后,尚美表情缓和了下来:"对,就是那么回事。"

"她一个人从茶室里出来或许也是因为这个吧。不想被别人看到他们俩在一起。如果真是这样,他们去茶室做什么呢?"

"按照正常的思路,她大概是一个人去的吧。"

"这样吗?"

新田正想去茶室里确认一下,只见前方有一个男人大步走来,正是策划了昨晚那场让人印象深刻的求婚,但又完全失败的主角——日下部笃哉。

日下部叫住了尚美。

"早上好,日下部先生。"尚美跟他打招呼,"昨晚您休息得还好吗?"

"托你的福,睡得很好。今天早上感觉一身轻松,就像是重生了一样。"日下部的语气很轻松,表情也很有活力。

站在一旁的新田心想,这人还真是打不垮。被那么富有戏剧性地拒绝,换作一般人一时半会儿肯定缓不过来。

"那真是太好了。"尚美微笑着回应。

"还有,我已经完全忘记那个扬长而去的女人了。我想从零开始,还希望你一定要帮我的忙。"

"当然乐意效劳。"

"听你这么说我就放心了。那就先告诉我一些她的信息吧。刚才她在茶室的消费都算在了房费里,那么应该就是住在这儿的客人;虽然喝了咖啡欧蕾,但是送的曲奇一点儿都没吃,大概是不喜欢吃甜食。"

新田听日下部飞快又滔滔不绝地说着，脑子里一片混乱。这个男的到底在说些什么？

"嗯……日下部先生，"尚美似乎也一样，虽然脸上挂着微笑，眼睛里却只有疑问，"非常抱歉，我没太明白您的意思。您说的'她'，是指哪位？"

日下部讶异地挑起眉梢。"她，当然就是她啊。刚才你们目送出门的那位女士。"

"哎？"尚美罕见地发出了不知所措的声音。当然，站在一边的新田也同样一脸愕然。

"您说的那位女士，是刚刚穿着焦糖色大衣的……"尚美战战兢兢地询问。

"对，对。"日下部一脸开心地点头，"是她，那位长得有点儿像安吉丽娜·朱莉的女士。我在茶室喝咖啡的时候，她就坐在紧挨着我的位置。我看到她，就像是被锤子狠狠砸了一下。噢，不是那种不好的意思，就是那种，砰的一下闯进这儿的感觉。"日下部指着自己的胸口，"就是被丘比特的箭射中了。我根本想象不到，这世上还有这么符合我理想的女性。虽然妙子也很好，可还是不如她。在经历了那么戏剧性的分手后，第二天就有了这样一场邂逅，这不正是奇迹吗？她就是我命定的另一半。"

新田强忍住不让自己的下巴掉下来。失恋后竟然是一见钟情，这种程度已经不是"打不垮"了，而只是单纯的轻浮浅薄吧。

"这……日下部先生，"尚美一脸焦急，"您完全不了解那位客人吧？这样就说她是您命定的另一半，真的好吗？"

日下部怒上心头，俯视尚美："有什么不好的？这个世界上有很多事情是要靠直觉才能有结果的，选择结婚对象应该也是这样。这是我从昨晚的经历里得出的结论。接着她就出现在我的眼前。这不是命运的邂逅又是什么?"

尚美不断地眨眼,似乎被日下部的一席话堵得无话可说,她将视线移向别处。到底要怎么接才好呢?

"你可是做礼宾的!"日下部指着尚美说,"做礼宾就有义务满足客人的要求吧!明天晚上,我要邀请那位女士一起用餐,你给我收集一下她的信息。我要知道用什么话题才能营造对话的气氛。怎么样?难道你想用'不可能''做不到'之类的话回答我吗?"

18

山岸尚美当然想用"不可能""做不到"回答他,可是这些字眼绝对不能从礼宾台的人嘴里蹦出去。话虽如此,日下部的要求也绝不是件简单的差事。根据新田所说,那个仲根绿应该是有同伴的,而且还有很大的可能不是什么正当关系。从饭店的立场出发,绝对不想刺激这种客人。

"日下部先生,我们已经充分了解您的要求了,"尚美应答道,"但是,我们不能擅自泄露其他客人的个人信息,这种行为是违法的。我们会先向她确认,如果得到本人许可,我们再告诉您。您看这样可以吗?"

日下部焦躁地双手叉腰:"真啰唆。"

"万分抱歉。"

"我知道了,那就这样吧。她的详细信息,见面之后我会自己直接问,你就给我安排好和她吃饭的事。明天晚上六点,具体的餐厅你来帮我选。"

"嗯……日下部先生,"尚美尽力地保持微笑,"我们可以帮您向她转达邀请,但她是否接受就不能保证了……或者说,她有可能不接受您的邀请。如果她拒绝,要怎么做呢?"

日下部面露不满："你们怎么就知道她一定会拒绝？"

"不，正常情况下肯定会拒绝吧。"新田从一旁插嘴，一开口就是这种"不专业"的话，"如果直接问一个女人，有别的客人想请你吃饭，你同意吗，不可能会有人欣然接受的。"

日下部耸起肩膀，转向新田。

"新田。"尚美嘴角浮着笑容，瞪了新田一眼让他闭嘴。

日下部再次转向尚美："你也这么想吗？"

"确实很难，"尚美的遣词十分慎重，"不管对谁来说，新年前的最后一天都是十分重要的一天。那么，特地选择在饭店度过这一天的客人，非常有可能是有特别计划的。即便有人请他务必赏光一同用餐，想必也不会得到肯定的回答。"

日下部抬起下巴，冷冷地看着尚美："那你有什么好办法？"

"啊？"

"你们礼宾台的人，是不能说'做不到'的吧，那肯定是有什么替代方案了。我现在就是在问你这个。钱无所谓，花多少都没问题。"

"替代方案吗……"尚美迅速地整理着脑中的各种信息。要提出替代方案，就必须要了解客人要求的本质，那么日下部现在到底是想做什么呢？

"先说好，不能找别的女人。真要那样的话还不如我自己一个人吃饭。也不能改日子，因为我一号必须出发。"

也就是说，有时间上的限制，一起吃饭的对象也必须是仲根绿女士。不，等等……尚美意识到了，日下部的目的应该并不是吃饭。

"日下部先生，"尚美抬头看着日下部，"您看这样行不行？在您退房之前，我们安排一个场合，让您跟那位女士单独相处。"

尚美眼角的余光看到了一脸惊讶地看着她的新田，但她仍目不斜视，等待这位抛出无理难题的客人做出回答。

日下部抱着双臂，陷入了思考，仿佛在衡量尚美提出的方案。终于，他慢慢地抬起头："这样你们就办得到了吧？"

"我们会想办法的。"

"不，这样做怕也是徒劳。"新田又插嘴道。

"为什么？"日下部问。

"因为那位女士已经有同伴——"

"新田！"尚美暴躁地打断了新田。

"她……有同伴吗？"日下部问道。

"十分抱歉，您的这个问题我们无法回答。"尚美低下了头。

日下部沉默了，似乎又思考起什么。他的脸上已经没有了刚才的亢奋。"没关系。"日下部低声嘟囔了一句，然后看向尚美，"她到底有没有同伴、有的话跟她是什么关系，我再跟她本人确认就好了。不过她左手无名指上没戴戒指，刚才在茶室的时候也一直是一个人。也就是说，今后她很可能还有独处的时候，我跟她单独说话也不是毫无可能。"

尚美点了点头："很有可能正如您所说的那样。"

"你们说了会帮我想办法，是吧？那什么时候能有消息？"

"现在还不好说……可以稍微给我们一点儿时间吗？"

"我知道了。那就这么办吧。我现在要出门，傍晚回来。请你们在这段时间里想想办法。"

"好的，我们会为您准备一个方案。"

"终于有点儿眉目了。"日下部看了看手表，"已经这个时间了。本来以为没这么麻烦的。那就拜托你们了。"说完，他便快步走向正门玄关。

尚美叹了口气，微微感到头疼，开始按摩太阳穴。

"没关系吗？"新田凑了上去，"接下那种难题。"

"没办法，就是干这种活儿的。"

"这人也太奇怪了。被甩的第二天就对别人一见钟情，也太会朝前看了。"

"客人里什么样的人都有。不过，新田先生，你最好不要在奇怪的时候插嘴，用词也太不讲究了。这样会平白无故地惹日下部先生生气。"

"我是看你太为难，想帮你的忙。"

"完全没有帮到。况且新田先生你本来就不是饭店的人，所以请不要在跟调查无关的事情上出头。"

"刚才我不是说了嘛，那个姓牧村的女人是我们的监视对象之一。"

尚美松开太阳穴，摇了摇头："既然她本人自称仲根绿，那就请你不要再这么叫她，至少你在穿着这身前台制服的时候不要。"

新田撇着嘴，耸了耸肩："好吧。那要怎么做呢？直接挑明'仲根绿女士，有一位姓日下部的客人想和您单独见面，请您考虑一下'吗？"

尚美抬起头看了看新田："你觉得管用吗？"

"她百分之百会反感。"

"说得就是。"

"所以我想知道你有什么好点子。"

"说实话，我现在还是一头雾水，再想想吧。不过就算那天吃不成饭，至少也要见上一面，如果一切如新田先生所料。"

"如我所料？意思是那两个人真是婚外情？"

尚美点了点头。"如果她的同伴真的是她丈夫，那是没什么可能了。很难想象夫妻一起旅行的时候，妻子愿意和其他男人见面。婚外情就不一样了，日下部先生也说过，之后她独处的时间可能会比较多，我总觉得是那个男人的问题。"

"什么意思？"

"之前她一个人出现在茶室，说明那个男人有其他要去的地方，比如去见太太、家人什么的。"

新田恍然大悟，点头赞同："也就是说他极有可能住在东京或东京周边，这样一来，白天给家人献殷勤，晚上再找个借口溜到这里。嗯，也不是没可能。"

"如果是这样，一个女人要独自苦等肯定也不好受，这时出现一个解闷对象的话……"尚美没有继续说下去。

"就会觉得开始一段新的感情也不错吧。"新田微微一笑，舔了舔嘴唇。他即便这样也不会让人觉得下流，大概是因为生得标致。

"我可没这么说，不过喝个茶她还是会同意的吧。"

"确实有戏。"

"光想不做也没用，"尚美回头看了看礼宾台，"首先我们必须得掌握客人的信息。"

"房间在 1701，转角套房。"新田紧随其后说道。

尚美回到礼宾台，开始敲打电脑键盘。

预订人是仲根伸一郎，应该是新客人，除了跨年晚会之外没有预订其他店内设施或餐厅。昨天很晚的时候点了香槟，今早叫了早餐服务，两人份的。

"真遗憾。"尚美小声说道。

"什么遗憾？"

"我原来想，如果仲根女士预订了饭店今晚的单人晚餐，我们就可以帮日下部先生也预订上，把他们安排在相邻的座位，也方便搭话，能不能成就看日下部先生的本事了。"

新田苦笑着说："这不算两个人单独吃饭吧，也不知道日下部先生能不能接受。"

"没办法,这也算个替代方案。不过仲根女士根本没有预订,这条路也行不通了。"

"新年夜呢?有预订吗?"

"明天的话……"尚美查了一下系统,叹了口气,"明晚他们预订了客房晚餐,还是两人份。明晚是特供菜单,需要提前预订。"

"在房间共进晚餐,婚外情的色彩越来越浓了。"

想必是计划晚饭后两个人一起参加跨年晚会吧。也就是说,日下部必须要在明天晚餐前和仲根绿见上面。尚美仔细看了看电脑,没发现什么有价值的信息。

新田站在一旁,仿佛突然想起了什么,急忙掏出手机打电话。他全程挡着手机,旁人听不清具体讲了些什么,只听到了"打扫房间"的字眼。

"刚刚在总经理办公室提到打扫房间时警方在场的事情,1701号房间也包括在内,好像很快就要开始打扫了,我去现场看看,你也一起吗?"

"进客人的房间吗……"

"对,说不定能获得什么线索,怎么样?"

尚美觉得这个提议不错,起码比眼巴巴地看着电脑有意义。她站了起来:"那就去看看吧。"

顾名思义,仲根绿入住的转角套房就位于建筑的转角处,风景好是最大的卖点,可以从两个不同的角度观赏东京的夜景。

尚美跟着两名保洁员进了门,站在起居室门口观察着整个房间。这个房间给人的第一印象是整洁。尚美实习时也曾打扫过客房,遇到有些素质低下的客人住过的房间,让人看了就忍不住想骂几句。

乱丢垃圾还算是轻的，最受不了的是弄脏布制品或壁纸，打扫起来格外费事。

仲根伸一郎和仲根绿两人似乎品行很好，湿毛巾和浴巾没有乱放，也没有零食碎渣掉在地上。之前查到他们昨晚喝了香槟，今早叫了客房早餐，但没有看见空餐具和酒瓶，大概是自己收拾好放到走廊上了。房间里有套一人座和两人座的组合沙发，呈"L"形，圆桌上摆着皮质书皮的书、烟盒和闪着银光的方形打火机。这个房间不是无烟房，烟灰缸也摆在桌子上。

新田站在一旁，指着桌子说道："是'FLAT TOP'啊。"

尚美不解："什么？"

"打火机，是 ZIPPO 的复古款，不过是复制品，大概几千日元吧。"

"真是内行，不过话说回来，你不吸烟吧？"

"正因为我不吸烟，才为了理解烟民的心情特意查了些资料。"

尚美看了看新田："厉害。前辈也经常这么提醒我，要学会换位思考，尤其是对与自己兴趣爱好截然不同的人。"

"有趣，我原来以为警察和饭店员工是完全相反的工种，没想到也有共通点。"

"完全相反的是这么做的目的，我们理解客人是为了提供更好的服务。"

"我们是为了揭穿谎言，确实完全不一样。"新田边说边拿起桌上的书，还不知不觉间戴上了白手套。

"新田先生，等等，不要碰客人的东西，刚才不是说好了吗？"

"总经理只是说不能检查客人的行李，没说不能碰，比如这本书掉在地上，把它捡起来放回桌上也是饭店的服务之一吧。不会有客人抱怨这个的。"

尚美叹了口气，轻轻瞪了新田一眼："还是那么能说会道。"

"我说的是事实，"新田打开了那本书，"啊，原来是这本书。"

"什么书？"尚美问道。黑色的书皮盖住了封面。

"看，"新田摘掉了书皮，"几年前的畅销恋爱小说。"

尚美虽然没读过，但确实对这本书有印象，之前号称"让百万读者流泪"的广告语还记忆犹新，听说还被翻拍成了电影。

新田随意翻了起来，挠了挠脖子说："奇怪。"

"怎么了？"

"没什么，只不过……"新田放下书，掏出智能手机，好像在查些什么。"果不其然。"他看着手机小声说道。

"究竟怎么了？"

"这部小说今年春天出了便携的文库本，为什么还要带这种硬皮的精装本呢？"

"可能是买得比较早，文库本还没出版，到现在才想起来看吧。"

"竟然带着这么重的书来旅行，真是奇怪。"新田再次拿起那本书。

"这……可能是因为喜欢读？"

"不太可能。"

"为什么？"

新田打开书给尚美看了看，里面还夹着宣传页和读者问卷明信片。"如果已经读完一遍，这些东西早就扔了。如果喜欢这本书，连旅行都要带，为什么不买新出的文库本呢？"

警察犀利的分析让尚美哑口无言："或许……你说得有道理。"

"不过也可能没什么特别的理由，准备行李的时候，看见这本书没读完，就随手放进包里了。"新田把书皮包上，放回原处，紧接着拿起了烟盒。烟盒是硬壳的，已经开封了。他打开盖子若有所思地看了看，又放了回去，开始环顾整个房间。

两名保洁员继续麻利地打扫房间、更换毛巾、补充消耗品、处理垃圾等。

新田走近其中一名保洁员，她正在把垃圾箱里的东西倒进塑料袋里。

"不好意思。"新田从一旁探头看了看塑料袋，表情严肃地站起来继续往里走。

尚美紧随其后，新田打开衣柜门，发现衣架上什么都没挂。他关上衣柜，一言不发，走进隔壁卧室。双人床有睡过的痕迹，但铺得很整齐。想必是仲根绿整理的。旅行箱放在床的一侧，新田一边走近一边观察。

"请不要动客人的行李，"尚美说，"不小心打开就糟了。"

新田露出一丝苦笑，但很快恢复了正常。接着，他看向旁边的浴室，浴室的墙是整面玻璃，能清楚地看见洗脸池。保洁员正将叠得整整齐齐的浴巾搭在架子上。

新田走进去，指着洗脸池向保洁员询问了些什么。年轻的保洁员一脸不解地回答了他。新田走出浴室："突然想到有件急事要办，我先走了，你呢？"

"我……难得进来一次，再看看吧。"

"既然这样，我先走了。"新田大步走出了房间。

保洁员从浴室里走了出来。

"新田先生刚刚问了你什么问题？"尚美问道。

"关于浴室物品，都补充了什么，补充了多少。"

"你怎么答的？"

"我说牙具套装、洗发水、护发素、沐浴露各两套，还有一块肥皂，大概是这样。"

"然后新田先生说了什么？"

"只说了句'谢谢'……"

"还问了别的吗？"

"没有了。"

尚美陷入了沉思。为什么新田要确认这些呢？刚刚他说想到有件急事，肯定是发现了什么线索。

"警察的工作也不容易，"年轻的保洁员边检查冰箱里的物品边说，"为了抓凶手，连垃圾箱都不放过，正义感不够的人真是做不来。"

"怎么说呢，我觉得新田先生不是只有正义感。"

"是吗？"

"他太聪明了，大概是在享受推理破案的乐趣吧，也就是所谓的'游戏感觉'，案子越离奇他就越起劲，好奇心一旦被激发，就要彻查到底，想知道到底是什么人策划了如此离奇的案件。"

"原来是好奇心，我大概能理解了。我在打扫的时候，偶尔也会思考这个房间的客人到底是怎样的人。"

"是吗？是在房间特别脏的时候吧？"

"遇到这样的情况我只会很生气，我是说在被客人感动的时候。有一次打扫房间，客人在桌上放了一张便笺，写着'住得很舒服，谢谢'，我当时特别感动，甚至想冲到前台当面感谢这位客人。"

"有道理。"

"因为从没见过客人，有时容易胡思乱想，比如'这个房间的客人会不会是个帅哥'之类的，挺傻的吧，哈哈。"保洁员自我戏谑了一番后，开始确认搭档的工作情况。

尚美再次环顾整个房间后准备离开，但中途又停下了脚步。

因为从没见过客人，有时容易胡思乱想——

这句话在脑海中闪过，她终于找到了答复日下部的方法。

19

稻垣低头看着文件,听着新田的报告,突然抬起了头:"不存在?"

"是的,"新田站在会议桌前回答,"虽然她装作是两个人一起入住,但我推测那个男的其实并不存在。"

"根据是?"

"烟和打火机都放在了房间里。一般出门的时候,这些都会带在身上吧?"

"说不定有备用的。"

"烟灰缸很干净。我翻了垃圾桶,一个烟蒂都没发现。"

"会不会只是昨晚恰好没抽烟?"

"虽然洗发水和牙膏都用了两人份,但是剃须膏和剃须刀并没有用过。"

"也不是所有男人都会用。"

"他们叫了早餐的客房服务,是关根送去的。他说跟昨晚一样,没有看见男人的身影。是那个女人在客房门口收的餐,签字也是她签的。"

稻垣放下手中的文件,抱着双臂:"即便这样也不能断定。"

"还有一个决定性的证据。我查了监控录像。"

稻垣的右眼抽动了一下。

这家饭店大楼里的摄像头比一般的地方多。前几年的案件发生后，饭店直接买下了警视厅为调查增设的摄像头设备，安装在了大楼里。监视器陈列在地下一层的警备室里。客房楼层中，不管是电梯轿厢、电梯间，还是走廊里，都能做到无死角监控。每间客房的门口都在监控范围内，人员进出看得很清楚。

稻垣低声问："结果怎么样？"

"从昨晚到今天上午做客房清洁为止，1701号房只有两次人员出入的迹象。第一次是那个自称仲根绿的女人昨晚入住时，第二次是今天上午十点之后她离开房间。除了她之外，没有人进出过1701号客房。"

稻垣盯着新田，胸腔大幅度地上下起伏，做着深呼吸，然后立刻转头看向身边的本宫。现在会议室里只有他们三个人，其他刑警都到客房去了。

"这家伙就这毛病，"本宫扬了扬下巴，"总是卖关子，把最重要的事情放到最后才说。"

"我只是按照顺序说明而已。"

"好了，我明白了。"稻垣苦着脸说，"看来你的直觉是对的，确实很可疑。你觉得她为什么要这样做？"

"这就是问题所在。如果那个男人只是因为突然有事不能来了，那她也没有必要特意叫两人份的客房服务，牙刷也没有必要用两支。她明显是在故意告诉饭店的人她有同伴。这又有什么好处呢？除了多花钱，没有任何好处。"新田伸出食指，"只是，有一种可能性还不能排除。"

本宫发出了不耐烦的咂嘴声。"别卖关子了，快说。"

新田微笑着看了看前辈，把目光转回稻垣身上："是为了制造不在场证明。"

"不在场证明？"稻垣眉头紧锁。

"故意让人觉得从昨天到明晚，这一男一女没离开过饭店。如果男人在这期间因犯了罪而遭到怀疑时，便可以开脱了。"

"原来如此，"稻垣仿佛明白了，"也就是说那个男人有犯罪计划，自称仲根绿的女人是为他制造不在场证明的同伙。"

"实际上，这家饭店每个房间的进出情况都在监控的掌握之下，警方很容易查到。那两个人很可能没想到这一点，毕竟很少有饭店会安这么多摄像头。"

稻垣轻轻闭上眼，指尖不停地敲着桌子，然后睁开了眼。"如果事实真是这样，那是不是和我们这个案子有关？"

"不好说。"新田很快接过了话，"如果那个男人有犯罪计划，那一定是在离饭店很远的地方，否则不在场证明就不成立了。"

"即便如此，也不能对这么反常的人视而不见。对了，那个女人叫什么来着？"

"自称仲根绿，本名是牧村绿。"

"真是混乱，总之先叫她仲根绿吧。一定要加强对她的监视，如果饭店方面肯配合就好了。"

"还有件有意思的事。"

新田汇报了日下部交代尚美做的事情，果不其然，稻垣和本宫都愣住了。

"这都是什么事啊？失恋后的第二天就对素不相识的女人一见钟情，这个男人还真是不闲着。对了，日下部的嫌疑已经排除了吧，他可别再来刷存在感了。"本宫的话抓住了关键。

"山岸打算怎么办？"稻垣问道。

"好像还没想出什么方案，不过以她的个性，肯定能找到办法。"

"仲根绿的同伴还没出现过，你没和她说吧？"

"没有。"

"那就好。这件事先瞒着她，再跟她打听些情况。"

"明白了。"新田点点头。

虽然瞒着尚美让他觉得不太舒服，但毕竟是为了查案，只能这样了。

20

新田走出办公楼，回到主楼的前台，看了一眼礼宾台，发现山岸尚美正在边打电话边记些什么，可能是日下部在催促之前交代的事情。

氏原在为一位男性客人办理入住手续，他把跨年晚会的入场券举到面颊旁详细讲解，好像在提前熟悉稻垣交代给藤木的暗号。

一名坐在大堂沙发上玩手机的中年男人站了起来，开始走动。虽然没佩戴对讲机，但能看出是名刑警。他在走向电梯间的中途停了下来，躲在柱子一旁观察大堂的状况。

办完入住手续的男性客人走向坐在沙发上的女人，边说着什么边拿起了一旁的旅行包。女人也站了起来，二人有说有笑地走向电梯间。

刑警开始在柱子后面操作手机，想必是在偷拍这两个人，二人看起来完全没有察觉。拍到的图像会通过特搜总部发送到所有刑警的手机上，待命的刑警会把图像里的人像和之前搜集的监控图像进行比对，看是否有同一人物出现。

"希望不会被客人发现。"氏原看了看新田的方向，叹着气。他好像对刑警的行动有所察觉。

"没关系,即使被发现了,我也死都不会出卖饭店的。"

"那是自然,如果饭店公开承认偷拍客人,不知道会有什么结果。"

"大概会被网友骂死吧。"

"恐怕不只如此,管理层全部下台,我们员工大幅降薪,运气不好可能就失业了。"

"那真是麻烦了。"

"反正不会发生在你身上。"氏原瞥了新田一眼,面向前方。

有位客人从正门走了进来,是个穿着深蓝色粗呢大衣的男人。大衣里面好像还穿了件夹克,看起来四十五岁左右。行李员推着行李车跟在后面,车上放着高尔夫球包和旅行包。

男人走向前台,在氏原前面停了下来,抿成一字形的嘴微微张开:"我是浦边。"

新田在氏原身后操作电脑,有位叫浦边干夫的客人预订了两晚的标准双床房,没有申请参加跨年晚会。

氏原跟客人确认了预订的详细信息后,请客人填写了住宿登记表。

浦边写字的动作不那么流畅。"这样可以吗?"

"十分感谢。浦边先生,您怎么支付,信用卡还是现金?"

"嗯……现金吧。"

"好的,我们会向客人收取150%的房费作为deposit,按您的房费计算大概是六万日元,您看可以吗?"

"嗯? Dep……?"

"抱歉,我用词不当,是押金的意思,在结算的时候再将差额返还给您。"

"这样啊。"

"您看怎么支付?如果用信用卡,只需要复印一下。"

"不，还是现金吧。"浦边伸进大衣内口袋，拿出了钱包。钱包是皮质的，看起来用了很久。他拿出几张纸币："这些够了吧？"

氏原接过纸币数了起来，一万日元的五张、一千日元的十张。一千日元的纸币几乎都很皱。"正好六万日元。我现在为您开票。"

氏原开好票后，开始选房间。新田看了看电脑，房间号是0806。氏原把票据和房卡、早餐券一齐递给浦边。浦边不参加跨年晚会，所以不需要打暗号。大堂的刑警若无其事地看着手机。

"不好意思，"浦边有点儿不安地拿着房卡，"这个怎么用？"

"原谅我们服务不周。"氏原招呼行李车旁的行李员过来，把房卡递给了他。

新田向前走了一步，视线落在行李车上的高尔夫球包上。他在确认着什么。

浦边在行李员的引导下走向电梯间，背影中透出不安的气息。

新田拿起浦边在前台填好的表格。住址是群马县前桥市，门牌号和公寓名称都写得很详细，似乎是201号。电话号码填的是手机号。

"这是高尔夫之旅，还是打完高尔夫回来了？为什么要从元旦的前两天开始在东京的饭店连住两晚，而且还是一个人？"新田充满了疑问。

"或许明天还有人来，他只是在这儿等人而已，然后元旦再一起出游。"氏原马上给出一个答案。

"会是女人吗？"

"有这个可能。"

"既然是这么浪漫的安排，气质应该更优雅些才对。现在看来他似乎还没住惯饭店。"

"凡事都有第一次。"氏原坚持自己的猜测。

"会在新年来一场高尔夫之旅，这种人不用信用卡也就罢了，带的现金也太少了。刚刚我就觉得，他身上剩的现金连打车都不够。"

"只是忘了取钱了吧，也是常有的事。"

"可今天已经是十二月三十号了，明天开始有的ATM机就用不了了。"

氏原的回答出现了罕见的迟疑，他停顿了几秒之后说："也有能用的ATM。"他看向新田，"难道是对那位客人有什么看法吗？"

"姓名牌，"新田说，"我在他的高尔夫球包上没看到姓名牌，一般不会有人故意摘下来吧。"

"是不是看漏了？"

"我很仔细看过了，确实没有。"

氏原思考了一会儿，最后还是摇了摇头："还是有人会摘的，这位客人可能也是这样，反正我不是很在意这一点。"他说着便走向了柜台。

此后，办理入住的客人络绎不绝，大部分都是连住两晚或三晚，大概是想元旦前后在饭店好好放松一下吧。饭店也为这部分客人推出了初诣①之旅、特选新年料理套餐、日本桥七福神环游等一系列活动，其中的第一场便是跨年晚会。

新田被氏原明令禁止不许插手前台业务，确实有点儿不爽，但他也因此躲过一劫。普通的入住手续还勉强能应付，但每位客人的住宿套餐都不一样，需要分别应对，而且套餐种类太多，新田实在是记不住。

柜台前又来了一对男女。氏原正在接待客人，还有一名姓吉冈的年轻前台接待员，也在为其他客人办理入住手续。这对男女仿佛看到新田手头有空便走了过来，事实上，两个人一直在观察新田。

---

① 一年中第一次去神社或寺院参拜，祈求平安。

新田不好视而不见，便向前走了一步，笑着说："两位住宿吗？"

男人点头："是的，我姓曾野。"他看起来五十岁左右，体形微胖，西装外披了件驼色大衣，浓眉方脸。

新田开始操作电脑，看到了"曾野昌明"的名字，预订了豪华双床房，还加了一个床位，是三人入住。也就是说，除了他们应该还有一个人。房间预约了跨年料理、新年料理、美容沙龙，没有申请参加跨年晚会。备注栏里写着"R：GOLD 现金支付"。"R"是"Repeater"的缩写，也就是回头客。之后的单词代表入住频率，是饭店独创的标记方式。"GOLD"代表每月入住一次以上，频率更高的是"PLATINUM"，"DIAMOND"则代表每周入住一次以上。"现金支付"不用多说，就是用现金结算的意思。

"让您久等了，是曾野昌明先生吧？"

对方点点头："嗯。"

新田低下头："感谢您每次——""光临本店"还没说完，新田就被人踩了一脚。他吓了一跳，回头一看，发现氏原来到了身边。踩他脚的不会是别人。氏原一边笑对着曾野，一边在柜台后面把新田推走，新田一脸不解地退了一步。

"曾野先生，您预订的是豪华双床房，加一张床，没错吧？"氏原问道。

"没问题。"曾野答道。不知怎的，他的表情逐渐变得僵硬。

"请您填写一下表格。"氏原把住宿登记表递到曾野面前。

"谢谢您。"曾野填完后，氏原说道，"那么曾野先生，您是用现金还是用信用卡呢？"

听了氏原的问题，新田心里直犯嘀咕。系统里明明都写着客人"Repeater"和"现金支付"，为什么又要特地去问？对于常客来说，一般是不会确认支付方式的，也自然不会收取押金。

"那用信用卡吧。"曾野答道。新田一下皱起了眉头。

"好的。曾野先生,您是第一次入住本店吗?"

"嗯,第一次。"

听了这样的对话,新田更加摸不着头脑了。氏原应当是看到了电脑上的信息,为什么还这么问?曾野也是,为什么要撒谎?

"十分抱歉,曾野先生。对于首次入住敝店的客人,我们要复印一下信用卡。可以请您出示一下吗?"

"啊,可以。"曾野从钱包里抽出卡片,放在了台面上。

氏原无视一旁困惑的新田,只是淡漠地办理着入住手续。他的样子真的就像是面对一位首次入住的客人一样。

新田偷偷地瞄着曾野。对方左顾右盼,似乎忐忑不安。相反,他身后的女人却几乎一动不动。她的年龄大概在三十五岁到四十岁之间,短发,妆容很淡,略显土气。

"让您久等了。"氏原说完,把房卡和优惠券递给了曾野,接着向曾野进行说明。曾野似乎完全没有在听。

说明结束后,曾野拒绝由人引路,带着房卡和行李离开了前台。几乎同时,坐在稍远处沙发上的一名少年站了起来,凑到曾野身边。少年约莫初中生模样,卫衣外套着一件羽绒服,手里拿着类似游戏机的东西。曾野和女人朝电梯间走去,男孩也跟在他们后边,三人似乎是一家人。

氏原叫住了新田:"您这样我们很难办。之前不是已经说过,请不要插手前台业务了吗?"

"可是出了状况,我也没有办法。刚才他看着我,我不能无视他。"

"这种情况下只要假装忙着操作电脑,然后让客人稍等一下就好了。客人也不傻,不会因为有前台接待员不办入住手续就感到奇怪。"

"说得也是,对不起。"

"以后请注意一点儿。"

"好的。话说回来……刚才的客人……接待刚才那位客人的时候为什么那么奇怪？而且，为什么要踩我的脚？"

氏原把身体侧向新田："踩你是因为你说了多余的话。"

"多余的话？那个人就是常客吧？而且是'GOLD'级的。感谢他多次光顾有什么不好？之前有人告诉我要那么跟常客打招呼。"

氏原慢慢地闭上眼，然后睁开："那也要分时间和场合。"

"我刚才说得不是时候吗？"

"你好好看看数据。"氏原指着电脑屏幕，"这是入住记录，发现什么了吗？"

新田重新看了一遍屏幕上的数据，发现自己刚才并没有确认入住记录。"都是……Day-use。"

"没错，都是不过夜的钟点房。曾野先生大多是在下午五点半左右入住，然后晚上七点半左右退房，而且都是周一。这意味着什么？警察大人一定不会不清楚吧？"

氏原没说出的那句话，新田也是认同的。"原来是这样。那个男的搞婚外情啊，跟出轨对象来这家饭店开钟点房。"

"这么想比较合理。"

"你之前接待过他吗？"

"有过几次。"

"见过出轨对象吗？"

听了新田的问题，氏原忍不住笑起来。

"有什么奇怪的吗？"新田稍有不悦。

氏原让自己的表情沉静下来，转向新田："你觉得，搞婚外情的男人会跟他的出轨对象一起出现在前台吗？"

"啊……说得也是。"说起来还真是这样，新田虽然觉得有点儿不甘心，但也无话可说。

"只是，"氏原微微抬起下巴，"我大概已经发觉那个女人是谁了。"

新田回头看向氏原那张扁平的脸："啊？为什么？"

"曾野先生退房的时候，一定会有一个女人从电梯间走向正门的玄关。我看到过好几次，说不定她就是曾野先生的出轨对象。大概是为了避免被别人看到他们俩在一起，所以才比曾野先生稍晚一点儿离开房间。"

"那个女的和刚才那个应该不是同一个人吧？"

"完全不一样，是两个人。"氏原断言道，"因为小孩也一起，所以今天这位很有可能是他夫人。他夫人自然不会跟他一起频繁入住饭店，你却说感谢多次惠顾什么的，不是撞到枪口上了吗？"

"还真是……"既然这样，被踩脚也没办法，新田心想。

"他平时用现金结算，大概是害怕被他夫人看到信用卡的账单明细。不过这次情况不同，我才跟他确认支付方式。"

"原来如此。"

"话虽这么说，也不能说我猜的就一定对，所以我才问他是不是第一次入住，答案刚刚你也听到了。"

新田连连点头，望着如同戴着能剧面具一样毫无表情的氏原："很有道理。一瞬间就能做出这么深入的判断，不愧是专业的。"

氏原微微闭上双眼："干了这么多年的饭店员工，能做到这种程度也是自然。"

"了不起。不过话又说回来，那个男的跟情人一起来的时候，为什么不用假名呢？"

"可能是第一次预订时没想太多就用了真名，毕竟要想个假名也不是那么容易的事情，或者当时他要用信用卡。不管怎么样，只要用过一次真名，第二次入住就很难再用别的名字了。"

氏原的回答既简明又有说服力。他不假思索就能回答到这种程度，大概是已经经历过很多次类似的情况。

"真是学到了。还有一件事想请教。带着老婆孩子来平时偷情的饭店跨年，他到底是怎么想的？毕竟有可能被饭店的人记住长相，正常来说应该要避免这么做吧？"

氏原支支吾吾，舔了一下嘴唇："这一点，说实话我也想不通。正像你说的那样，正常来说绝对不会这么做。不过我猜，看刚才曾野先生惴惴不安的样子，恐怕这次来这里住，不是他本人的意思。"

"不是丈夫的提议，那就是他夫人的想法啰？"

"这种时候全家来住都市饭店，大概就是他夫人的想法。既可以省下年末年初的操劳，也可以慢慢享受新年的闲情逸致。他们预约了美容沙龙也算一个证据吧。"

新田将视线移到柜台上，上边放着曾野一家的住宿登记表。他拿起来看了看。住址栏里写的是一个东京的地址，大概跟名字一样也是真的。因为他夫人就在一旁看着，应该不会写假地址。"也就是说，决定住这家饭店的是他夫人。虽然曾野觉得有点儿难办，可也找不出更换的理由。"

"大概就是这样吧。不管怎样，这些事情应该跟你们的工作没有关系，不需要这么在意吧？"

"嗯，说得也是。"

"这件事就到此为止了。来入住的客人里，有不少是有难言之隐的。作为饭店员工，接待他们时必须要以己度人，不能因为自己知道了点儿皮毛就粗心大意。今后一定不要这样做了，明白了吗？"氏原的眼睛已经眯得像一条线那么细了。

"我明白了。"新田再次低下头。

正巧又来了一位女客人，氏原立马换上一张热情的前台接待员的面孔，开始接待她。

看着氏原的背影，新田内心无比讶异。虽然这人说话不怎么中听，可看客人的眼力确实没的说。你要是当警察，说不定也能很优秀——新田对着氏原的背影心中默念。当然，要真说出来，氏原可能也不会觉得高兴。

新田眼角的余光看到有人从正门玄关走了进来，正是日下部笃哉。他一踏进大堂，就毫不犹豫地走向礼宾台。

尚美站起来，对着走来的日下部恭敬地鞠了一躬。

21

尚美把一张写着字的纸放到桌面上,开始向日下部介绍自己的方案。日下部看着那张纸听着,一直到她说完,都没有插一次嘴。

"您认为怎么样?"尚美有点儿紧张地问日下部。

日下部挤出一个"哼",双臂抱在胸前,把身体全部的重量都压在了椅背上,然后无言地看着尚美,眼中露出震慑的目光。

"不合您意吗?"尚美又问了一次。

日下部沉默地闭上眼,胸腔微微上下起伏。

尚美有种度秒如年的感觉,渐渐感到像是要窒息了一般。

终于,日下部的嘴角突然松弛下来,慢慢地睁开了眼。"有意思,你的这个想法真是有意思。"

"您的意思是?"

日下部用指尖砰砰地敲着放在桌上的那张纸。"就用你这个方案了。虽然不知道能不能成功,但我自己也很想知道结果会变成什么样。"

"非常感谢。"尚美心中的一块大石头倏地落了下来,安心的感觉在心里扩散,"那我现在就着手准备。您还有什么别的要求吗?"

"现在我一时半会儿也想不出来,如果还想到了什么,会马上联系你的。"

"好的，明白，我会等您联络的。"

虽然嘴上这样说，日下部还是侧着脸问道："如果这上边写的都能实现，我觉得也足够了。不过，真的都能实现吗？"

"我会尽力的。"

"尽力啊……"日下部的语调沉了下来。

"不不不，无论如何都要做到。"尚美心中一慌，换了更加坚定的说法。

日下部打量了尚美一番后点点头："嗯，既然这样就靠你了，我之前也说过，钱不是问题。"

"好的，需要先和您确认费用……"

"不需要，事后告诉我就行，"日下部挥了挥手，"嗯，我很期待，一切顺利的话明晚就……"讲到这里，日下部一副懊恼的表情，"还不能告诉我她的名字吗？"

"抱歉，这个我们实在……"

"好吧，没关系，我们就暂时叫她'女士'吧。"

"知道了，叫她'女士'。"

日下部还是那么喜欢装腔作势，不过尚美已经习惯了。

"一想到明晚之前可能和'女士'单独相处就热血沸腾啊，让我们为成功祈祷吧。"日下部站起身，"要一事不落地向我报告。"

尚美也站了起来："没问题。"

日下部意气风发地走向电梯间，尚美一直注视着他的背影，既为方案被采纳而松了口气，又为事情能否顺利发展而感到惴惴不安。

"方案定了吗？"背后传来了声音。

尚美回头一看，是新田，手里拿着一张纸。

"'长腿叔叔作战计划'，这是什么？"

尚美从他的手里夺回那张纸:"请别随便翻我的东西。"

"是为日下部和牧村……不对,和仲根绿设计的二人独处计划?"

"是日下部先生和仲根女士,请不要直呼客人的名字。"

"这计划真有意思,我刚刚随便看了看,还有'惊喜鲜花'呢。"新田指着那张纸。

"这和你没有关系。"

"不对。我之前不是说过了嘛,那个女人是我们的监视对象,如果你要在正常服务范围以外对她实施什么计划,我必须得掌握。"

尚美挺直脊背,面向警察:"既然这样,也请新田先生亮出你手中的牌。"

"牌?"新田惊讶地看着尚美,头微微倾向一侧,"什么意思?"

"之前保洁员打扫仲根女士房间的时候,你好像发现了什么,然后急忙离开了房间。你究竟发现了什么,请告诉我。"

"那件事啊……"新田点点头,身体微微晃动,"也没什么重要的发现。"

"那也请告诉我。"

"我告诉你之后,你能给我讲讲'长腿叔叔'吗?"新田盯着尚美说道。

尚美微微点头:"嗯,可以。"

新田看了看四周,向尚美走近一步。"我还是觉得他们不像夫妻。如果是夫妻入住的话,房间里应该会有装着换洗内衣袜子的塑料袋、代替家居服的T恤或运动服等家庭生活的痕迹,但那个房间里完全没有。"

尚美眨了眨眼,看着新田:"还有吗?"

"没有了,你不觉得这是很重要的线索吗?"

尚美仍有疑虑。虽然她也发现了新田所说的异常,但真的仅此而已吗？回想新田当时的反应，一定是发现了不得了的事情。

"看，我已经全说了，接下来轮到你了。"新田开始催促尚美。

虽然心有不甘，但尚美一时想不出拒绝的理由，便将纸递给新田："我的计划就是为仲根女士提供更多的服务。当然，不会以日下部先生的名义，而是借饭店的名义。"

"比如？"

"比如把准备好的鲜花送到饭店房间里。我相信不会有女人不喜欢被送花。"

"也就是'惊喜鲜花'吧？不过她不会怀疑吗，为什么平白无故被送了花？"

"可以随便找个理由搪塞过去，比如饭店的特别服务。"

"中奖了什么的？"

"这个建议不错。"

新田一脸不解："还有晚饭的香槟呢？"

"现在还不知道仲根女士今晚在哪儿用餐，如果是在饭店的餐厅或是叫客房服务的话，就可以找个理由赠送一瓶香槟。昨天深夜她也点了香槟，这件礼物应该不会有错。"

"原来如此。"新田点点头，"好像还有不少类似的计划。不过一直得到特别服务，她不会感到很奇怪吗？"

"你说得对，所以我想先试探他们的反应。即使她本人不觉得有什么问题，同行的男人感到异样的话，我也是白费力气。"

"这么做的最终目的是？"

"明天尽可能早地找到和她……和仲根绿女士独处的时间，说出实情：'从昨晚开始的特殊服务都是一位想和您单独见面的男士安排的，能否赏光给这位男士一次单独见面的机会呢？'"

"哎？"新田稍向后仰了一下，接着说，"你考虑得真周到。即

161

使仲根绿女士拒绝了，也能因为双方互不相识而找到台阶下，不会让日下部先生太难堪。"

"就是这样。"

"不过，我不相信有女人会那么算了，而不去调查对方是谁。"新田打了个响指，"原来是这样，这就是所谓的'长腿叔叔'啊。"

"我觉得没有女人会不想知道'长腿叔叔'到底是谁。"

"好主意，成功率应该很高。"

"希望一切顺利。"

尚美虽然说得保守，但在她心中，成功率应该超过五成。如果仲根绿真的是和丈夫在一起，可能很难成功。但如果是婚外情，白天只有她一个人，应该不会拒绝和"长腿叔叔"见上一面。

"我有个不情之请，"新田说，"能不能让我们也加入这个计划？"

"你们？为什么？"

"自然是因为那个女人是我们的调查对象，我们不想错过和她接触的机会。"

"很抱歉，这次的计划并不是为你们警方安排的。"

"我明白，我不是想捣乱。话说回来，你一个人也完不成这些计划，肯定需要有人帮忙吧？反正都要找人帮忙，不如把任务交给我们，不是吗？"新田语速很快，不给尚美插嘴的空隙，眼神也格外犀利，就像叼着猎物的猎犬一般。这个时候，他便露出了刑警的本色。

尚美看向新田手中的纸。的确，她无法独自完成这些计划。如果请新田帮忙，给他安排什么角色好呢？

尚美还在思考，新田仿佛看穿了她的心思："能听听我的想法吗？"

"有什么建议吗？"

"是的，"新田意味深长地笑了，指着纸上的内容说，"请务必让我承担这个任务。"

尚美看了看那部分内容,瞥了新田一眼:"为什么?"

"是有点儿原因,但不用担心,我绝不会给你添——"新田说到一半突然停了下来,视线移向别处。

仲根绿从大门走了进来。她神情忧郁,走路的脚步声很清晰。

新田走向仲根绿:"仲根女士,您回来了。"仲根绿好像被吓了一跳,停下脚步,看了新田一眼之后轻轻点头致意,然后走向了电梯间。

"请好好休息。"新田朝仲根绿的背影说道,然后回到尚美身旁,"女主角登场了。"

"果然还是一个人,同行的男人什么时候回来呢?"

"不知道。"新田微微侧头,"如果有什么隐情,两个人是不会一起大摇大摆回到饭店的。"

"没错。"尚美表示赞同。

的确如新田所说,这家饭店直通地铁站,还有地下停车场,可以直接从地下乘电梯回客房,有些不想公开露面的名人经常这样做。婚外情的嫌疑愈发明显了。如果真是这样,"长腿叔叔作战计划"便更容易成功了。尚美拿出手机,订了花。

尚美站在 1701 号房门前,尚美深吸一口气,按响了门铃。因为之前已经打过电话,说饭店有礼物赠送,所以不必担心屋内的仲根绿和男人感到意外。刚刚接电话的是仲根绿。

门开了,露出一张异国风情的面孔。仲根绿起初有些疑惑,但看到尚美手里的东西时,顿时充满了喜悦。

"打扰您休息了,刚刚给您打过电话,打扫房间的同事想送您一份礼物,我就给您送来了。"尚美说着便将花束递给了她。花束的正中央是粉百合和粉玫瑰。

"这……我真的可以收下吗？"仲根绿问。

"当然可以。这是我们饭店年末的固定活动。从保持房间整洁的客人当中选出一组，由客房部的员工送出鲜花作为礼物。请放心收下吧。"

"还有这样的活动呀，真是太感谢了，这花真漂亮……"

"不介意的话，我帮您摆到您喜欢的位置吧？"

"啊，没关系，我自己摆就好。"仲根绿笑着收下花，"谢谢你们。"

"打扰了，请好好休息。"尚美低下头，等房门关好后才离开。

第一阶段结束，尚美如释重负。

22

关根穿着行李员制服，推着车走在走廊里。新田站在角落里目送他。1701号房是转角套房，位于走廊的最里面，房门在走廊尽头的左侧。关根在门前停下，按下门铃。不久门就开了，关根说了几句话之后，推车进了房间。

车上摆着仲根绿预约的晚餐——两人份的特别套餐和香槟。虽然她只点了两杯香槟，但车上却有一整瓶，这也是"长腿叔叔作战计划"的内容之一。关根用合情合理的解释瞒了过去。

关根走出房间，鞠了一躬后从走廊尽头走到新田身边。

"怎么样？"新田问道，"看你好像进去了。"

关根遗憾地摇了摇头。"只到了起居室门口，能听到电视机的声音，但完全不知道里面的情况。"

"果然还是不行。"

二人搭上电梯，按下一层的按键。

"对香槟，她有什么反应？"

"说是送错了，点的是两杯香槟。我就按山岸教给我的，先道了歉，然后说责任在我，这瓶香槟送给他们，就放下了。"

"她有没有觉得奇怪？"

"怎么说呢,像是有点儿惶恐。"

"她可能也不会高兴到哪儿去吧。要是个酒鬼倒还好,不然一个人喝光一瓶香槟太难了。"

"没错。"

新田听说仲根绿预约了双人晚餐的饭店服务之后,马上到警备室确认了监控录像。果不其然,除了仲根绿之外,1701号房间没进过其他人。看来她假装夫妻同行的判断不会有错。她的目的是什么,是不是和他们正在追查的案子有联系,新田无论如何都想查清楚。

二人下到一层,走向礼宾台。山岸尚美等不及似的站了起来,询问关根:"怎么样?"

"还是很顺利的,她收下了那瓶香槟。"

"餐食都整齐地摆在桌上了吗?"

"我就把车停在了进门的地方,没摆餐食。"

听了关根的回答,尚美紧张的表情舒缓了下来:"这样啊,太好了。"这是因为饭店的特别套餐中餐食的种类非常多,把香槟送给仲根绿的任务固然重要,但尚美一直担心毫无经验的关根摆放餐食的时候会露出马脚。

"鲜花送了,整瓶香槟也送了,接下来就是那项重磅计划了吧?"新田说。

尚美紧张地看向新田:"新田先生,你一定要去吗?"

"是的,有问题吗?山岸小姐已经去送过花了,礼宾台的人一次次地往房间跑,肯定会引起怀疑的。"

"话是没错……"

"别担心,我肯定没问题。"新田轻拍着胸口,突然上衣里面开始震动,他拿出手机一看,是本宫打来的。新田接了起来:"喂。"

"关于仲根绿,我有话要跟你说,有空的时候过来一下。"

"明白了。"挂断电话之后,新田对尚美说了句"待会儿见",径直去了办公楼。

稻垣和本宫在会议室里,新田汇报了关根去仲根绿的房间送餐的情况。

"一个人点双人份的特别套餐,真是越来越可疑了。"本宫对稻垣说。

"这实在不像是在开玩笑,不知道和我们的案子有没有关系。我想知道这背后的原因,有什么办法吗?"

听到稻垣的问题,新田开始侧头思考。"肯定不能去问她本人,总之先加入山岸的计划,观察一段时间吧。"

稻垣有些失望,叹了口气。"处理上个案子的时候我就有种感觉:饭店里奇怪的客人真多。前一天刚刚求婚,第二天就对别的女人一见钟情,那个女人还神神秘秘的。到底怎么回事?"

"因为他们都戴着面具——'客人'的面具。"这本是尚美的台词,却从新田的嘴里说了出来,"对了,刚才电话里不是说有话跟我说?"

"看看这个。"本宫拿出仲根伸一郎的驾驶证,"我们请爱知县警方协助,查到了上面的住址,但仲根本人并不住在这里。"

"搬家了吗?"

"好像是,现在的房主今年夏天刚搬进去,什么都不了解。现在当地警方正在帮我们调查详细信息。还有一件事,仲根伸一郎在预订信息里登记的电话号码一直打不通。"

新田用拇指弹了弹鼻尖:"一切都不太对劲。"

"总之,仲根绿还是重点对象,但也不要把注意力都放在她身上,以免错过了其他重要线索。"稻垣的声音愈发沉重,"那个人有可能还没出现呢。"

"从我今天掌握的数字来看,已经有一百多人入住了。"

"饭店也开始为明天的跨年晚会做准备了,越多的人员流动,越有利于凶手达到目的,做好准备,小心行事。"

"好的。"新田低头应答,心想,光是这一个案件,就已经记不清自己是第几次听到这样的吩咐了。

手表的指针指向八点五十分,新田对氏原说:"我出去一下。"办理入住的高峰期已过,前台只剩他们二人。

氏原问:"去哪儿?"

新田认为没必要和他过多解释,只说了句"去去就来"。

尚美正在礼宾台打电话,神色紧张。"是的……那就按照原来的安排……好的,突然提出让您为难的请求,十分抱歉……好的,付款方式就按照您说的办……好的,谢谢您,那就拜托了。"在一连串流畅的道歉和感谢之后,尚美挂断电话,看着新田长出了一口气,"那边已经准备好了,只要收到暗号,随时可以开始。终于要正式开场了。"

"那我去了。"

尚美认真地看着新田:"新田先生,真的没问题吗?"

"没问题。你真是执着啊。"

"请你不要忘了,你的任务也是我们饭店的服务之一,千万别有什么失礼的行为,好吗?搜查不是最重要的,服务才是。"

"我明白,交给我吧。"

尚美的表情仿佛是在质疑新田是否真的明白。她拿起电话,修长的手指按下了1701号房间的号码。她把听筒放在耳边,表情突然凝固了,看来是对方接起来了。

"仲根女士,十分抱歉又打扰您休息了,我是礼宾台的山岸。……之前真是失礼了,现在通话方便吗?……谢谢您。其实是饭店有需要通知的事项,我部门的同事想到您的房间说,不知道现在可以吗……一会儿您直接问我们同事就可以……原来是这样,那我们很快过去，请您稍等，打扰了。"尚美挂断了电话。

"客人同意了吧？"新田问。

"嗯，"尚美回头看着新田，"你知道先后顺序吧？"

"记住了。"新田指着太阳穴的位置说道，然后走向电梯间。

到达十七层，沿着走廊往里走，尽头的左手边就是1701号房。新田按响了门铃。

门开了，从门缝中可以看到仲根绿的身影。她穿着一件散发着光泽的灰色连衣裙，面料看起来很高级，不像是居家服。

"抱歉突然打扰您休息，"新田低头道歉，"本店有一个特别活动的通知，冒昧打扰您。"

"特别活动？"仲根绿卷翘的睫毛眨了眨，在昏暗的室内灯光下，显得格外妖娆。

"是今晚的特别活动，如果您现在时间方便，请允许我为您介绍一下。"

"好的。"

"如果可以的话，"新田偷看了一眼仲根绿的表情，"在房间里介绍会好一些，不知道方便吗？"

"到房间里吗？"仲根绿面露难色。

"当然，您可以和同行的客人商量一下。"

"他……我老公出去了。"

新田捕捉到了仲根绿声音中的颤抖。"原来是这样，那等您爱人回来，我再为二位介绍吧。"

"啊……没关系，他什么时候回来不一定。"仲根绿思考了一会儿，打定主意后对新田点点头，"请进吧。"

"真的没关系吗？"

"嗯。"

"打扰了。"新田鞠了一躬,走进房间,立起防盗门闩,让门不会自动关上。这是常识。

新田跟在仲根绿身后走进起居室,房间和白天客房清扫时的样子大相径庭,大衣被随意扔在沙发上,包也凌乱地摆在一旁,无论如何也联想不到两个人坐在沙发上的休闲情景。桌子上的书和烟盒、打火机还放在原处。

"是什么活动?"仲根绿回头问道。

"请走到窗边。"

这是间转角套房,两扇窗户朝向南边和西边,新田走近南侧的那扇。窗边有张桌子,小推车在桌子一侧。桌子上原本应该摆着二人用过的餐具,现在却盖着一块白布,看不到下面的东西。车上放着那瓶香槟,还剩大半瓶,果然一个人是喝不完的。

新田拉开窗帘,东京美妙的夜景映入眼帘。接着,他拿出手机,拨通了电话,接电话的是尚美。

"这边准备好了。"新田说。

"好的,我开始了。"

新田挂断电话,看向仲根绿。"可以关一下灯吗?"

"啊,可以。"仲根绿按下墙上的开关,窗外的夜景更耀眼了。

要给她看的自然不只这个。接下来的一瞬间,前方大楼的墙上映出了"Welcome to HOTEL CORTESIA TOKYO!"的字样。

"咦?这是……"仲根绿睁大了眼睛。

字母消失后,那面墙变成了粉色,是樱花盛开的画面。之后是蓝天、彩虹,随着天空逐渐变暗,出现了烟花盛放的场景。

"这是什么?"仲根绿一脸错愕地问道。

新田礼貌地低下头:"是我们饭店的特别服务。"

23

尚美屏息观看手机画面上依次呈现的图像,这和仲根绿从房间看到的景象是一样的。

"长腿叔叔作战计划"的最大看点就是这场特别的灯光秀。灯光秀是委托活动公司紧急赶制的。一般情况下需要提前两周预定,当天肯定做不了,但尚美说用现成的图片也可以,公司才勉强接下了这单工作。之后就是协调工作。因为要在附近大楼的墙壁上投影,自然要取得对方的同意。一开始都不知道该联系谁,难坏了尚美。付出多少努力,就有多少成就感,不知道这场灯光秀能否打动仲根绿的心,但尚美自认为已经尽力了。

尚美正看得入神,突然听到上方有人叫她的名字,抬头一看,氏原站在那里。"新田警官去哪儿了?我只看到他走向电梯间,不会进客人房间里了吧?"

"没错,他在客人房间。是我们这边的工作,新田先生主动提出要帮忙。"

氏原呆在原地,轻轻摇头:"哪个房间?"

"1701号房间,有什么问题吗?"

氏原一言不发,急忙走开了。他走向电梯间,尚美紧随其后:"到底怎么了？"

到了电梯间，氏原按了按键，看向尚美："我曾和新田警官说过除了前台业务，他可以自由行动，但一个警察独自进入客人房间也太荒谬了，你难道不懂吗？"

"我当然明白，但新田先生和普通的警察不一样，而且他只是在房门口传句话而已。"

"那为什么还没回来，你不觉得奇怪吗？"

尚美一时语塞，想想确实如此。

电梯门开了，尚美跟着氏原走了进去。

"你太信任那个男人了，他不过是个警察，完全不在乎会不会给饭店添麻烦。"

"我倒不这么觉得。"

"你太天真了，别以为总经理喜欢你，你就可以为所欲为。"

尚美瞪着氏原扁平的脸："你是说我平时为所欲为吗？"

电梯到了十七层，氏原没有回答尚美的问题，走出了电梯，朝着1701号房间一路小跑。

来到房门前，氏原发现门口夹着防盗门闩，回头说了句"我说得没错吧"，然后按响了门铃。

没过多久，门打开了，是新田。"咦？怎么了？"新田一脸诧异地看着尚美和氏原。

"新田先生，你怎么到房间里面去了？"尚美问道。

"不是，只是顺其自然就……"新田含糊其词。

"怎么了？"身后传来仲根绿的声音。

"实在抱歉，仲根女士，"新田说道，"负责这次活动的山岸小姐想听听您的感想，可以请她进来吗？"

"啊，请进。"

新田向尚美使了个眼色，尚美看向氏原。

"之后给我解释清楚。"氏原扔下这句话离开了。

尚美说了句"打扰"，便走进了房间。

进入起居室，尚美发现仲根绿正站在窗边，欣赏仍在继续的灯光秀。只有她一个人，没有男人的痕迹。

尚美走了过去："您觉得怎么样？"

"太棒了，真没想到你们会为我准备这么漂亮的灯光表演。"

"这是新年前夜的特别活动。"尚美说。

"新年前夜？"

"对，就像圣诞节前的平安夜一样，新年前夜也值得庆祝。别的房间虽然也能看到这场表演，但您的房间是角度最好的，所以想来听听您的感受。"

"这样啊，真的很漂亮。感谢你们让我有了一次难忘的跨年体验。"

"您满意就是我们最大的荣幸，那我们先回去了，多有打扰，请您谅解。"

尚美鞠了一躬，准备离开。这时，她看到了旁边的桌子，虽然盖着白布，但有一部分露了出来，尚美吃了一惊。她望向新田，刚好新田也在看她，那严肃的表情仿佛在告诉她：别说话，我们走吧。她又说了句"抱歉打扰"，朝门口走去，新田跟在后面。

二人从房间到电梯一路上都没有说话，直到进入电梯，观察四下无人之后才开始交流。

"新田先生，你早就知道了吧。"

"什么？"

"别装糊涂了，你也看到桌子了吧，有一套刀叉完全没有用过。也就是定了两人份的晚餐，却只有一个人吃饭，仲根绿女士根本没有同伴。"

新田笑了，手指挠了挠鼻尖："厉害，我就知道你一定能发现。"

"你是在打扫房间的时候发现的吧，为什么没告诉我？"尚美故作冷静，但声音已有些尖厉。

"当时我还没有确凿的证据。"新田很冷静，和尚美形成鲜明对比。

"那你也可以跟我说啊。"

新田皱起眉头，面露尴尬。"上面不让我说，但一想到要瞒着你，我心里就不好受，所以刚刚稍微动了点儿手脚。"

"动手脚？"

"我刚进房间的时候，桌子上的白布还是盖好的，下面什么都看不见，包括那对没用过的刀叉。"

电梯下到一层，新田按下按键，尚美率先走出去。

"是你故意拉开那块布的一角，为了让我看到？"

"没错，你不用特意感谢我，只是希望你别再怪我了。"

"我没怪你。"尚美停下脚步，看着新田，"只不过仲根女士为什么要撒谎……"

"这就是问题所在，"新田伸出食指，"明明是一个人，为什么要伪装成夫妻二人入住呢？还点了双人餐，太不正常了，完全没必要多花这么多钱。这也是我们一直监视她的理由。"

"原来是这样。"

"不管怎么样，你也得到了想要的信息，不是吗？既然她没有男伴，完成日下部先生任务的难度系数就大大降低了。"

"我们还不知道仲根女士的真实目的，一切还不好说。同样——"尚美盯着新田说道，"我虽然明白警方监视仲根女士的理由，但调查的时候还是别硬来。也许客人有自己的原因，这次只不过是戴着夫妇同行的'面具'入住了而已，尊重客人的'面具'也是饭店的职责之一。"

新田笑了："像你说话的风格。"

尚美瞪着新田的眼神更加犀利："你是在讽刺我吗？"

"没有的事，"新田摆摆手，表情恢复了正常，"不过那个人……仲根绿或许在刚才的某一瞬间摘下了'面具'。"

"发生了什么吗？"

"刚刚看灯光秀的时候，我偷偷观察了她的侧脸，"新田手指指向自己的右眼下方，"她的脸颊上有泪痕，不像是单纯被灯光秀感动的。"新田冲尚美点点头："供你参考。"

"确实，这一点值得留意。不过新田先生，"尚美看着警察继续说道，"即使有客人摘下了'面具'，也要装作没看见，这是我们的工作。"

新田的表情再次平静下来。"我非常理解,对警察来说也是一样,即使对方摘掉'面具'也要装作视而不见，这样才能继续接近她的真实面孔。"

"千万要注意，别因为这样的欲望过于强烈，反而拿捏不好和客人之间的距离。有时，过分的接近会伤害客人。"

"这个你放心，我对保持距离还是很有自信的。"新田拍着胸脯保证。

"这样的话，我再给你讲一件有意思的事。"

"什么？"

"不知道你有没有听过这样的说法：这几十年里，钟表计时越来越准确，即便是便宜货，每天的误差也不会超过一秒，但这也导致迟到的人越来越多。"

"没听过，竟然是这样啊。"

"有些人由于对时间的准确度过于自信，便想要充分利用时间，赶在最后一刻才到,结果却迟到了。这类人适合用不那么精确的钟表，这样一来,他们会因为担心迟到而总是提前行动。"

"原来如此。"新田点点头,又稍向侧倾,"这和刚才的话题有什么关系?"

"就像不能过分依赖钟表一样,你只凭感觉行事也是很危险的。心灵和时间一样,需要充裕的距离感,这是我想表达的意思。"尚美看着他的眼睛,"过分自信是大忌。"

新田的呼吸变得急促起来,然后点点头:"我会记下的。"

"你一定以为我是个出言不逊的女人。"

"没有,我深受启发。"新田说完便大步往回走。

24

"所以说，仲根绿这个女人的行为确实太反常了，可能有什么隐情，但只要没有明显的证据证明她和案子无关，哪怕手段有些越线，我们还是会继续监视她。"

听完新田的解释，氏原虽然还保持着能面一样的扑克脸，但仍然流露出了不满和怀疑的神情。或许没有表情本身也是一种强烈的态度表达。

二人在前台后方的办公室里对峙——新田一回来，氏原就要求他解释刚刚发生的事情。至于其他员工，大概是看出了场面的尴尬，或是感受到气氛不妙，纷纷知趣地离开了。

"你说的我都了解了，"氏原的语气很平缓，"尽管这样，事情还是分可做的和不可做的，即便是我们这些饭店员工，在进入客人房间时都要格外注意。"

"我进门的时候客人已经同意了。"

氏原略细的双眉微微蹙起："询问能否进入女性房间本身就是错误的行为。对方知道你是饭店的员工，可能会觉得这家饭店真失礼，对员工培训不到位，等等。我理解你监视她的重要性，但希望能找些妥当的方法。"

"但她也没有表现出不高兴,相反,看灯光秀的时候还很感动呢。"

"你这是结果论。除了这个,也不要对客人用'她'这样的称呼。"

"哦,是我失礼了。"新田用手捂住了嘴。

氏原看了看手表。"我配合你工作的时间还有二十四小时,希望你再谨慎一些。"

"作为饭店员工,我已经很谨慎了。但如果警察都这么谨慎,就抓不到罪犯了。"

新田说完,氏原的脸部肌肉抽动了一下。新田摆出一副还要继续抱怨的架势,氏原的肩膀却忽然松弛下来。"为什么山岸对你的评价那么高……"氏原好像自言自语一般。

"真的吗?太荣幸了。"

"不过,"氏原看着新田,"我才不信你那一套。"

"哈哈,"新田轻声笑了起来,"我哪一套?"

"我为自己的工作感到骄傲,不好意思,我并不认为警察比饭店员工更了解人性本质,这就是我想跟你说的。"氏原一下子转过身,"辛苦了,明天早上八点这里见。"

"我们警察,"新田的目光追着氏原的背影,"也有永不认输的自信。"

氏原停下了脚步,但没有回头,接着继续向前走。

这时,新田的手机响了,是本宫的电话。虽然已经夜里十点多了,新田和同事的搜查会议才刚刚开始。

会议室里,和新田同一部门的刑警都到齐了。房间新设了两台液晶显示器,大家都盯着屏幕看,新田站在他们身后。现在画面上是一对情侣,他们开心地并肩走着,拍摄地点是饭店大堂。

"现在播放下一段。"上岛操作着与显示器连接的电脑。

接下来的画面里出现了两名中年女性,正一边走一边聊得火热,地点还是饭店大堂。

无论是那对情侣，还是这两名中年女性，新田都有印象。他们是今天入住的客人，都报名参加了跨年晚会。原来这些视频是刑警收到前台的暗号后偷拍下来的。虽说前台也设有监视器，可以拍到客人的情况，但角度固定，画面也不够清晰，自然也拍不到在远处等着同伴办好手续后一同入住的客人。

确认没有人发言之后，上岛按下键盘："下一段。"

画面里出现了一名年轻男子，戴着眼镜，身披长款皮大衣。新田对这个人没什么印象，大概是在他不在前台时入住的客人吧。

"停一下，"资深刑警渡部说，"我之前见过他，好像是公寓的监视器，在前半段里。"

上岛开始敲击另一台电脑的键盘，旁边的显示器上出现了另一组画面，是和泉春菜公寓单元门口的监控录像。

"再往前……对，这群人出去了。马上就到了，没错！就是他，快停下。"

上岛根据渡部的指示暂停播放，画面上是一名穿皮夹克的短发男子。

"怎么样，就是他。不觉得面容和身材都像是同一个人吗？穿衣风格也很相似。"渡部开始争取其他人的支持。

所有人都开始对比两个画面，新田也来回看着墨镜男和短发皮夹克男，觉得确实有点儿像。

大家陆续表达对渡部的支持。这时，本宫开了口："不好意思，渡部兄，不是一个人。"

"不对吗？"渡部问。从职位来看，本宫级别更高，但渡部年长一岁。

"很遗憾，不是一个人。这段画面传回特搜本部时也有人提出跟你相同的看法，本部这边马上进行了确认，结果显示两个人耳朵的形状完全不一致，而且身高也相差十厘米以上。可惜了，渡部兄。"

本宫手里拿着一台平板电脑，大概是在浏览特搜本部发来的信息。

刑警把偷拍的画面传回特搜本部后，在本部待命的专职刑警负责在第一时间将监视器画面和偷拍的可能有凶手的照片、视频进行比对。而现在会议室里正在进行的工作相当于对那些专职刑警的比对结果做再次确认。

上岛开始播放下一段影像。所有人目不转睛地看着屏幕，尽管特搜本部已经比对过了，还是不能掉以轻心。更重要的是，大家都跃跃欲试，希望能发现本部看漏的人物，痛快一把。但大家的希望落了空，影像全部播放完毕，也没有发现之前监视器中拍到的人。

"嗯，先到这儿吧，大家辛苦。"稻垣坐在最边上的座位，看了看大家的状态后拍手道，"开始例行汇报吧。"

聚集在显示器前的刑警们回到自己的座位上。在本宫的主持下，各负责人开始汇报。首先从打扫房间时发现的情况开始，由渡部作为代表汇报，似乎没发现客人带进可疑物品。当然，刑警无法翻检行李，所以这只是凭观察得出的结论。

接下来由上岛汇报今天入住客人的身份确认和犯罪记录情况。通过姓名和住址查出的驾驶证信息显示，所有人均与前台监视器拍摄的影像一致，且都没有犯罪记录，不过同行客人的姓名无从得知。此外，无法通过姓名查出驾驶证信息的客人也占了两成，这些人或是用的化名，或是原本就没考过驾驶证。

"接下来是潜入组，有需要汇报的吗？"本宫看向新田。

"那个叫仲根绿的女人，同行的男人直到现在还没出现。她好像是一个人假装两个人入住的样子。"

新田汇报了他参与山岸尚美的计划进入仲根绿的房间，发现两人份的晚餐有一半没动过等情况。不过他没有提及仲根绿流泪的事情，情绪化的信息是会议的大忌。

"这是出于什么目的？还是为男人制造不在场证明？"本宫问稻垣。

"有可能，虽然不确定是否和我们的案子有关，但明天只要她有外出计划，我们就跟上去。"

"明白，"本宫说完之后再次看向新田，"还有别的吗？"

新田打开笔记本。只要发现客人有什么可疑的情况，他都会立即记下来。首先是一对情侣，女人办理入住，同行的男人从打扮和举止来看，极像是黑社会的人。

"行李员想接过男人的公文包，结果被态度蛮横地拒绝了，里面要么就是现金，要么就是特别重要的物品。他们没有别的大件行李，预约了元旦那天开往成田的机场巴士，没有申请参加跨年晚会。"

"带着情人出国旅游，真有情调。"渡部开着玩笑。

"公文包很可疑，需要联系'组对'吗？"本宫向稻垣确认。"组对"是"组织犯罪对策部"的简称。

"如果他元旦早晨按计划离开的话，就和我们没什么关系了，先不管他。"稻垣一脸不耐烦地答道。

本宫看着新田，下巴动了一下："说下去。"

新田继续看着笔记本汇报。接下来是一名没有预订的中年男子，带着一名看似未成年的少女入住。当前台告诉他们没有空房的时候，两个人好像起了争执，走出了饭店。

渡部再次接过话："又是年末的援交，这个国家到底怎么了。"

"继续。"本宫开始催促。

新田又接连汇报了几个不太对劲的客人，但都不是特别可疑的对象。新田最后开始讲浦边干夫的情况。他罗列了诸如群马县人、高尔夫之旅前后在东京的饭店一人连住两晚、不用信用卡也没带太多现金、对住饭店并不熟悉、球包上没挂姓名牌可能是化名入住等疑点。

"的确反常，上岛，调出他办理入住时的录像。"

上岛接到本宫的指示后开始操作电脑，屏幕上出现了前台的监控画面。

上岛让影像快进，就在浦边的身影出现的时候，新田说："就是他。"上岛暂停了画面，从面部最清晰的角度开始逐帧播放。画面清晰度不高，但足以确认样貌。

"有这个男人的驾驶证吗？"本宫问上岛。

"嗯……浦边干夫……没有，没有查到对应的驾驶证。"上岛回答。

"不过，"新田说道，"他没有申请参加跨年晚会。"

"是吗……"本宫思考了片刻，看向稻垣，"怎么，把这段录像传给特搜本部吗？"

"好，保险起见。"

本宫点点头，指向上岛的方向。上岛负责和特搜本部互传数据。

"我要汇报的就是这些。"

新田话音刚落，房间里响起了手机铃声。稻垣从兜里拿出手机。屋内的气氛突然紧张起来，不知道有什么重要的事情要在这个时间联系指挥官。

"我是稻垣……您辛苦了……嗯？是吗？什么内容？……是、是……就这些吗……我知道了，这就转告……好的，再见。"

稻垣挂断电话后长舒了一口气，然后望向自己的下属："是管理官打来的，好像有人向匿名举报热线提供了线索。"

在场所有人都屏住了呼吸。

本宫问出了大家都关心的问题："什么内容？"

稻垣深吸了一口气："杀害和泉春菜的凶手将在东京柯尔特西亚大饭店的跨年晚会上化装出现，举报人会告诉我们化装的细节，请我们做好准备，务必抓到凶手。大概就是这些。"

25

会议结束后,除了新田以外,所有人都回到了久松警察局里的休息室。今晚大概是他们在那儿睡的最后一个夜晚了。

新田今年的最后一觉还是在客房部办公室旁边的休息室解决。他到办公室看了看,发现只有山岸尚美一个人对着电脑。

"还在工作吗?"新田边说边走近她。

"一想到明天的事,我就静不下心来。"尚美两只手揉着太阳穴。

"我也是。不过占据你大脑的不是案件罢了。"

"案件还是交给你处理吧。当然,如果有我能帮得上忙的,尽管开口。"

新田在她旁边的一张椅子上坐下:"帮我们祈祷吧,祝我们能顺利抓到凶手。"

"那还真是简单,只要祈祷就可以的话。"

"那就拜托你了。你烦心的还是那个谜一样的女人吧?"

新田刚想偷偷看一下电脑,尚美却啪一声合上了电脑:"没错。"

"那个'长腿叔叔作战计划'不是挺顺利的嘛。接下来只需要告诉那个女人,'之前所说的饭店特别活动都是一个男人设计的,他希望和你单独见个面',不就可以了?对方也没有同伴,我觉得能行。"

尚美看着新田，摇头说："我不这么认为，所以很烦恼。"

"为什么？"

"如果两位姓仲根的客人真如新田先生你一开始猜测的，是婚外情的关系……仲根女士的同伴是有妇之夫，白天只有她一人留在饭店，我也觉得肯定能行。关键是现在情况有变，如果仲根女士只是在一个人扮演一对夫妻，那难度就加大了。她一个人点了双人晚餐，代表她无论如何都要让人觉得她是和丈夫在一起的。"

"她戴着一张'面具'——和丈夫外出旅行的幸福妻子。"

"是的，而且她根本不愿意摘下'面具'。"

"也就是说，即使她对设计了'长腿叔叔作战计划'的男人感兴趣，也不一定愿意单独与他见面。"

尚美面色凝重，点点头："这不符合与丈夫一起出游的妻子的行为。"

新田靠在椅背上，跷起二郎腿："这么看，可能真的有难度。"

"是吧？不过已经到了这一步，也没办法回头了，只能想想还有什么好办法……"尚美说到一半，看了一眼新田身后，惊呼出声。

新田马上回头，发现能势一脸抱歉地站在身后。"打扰你们了吗？"

"哪有，"新田看向尚美，"你也不介意吧？"

"完全不介意，"尚美冲能势笑了笑，"好久不见，听新田先生说您高升了。"

能势咧着嘴，摆摆手走了过来。"哪来的高升啊，只是被使唤得更多了而已。倒是山岸小姐真是厉害，已经在高端的礼宾台工作了。"

"高端？"尚美诧异地瞪圆了眼睛，"您这是哪儿听来的，我才是被使唤得更多了呢。"

"您太谦虚了，我总想一睹您的风采，但苦于没有机会，因为总是深夜才来拜访。"

"深夜？总是？"尚美眨了好几次眼，看着新田和能势问道，"难道二位每晚都在这里见面吗？"

"虽然都是搜查一科的人，但负责的工作不一样，见面还是很麻烦的。"新田解释道，"因为要顾及各自上司的感受，没办法，只能偷偷约在这儿交换信息。"

"也是为了调节心情。"能势把一袋子东西放到桌上，可以隐约看见里面的罐装啤酒、威士忌和小零食。

尚美呆在原地，露出一丝苦笑。

能势拿出罐装威士忌，放在新田面前："山岸小姐喝威士忌吗？要么就只有啤酒了。"

"没关系，我不喝。"

"喝一点儿吧，也算陪陪我俩，"新田说，"你不是喜欢喝酒的吗？"

新田清楚地记得，上个案子结束后曾和她一起吃过饭，两人喝完香槟又各自喝光了一瓶干白，她酒量相当不错。

"那……我可以喝威士忌吗？"尚美客气地问道。

"来吧，因为是最后一晚了，我特意多买了些，正好。"

能势递了一罐威士忌给尚美，然后和往常一样自己拿了一罐啤酒。三人互道"辛苦了"，各自拉开了拉环。深夜的办公室里回荡着碳酸跳跃的声音。

"今天有什么收获？"

听了新田的问题，能势默不作声，只是大口地喝着啤酒，然后把酒放在一旁，慢慢把手揣进口袋里。在这期间，他没有看新田一眼。

"看你这沉重的架势，肯定是查到了什么。"新田盯着这位"非主流"刑警。

原本面无表情的能势嘴角松弛下来，仿佛皮球泄了气一般："现在还说不好。"

"说出来听听,是三年半前的那件萝莉杀人案吗?"

"正是。"

"不好意思,"尚美说,"你们好像在聊工作的话题,那我就先……"

"没有。"新田一脸认真地摇着头,"如果你有时间,希望你也一起听一听。没关系吧,能势?"

"嗯,没关系,"能势用力点了点头,"在这个案子上,女性的看法非常重要。而且这次没有报告上司,是我和新田两人的调查行动。所以,请山岸小姐务必提供一些宝贵的意见。"

"既然这样……"尚美原本已经要站起来,又坐回椅子上。

"我来简单介绍一下事情的经过。"

新田转向尚美,解释了事情的原委。原来,他假设这次的杀人案是一连串杀人案中的一环,拜托能势调查过去未侦破的案件中是否有类似案件。结果发现,"触电死亡"和"萝莉"这两个关键词,与三年半之前发生的一起案件似乎有联系——死者的特征和案件的情况都十分相像。

"三年半前的那名死者和这起案件的死者,家里都有大量的萝莉装。怎么样,是不是有点儿兴趣了?"

"这……嗯……确实是。"尚美感到困惑的同时,脸上渐渐浮现出好奇的神情。

新田又看向能势:"然后,你发现了什么?"

能势打开笔记本,竖起食指。"之前说过,两名死者都是独居的女性。后来我又调查出了她们的一些详细情况。"

能势说,死者的姓名是室濑亚实,二十六岁,籍贯岐阜县,一边在税务所工作,一边在学习成为一名绘本画家。

"这个上次也说过,她是在浴室触电身亡的,血液里查出了安眠药的成分。发现遗体的是她工作单位的同事,因为她无故旷工好几天,觉得有点儿奇怪，就去她家了一趟，这才发现。当时屋门是上锁的。"

"为什么调查出现了困难呢？"

"你还真是直截了当啊。原因是我们没能掌握被害人的全部人际关系。在税务所里，她一直是对着电脑工作，基本上不太和人说话，所以也没有太亲近的同事。但她也不是完全不和人来往，反而跟一些人保持着密切的联系，只不过，是在网上。"

"就是你之前说的社交网站吗？"新田的声音里透着一些失望，因为这种虚无的人际关系在调查中基本帮不上什么忙。

"比那个稍微管点儿用。刚才我不是说，被害人想要成为一名绘本画家吗？现在有那种网站，可以让画手上传自己的作品，然后互相评论。被害人是活跃用户，她跟在那个网站上认识的人好像联系挺多的。"

"线下会吗？就是那种在现实中凑到一起见面的聚会。"

"这个还不能确定。不过从调查记录来看，那些从网站上认识的人好像并没有作案嫌疑。"

"嗯……说得也是。"

虽然有不少网上认识的人在现实见面中杀人的案例，可很难把这种事情和绘本交流网站联系起来。

"我在她的消息记录里发现了一个重要人物，是一个刚开始跟她交往的男人。"

新田惊讶得眼珠都要掉出来了。这着实让人意外。"知道那个男人的身份了吗？"

"查到了，是被害人常去的一家画具店的店员。"能势又说，那个男人的名字是野上阳太，比被害人大一岁。"当然，侦查员问过野上，卷宗里也有问话记录。不过我想比起看记录，当面问他本人会更快一点儿，所以就去了他工作的画具店，发现他还在那儿工作。"

"你见到他了？"

"见到了，今天傍晚的时候。时机不等人嘛。噢，现在已经是凌晨了，应该说是昨天傍晚。"淡然地说出重大的事情，正是能势的特点。

新田打了一个响指，然后指向能势："办事真利落。那你问到了什么？"

"那个姓野上的年轻人说，他跟室濑交往有两个月左右，一起看看电影、吃吃饭什么的。"

"性关系呢？"

新田察觉到尚美的身体稍微晃动了一下。可能是问题问得太露骨了吧。虽然可能让人不舒服，但又不得不问，因为这件事情真的很重要。

"野上没有明说，但是他承认被害人室濑亚实曾经去过他住的地方两次。大概是有过的。"

"野上对案件怎么说？"

"他只说了觉得很震惊、受到了打击之类的，但是没有任何线索。他跟室濑见面的时候只是谈论未来的梦想，所以，可以说他在很多方面并不了解室濑亚实。对了，野上的梦想是当个画家。"

"在很多方面并不了解……比如说？"

"比如说，"能势把目光落到笔记本上，"首先，他不知道她的住处。"

"真的假的？"新田惊讶地感叹，接着舒展了一下背部。旁边的尚美也十分惊讶。

"他问过室濑离她家最近的车站是哪一站，但是室濑并没有告诉他她家的确切位置，自然他也没去过。他也曾经跟室濑说过想去她家玩儿，但是被拒绝了，她说家里太乱不想给他看。这些内容在案件的卷宗里也有记录。我去查过室濑住的公寓一个月以内的监控录像，发现并没有跟野上体形吻合的人。"

"也就是说，他是清白的……"

"对，是清白的。"能势的表情十分正经，"所以侦查员也排除了野上的嫌疑。"

"野上没去过被害人的住处……所以，他应该也不知道那屋里有一堆萝莉装吧？"

"我试着跟他确认过，他好像不知道。他是听我说了才知道的，说是之前警察也没问过他这个问题。他还问了我很多次，被害人是不是真有那么多萝莉装，甚至到最后还是一副不可置信的样子。他说，室濑虽然喜欢画绘本，喜欢想一些童话一样的故事，但她本人的着装风格并不是那样的。相反，她的装束以裤装为主，妆很淡，头发也是短发。"

"跟和泉春菜的男性风格打扮有相同之处。"

"我也这么觉得。"能势合上了笔记本，"从野上那里问到的就是这些。你怎么想？三年半以前的那件案子和这次的凶手是同一个人吗？"

新田哼了一声。"很难判断。和泉春菜这件案子里，有个男人进出她的住处。她肚子里的孩子恐怕也是那个男人的，他现在是最有嫌疑的人。如果三年半以前那件案子的凶手也是他，那动机是什么？他和死者是什么关系？室濑亚实的男朋友不是野上吗……"

"难道不是三角恋吗？"尚美淡淡地说。

新田回头看着她："三角恋？"

"野上不是从来都没进过她的房间吗？房间太乱只是个借口，实际上是不想让野上看出房间里有其他男人的痕迹，难道不是吗？也就是说，女方脚踏两只船。"

新田和能势相对无言，同时点了点头。

"有可能，"能势说，"正因为野上这个年轻人的存在，警方便放弃了调查死者的恋爱关系这条线。事实上或许还有与死者交集更多的男人。"

"会是这次的凶手吗？"

"不会吧？"

"不，"新田把头摆向一边，"太有可能了。"他看向尚美，"谢谢你提供了很重要的信息，了不起。"

"我也没帮上什么忙，"尚美微笑着，"男人一般不会想到女人出轨，对于这一点我也一直觉得很奇怪。"

"山岸小姐，这是因为男人都是乐观的动物，"能势说，"觉得自己很有能耐，想不到妻子或女朋友会出轨。"

"从某种意义上来讲，也是幸福的动物呢。"

"没错。"能势眯眼喝了一口啤酒，又认真地看向新田，"我准备调出室濑亚实公寓的监控录像看一看，如果是同一人作案，那在我们收集的监控录像里，肯定会有同一个人出现。"

"拜托了。"新田感受到了能势犀利的目光。

"不过，"能势稍稍降低了音调，"有人匿名提供线索的那件事，你知道了吗？"

"听说了，匿名举报热线又接到了电话。"

"说是会告诉我们凶手在晚会上的装扮，让我们等着。又在装模作样，要是知道凶手的装扮，直接告诉我们不就得了。"

"可能是举报者不到那一刻也不知道吧。不过，要真是这样的话，既然凶手变了装，他又怎么知道那就是凶手呢？"

"太奇怪了，完全不能理解举报者的意图。"能势将罐里的啤酒一饮而尽，看了看表，"啊，不知不觉已经这么晚了，我先回去了。哦，不对，是你们二位继续，就像刚才那样，我不打扰了。"能势戴上针织帽，披上羽绒服："新田，明天就是一决胜负的日子了，我们各自加油吧！"

新田没有回答，而是举起威士忌向能势致意。

能势向尚美问候新年好，然后走出了房间。

"你真是天生当警察的料。"尚美若有所思地说道。

"是吧？没人能赢过我。"

"不是这个意思……"尚美停下了，似乎在暗示什么。

"那是什么意思？"

"新田先生即便不当警察也很成功，像现在这样，饭店的工作也能胜任。"

新田轻轻晃了晃身体，笑着说："还不是整天惹氏原生气？"

"起码没有惹客人生气。不仅如此，还成功地打动了仲根女士。让别人感到自在也是天生的才能之一。"

"非要这么说得话，你也有当警察的天分，刚才的那一番推理就很精彩。"

"那只是因为新田先生你不懂女人而已。"

"不过,可以再顺便请教一个问题吗？被害人收集萝莉风的衣服,会是因为受到了男人的影响吗？"

干练的饭店女员工把易拉罐放到桌上，偏着头："这还真不好说，因人而异吧。如果她深爱着那个男人，应该不会拒绝装扮成男人喜欢的样子。退一步说，女人原本就向往着与自己性格不太一样的打扮。"

"原来是这样。"新田附和着，想继续问尚美是不是也一样，但还是忍住了。

尚美继续说道："如果是萝莉装的话，还是需要动力的。"

"什么动力？"

"一般的成年女性还是会有点儿抗拒，所以要有一个克服抗拒心的理由。最好的理由就是仪式感。"

"仪式感？"

"如果是在活动上，抗拒心就会减轻许多。比如万圣节、我们饭店的跨年晚会，都是很好的机会。你参加过一次就知道了，客人们的装扮真的很大胆。我总是能感到人类与生俱来的、对变身的渴望。"

仪式感——这个词触动了新田大脑中的某根神经。之前他曾想象过，在打扮成少女的被害人身边的会是什么样的男人，可苦苦思索也没得到答案。不过，如果是参加活动的话，情况就不同了。

"谢谢，你可能又为我们提供了一条线索。"

"能帮上忙就好。"

新田喝着威士忌，不经意地看着墙壁。墙上贴着跨年晚会的宣传海报。"话说回来，日本人真是奇怪，在跨年夜开化装晚会。我看过美国人的晚会，因为是在万圣节，也不觉得有什么。"

尚美刚把酒递到嘴边，又停了下来。"新田先生，你曾去过洛杉矶吧？"

"太荣幸了，你还记得。"

"那儿怎么样？"

"我很满意，气候适宜，风景迷人。不过那时我还是个中学生，很多事不大懂。"新田回忆着遥远的过去，突然回过神来，"为什么问这个？"

尚美看着地面，表情有些迷茫，接着看向新田："我在考虑调动的事情，而且是调到美国。我们公司在洛杉矶的饭店装修之后重新开业，急需日本员工。"

"特意从日本调人吗？当地不是也有很多日本人？"

"这是我们饭店的传统，喜欢把当地人和外地人融合起来。"

"这样啊，真是个升职的好机会。我觉得不错，你呢？"

尚美没有立即作答，而是轻咬着嘴唇，内心的情绪一目了然。

"在纠结吗？"

"是。"尚美小声答道，"我才刚刚找到礼宾台工作的乐趣，始终觉得还有很大的发展空间，不过也感觉自己一直在逃避……"

"逃避？天不怕地不怕的你也会逃避？"

对于新田的挑衅，尚美没有正面回应。"新田先生，你最近做过跳跃的梦吗？"

"跳跃？"

"你小时候没有梦到过吗？轻轻一跳就能飞得很高，而且迟迟不会落下来。挥挥手脚还会像小鸟一样飞起来。"

"啊，"新田点头说道，"被你这么一说好像真的经常梦见，不过最近没有了。"

"我也是，长大了之后就再也没做过这样的梦了。可这真的是好事吗？我觉得那个梦代表我们还想去更高的地方，不再梦见则证明我们开始安于现状，是我想多了吗？"

"如果真如你所说，我也在安于现状呢。"

"啊……新田先生可能不是的。"

新田将威士忌一饮而尽，把空易拉罐捏扁，小声说道："滑雪时的跳跃……"

"哎？"

"滑雪时的跳跃看起来是在高空飞舞，却是在向下跳。起跳台其实是负角度的。"

"这我听说过。"

"所以我认为，追求高度并不是跳跃的全部。"

"啊……"

尚美的表情突然严肃起来，在新田看来，她并没有生气，只是心里的某个开关突然打开了。

"不好意思,"新田马上道歉,"刚刚真是班门弄斧了。"

"不,我很受启发,"尚美看了眼墙上的时钟,站了起来,"我得走了,抱歉打扰了这么久。"

"没有,其实这是你工作的地方,不过我还有话要说——"新田补充道,"如果你真决定要去洛杉矶,请务必在出发前联系我,我想趁你还在这里工作的时候来住一晚。"

尚美瞬间露出吃惊的神情,但很快转为漂亮的微笑。她将双手放在身前,恭敬地低下头:"太荣幸了,随时欢迎光临。"

"一定。今天辛苦了,晚安。"

"晚安。"尚美抬起头,慢慢转身向门外走去。

26

尚美看着礼宾台上的日历,深呼了一口气。十二月三十一日——终于到了最关键的日子。唯独今年的三十一日与众不同,这不仅是跨年的一天。

她望向前台,新田已经在了。明明昨晚睡得不够,可他犀利的眼神里完全没有一丝疲倦。今晚,他们追查已久的杀人犯或将现身。高档的饭店工作服下,他的熊熊斗志似乎要迸发而出。

凶手真的会在跨年晚会上现身吗?如果现身,他的目的又是什么呢?根据新田他们的判断,这一次可能是特殊的连环杀人案,如果真是这样,凶手的目的可能是杀掉第三个人。

氏原站在新田身旁,为客人办理退房手续。他胸有成竹地忙碌着,脸上带着温柔的笑容,和身后蓄势待发的刑警形成鲜明的对比,但氏原心里绝对没有表面那么乐观。或许他才是最有危机感、心理准备最充分的那个。他似乎认为,饭店每天都要接待形形色色的客人,谁都不敢保证每天入住的客人中没有一两个杀人犯。因此,和尚美不同,今天对于氏原来说并无特别。藤木的想法似乎也一样。

尚美完全理解他们这种看似现实的想法。虽说保护客人的"面具"也是饭店员工的职责之一,但"面具"背后并不一定是善良的脸庞。

她深刻地认识到，这里绝对不是真的像它的表面一样华丽。

是的，尚美还剩最后一个难题——如何让仲根绿和日下部单独见面。她还没有找到明确的答案。

正当她伏案苦思的时候，桌上映出了一个影子。站在她面前的不是别人，正是那个给她出难题的人。

"啊，日下部先生……"尚美连忙站了起来，"早上好。"

"早上好，看起来很辛苦啊。"日下部的一边嘴角微微上扬，眼神里暗藏着闪烁不定的光，"不会是我布置的任务让你这么痛苦吧？"

"哪有什么痛苦的，"尚美拼命挤出笑容，"我很乐意效劳，请您放心。"说违心话也是饭店员工的工作之一。

"听你这么说我就放心了，也就是说，我可以继续期待下去啰？"

"我会努力让您的期待变成现实。"这是尚美目前唯一能做出的回答。

"昨晚的灯光秀挺好看的，我在房间也看到了。刚刚在电梯里别的客人们也在聊，他们也很惊喜，直夸漂亮。能在短时间里做出那么好的作品，真是不容易。'女士'一定会很感动吧。"

将仲根绿称作"女士"，是尚美和日下部之间的约定。

"她看起来很满意。"

"'长腿叔叔'的计划项目都完成了，马上就可以揭晓真相了，你打算怎么和'女士'摊牌？"

"有几个方案，但我还在思考哪个最合适。"

"嗯，都有什么方案呢？"

"这个……不太方便在这儿和您讲。"

日下部躬下身，抬头看着尚美。"没问题吧？时间也不多了，真的能在我退房之前和她独处一会儿吗？"

"我会想办法。"虽然知道不能这么说，但尚美还是说出了口。

"知道了。"日下部声音很低沉。

"今天我不离开饭店,会一直在房间工作。如果你能安排和'女士'单独见面的机会,我随时都可以过去。等你联系。"

"我明白了。"

日下部没有说话,用力地点了点头,大摇大摆地走向电梯间。尚美目送着他的背影,松了口气,感到有些口渴。

刚刚尚美说会想办法,但直到现在,还没有什么妙计。实在不行就只能向仲根绿和盘托出了,但这样效果会好吗?比方说"我们知道您没和您的丈夫在一起"——不,肯定行不通。

尚美有些乏力,一屁股坐到椅子上。正当她冥思苦想的时候,一对男女向礼宾台走来。二人操着关西腔,是昨天来投诉有人碰过他们行李的那对情侣。

尚美马上站了起来,面带笑容:"早上好。关于行李的事情真是太抱歉了,之后有什么影响吗?"

"啊,没什么大事,"男人说完就开始征求身旁女人的意见,"是吧?"

"嗯,"女人微笑着点头,"也是我们太大惊小怪了,不好意思。"

"您别这么说。真是对不起。"尚美低头道歉,然后抬头看着二人的表情,"今天您二位有什么……"

"是的,嗯……"男人从夹克口袋里拿出了票,是跨年晚会的入场券,"我们准备今晚参加这个活动。"

"好的,希望您能度过一个难忘的夜晚。"

"不过我们没有衣服。"

"啊?"尚美不经意地看向男人的夹克。

"不是的,日常穿的衣服是有的,"旁边的女人说,"不过这个'假面舞会之夜'是要变装参加的吧,我们没有那样的衣服。当时报名的时候还不知道这些。"

"原来是这样。没关系,每年都有许多客人穿着平常的衣服参加。为了让这些客人感受到变装的氛围,我们可以免费提供面具。"

二人似乎对这样的回答不够满意,特别是女人,还发出了质疑的鼻音。"难得参加一次,我们希望能打扮得华丽一些,成为美好的回忆。"

"不那么夸张也无所谓吧?"

男人插了一嘴,很快就被女人喝止了:"为什么?反正都要参加,华丽点儿不好吗?"

"我明白了。"尚美打开桌子的抽屉,拿出一张传单。这张传单就是为了应对这种情况准备的。"我们举办跨年晚会的时候,附近会有几家合作店铺。比如这家卡拉OK店,就有多种多样的晚会cosplay服饰,可以以优惠的价格租给客人们。里面既有简约的,也有精美的,不确定有没有您喜欢的,建议您可以先去逛逛。"

"啊,还有这样的店。"女人接过传单,眼睛放光。

"租借需要预约,由于尺码有限,您可以早些定下款式,待用过晚餐再过去换装。"

"哇,听起来很有意思。我们去吧!"女人跃跃欲试,拉着男人的袖口。

"去也可以,不过我就不租了吧,戴个面具就行。"男人看起来有点儿担忧。

"你说什么呢,只有我一个人变装多奇怪啊。夫妻就要齐心,不管做什么都要两个人一起嘛。"

"啊,原来您二位是夫妻?"尚美不经意地问了出来,因为她之前完全没看出来。

"呵呵,"女人一脸幸福,"上个月结的婚。"

"真是恭喜二位,相信今晚的晚会一定能成为你们难忘的回忆。"

"是的,谢谢你。这个我拿走了。"女人轻晃着传单。

男人低头致谢,尚美目送着二人幸福的背影,内心一阵温暖。她从心底为客人祈祷,希望跨年晚会可以顺利进行,不会出现任何插曲。

另一方面,尚美为自己看人不准感到羞愧,不能只因为那两个人看起来年轻就断定他们不是夫妻。

不管做什么都要两个人一起——女人的话在尚美脑海中回响起来。这时,她脑中灵光一现——原来还有这招。为什么这么简单的事情自己之前没有想到呢?尚美想狠狠地骂自己一顿。

27

午后,前台从人潮中恢复了平静,今天的退房业务也告一段落。新田还是一如往常,站在氏原身后,观察前来办手续的客人。

新田正在操作电脑,确认现在住店的客人信息。"新田先生。"他听到有人叫他的名字,抬起头,发现穿着行李员制服的关根从柜台的一端走了过来。

氏原抬头看了一眼,若无其事地继续工作。

"有给客人的快递。"

"快递?有什么问题吗?"

"收件人姓浦边,你昨天说要特别关注的,没带太多现金、球包上没有姓名牌的那个。"

"他啊……"新田瞬间回忆起来,"快递在哪儿?"

"在行李服务台。"

"好,"新田离开前台,"去看看。"

行李服务台位于大门和电梯间之间,旅行包和行李箱排列在地上,领班杉下站在一旁。

"是哪件?"新田问关根。

"那个墙边的纸箱。"

新田走向纸箱。那箱子比橘子箱大一圈，仔细一看上面的单子，寄件人和收件人都是浦边干夫。寄件人的地址是东京都千代田区，而住宿登记表上填的地址是群马县。到底哪个是真实地址？或者两个都不是？新田拿出手机，对着单子拍了张照。物品类别写的是书籍。新田试着提了起来，箱子很重，说里面是书籍完全合理。

"和他本人联系过了吗？"

"还没有吧？"关根向杉下确认。

"关根先生说稍等，所以还没有联系。"杉下答道。或许是上个案子就和新田有过接触，杉下对这次的潜入调查很配合。

"和他联系一下，问他我们现在是否可以送到房间。"

杉下拿起手边的电话。三言两语之后，杉下挂断了电话："他说可以。"

"他住哪个房间来着？"

"0806。"

"好，那我给他送过去。关根，推个行李车过来。"

"新田先生送？"关根眨了眨眼。

"在高尔夫之旅前后独自在东京连住两晚，又可能是化名入住，再加上快递，每个环节都太可疑了，和他正面接触一下或许能有些线索。"

"好的。"

关根对行李车的熟练程度已经达到专业员工的水准，立刻就推来一台。新田把纸箱放到上面，推着车走向电梯间。

电梯到了八层，新田把行李车推到0806号房门前。按下门铃，没多久门就开了，浦边干夫站在面前。他身着成套的淡杏色针织运动服。

"浦边先生，让您久等了，这是您的快递。"

"啊，多谢。"

"东西挺重的，我帮您推到房间里吧。"新田没等对方回答，便慢慢推车向前走。他看准了浦边不常住饭店，主动行动起来。

"哦，好……"不出所料，浦边没能拒绝，而是慌乱地退到了后边。

0806号房是标准双床房，经过浴室门便能看到两张并排的单人床。新田马上开始观察整个房间——球包放在床侧，旅行包放在没睡过的那张床上。房间的一角有一个放行李的竹编长凳，但上面没放任何东西。

"给您放哪儿？这里可以吗？"新田指着长凳问道。

"嗯，有劳了。"

新田弯腰抱起纸箱，这时，他瞥向站在一旁的浦边。淡杏色的针织运动服已经很旧了，看起来他是把平时穿惯的衣服直接带了过来。

把纸箱放到长凳上后，新田推着行李车的把手说："打扰您了。"

"辛苦了。啊，那个……"浦边有些踌躇，"今晚这里有个晚会吧？"

"您是说跨年晚会吧，是的，晚上十一点开始，在三层宴会厅。"

"会有多少人参加？"

"从往年的规模来看，大约四百人。"

"哦？这么多？"浦边的目光稍显迟疑。

"您也要报名参加吗？现在还来得及。"

"不，还是算了，"浦边急忙摆了摆手，"我就是打听一下。"

"好的，如果您想参加，随时可以和我们联系。我先告辞了。"新田离开了房间。

到了一层，新田把行李车还到行李服务台。关根就在柜台旁等着。"怎么样？"他小声问道。新田讲了浦边打听跨年晚会的事情。

"明明自己不参加还要打听，多少有点儿奇怪吧？"关根露出警惕的表情。

"不只这个。"新田伸出食指,"那个男人穿着休闲运动服,但有一点很奇怪,他脚腕上粘着一些毛,我想会不会是狗毛或者猫毛。"

关根好像没明白,一脸疑惑。

"你忘了吗?练马公寓里的被害人是个宠物美容师。"

"啊!"关根张大了嘴。

这时,新田的手机响了,是本宫打来的。"我是新田。"

"我是本宫,马上到我这儿来一趟。"与平时随意的语气不同,本宫很严肃。

"马上就到。"新田说完就挂断了电话。

新田走进会议室,本宫和上岛在最里面的位置盯着显示器看,稻垣在稍远的地方抱着胳膊。画面应该是某个监视器的录像,但新田没看过。

"这是?"新田问道。

稻垣向里看了一眼之后叫了本宫一声,本宫请上岛继续播放,然后走到新田身边,拿起桌上的文件。

"就在刚才,特搜本部发来了新的录像,不过和今天的案子无关。资料的附件上说,"本宫看着资料说道,"三年前的六月三十号,在税务所工作的室濑亚实被杀害,案子一直没破,还在侦查中。这次送过来的是当时被害人所住公寓的监控录像。我想新田警部补应该清楚为什么会收到这份录像,想找你确认一下。"说完后,本宫把文件放回桌上坐下了。

稻垣开始盯着新田:"这是怎么回事?看你的样子不像是完全不知情吧。"

新田深吸了一口气,放松下来。"您说得没错。这是我和矢口队长手下的能势警官讨论之后开始的调查。没及时向您报告,是因为这只是我自己的一个猜测,没有确凿的证据。"

"好,那你现在开始报告吧。"稻垣用粗犷的声音命令道。

"好的。"新田向稻垣和本宫汇报了与能势讨论的经过。简单来说,就是新田从犯罪手法推测这可能是桩连环杀人案,于是让能势调查以往是否有类似的记录,结果通过触电死亡和萝莉两个关键词追查到三年半之前的那个案子。

"两个案子有很多共同点,只不过还没有确凿证据证明是同一人作案,所以希望调来三年半之前保存的监控录像,和这次的录像做个对比。不过这是能势警官的提议。就是这些。"新田总结道。

稻垣跷着腿,小幅度抖了一会儿。"你怎么想?"他向本宫征求意见。

"着眼点倒是没什么问题,只不过有大事不向领导汇报一直是他的臭毛病。"

"就像我一开始说的,这么做的契机不过是我和能势警官的一次聊天,只是突发奇想,没办法在会议上汇报。"

"这不是借口。"

"好了。"稻垣向本宫做了个平复下来的手势,"既然实际行动的是能势警官,也不要过分责怪新田了。可能和上次一样,他打扮成饭店员工,但不想完全放弃警察的身份和尊严。你是在用这种方式缓解心中的郁愤,是吧?"稻垣有点儿不耐烦地看向新田。

"也没有什么郁愤……"新田含糊其词,稻垣的说法不是完全没道理。

"也别勉强了。不过,那个姓能势的警官还真是厉害,我也曾想过把他调到我这儿来,没想到被矢口抢了先。"

"用这家伙换吧。"本宫用下巴指了指新田。

"我考虑一下。"稻垣一脸认真地避开了话题,又看向新田,"还有什么要报告的吗?"

"有一件事。昨天说的那个姓浦边的客人有奇怪的举动。"

新田把收到可疑快递、浦边打听跨年晚会、针织运动服上粘着动物毛发的事情统统做了汇报。"寄件人的地址也很可疑,是千代田区。"他说着拿出手机,调出快递单的照片。

"给我看看。"本宫伸手拿过新田的手机,然后招呼上岛一起来看。"查查这个寄件人地址是什么地方。"

上岛探身看了一会儿手机上的照片,在笔记本电脑上敲打起来。

"如果这个人也养了猫或狗,就可能跟被害人有什么关系。"稻垣转向本宫,"那个客人的视频已经传给特搜本部了吧,有什么消息吗?"

"没有,现在还没什么回信。"本宫一边应答,一边把手机还给了新田。

"找到了。"上岛说,"地址对应的应该是一座写字楼,至少可以判断不是公寓住宅。"

"有猫腻。"本宫说。

稻垣的眼里放出了猎犬发现猎物时一般的目光,慢慢地看向新田:"给我继续注意那个叫浦边什么的人的动向。跟负责监控的人也说好,要特别注意那个人的客房,提高查看的频率。"

新田应了一声,走向房门。

28

时针指向下午一点。尚美舔了舔嘴唇，正在犹豫应不应该给仲根绿打电话。仲根绿昨天去了茶室，今天会不会再去呢？尚美一直在等待仲根绿出现，如果她现身，就叫住她，然后实施预先准备好的计划。

要怎么才能让假扮夫妇同行的仲根绿跟日下部独处呢？虽然尚美曾为此很伤脑筋，但多亏那对关西腔夫妇的启示，她脑中闪现出了一个办法——不管做什么都要两人一起。

没有必要只针对妻子一人，而是可以这样说：昨天的各种服务其实都不是饭店的特殊照顾，而是源于一位姓日下部的客人的要求；这位客人特别诚恳地说，有事想跟仲根夫妇谈，问他们可否赏光跟他见一面。

仲根绿可能会感到为难，以丈夫出门不在饭店为理由拒绝。如果真是这样，就可以补充说，日下部先生的意思是，既可以等仲根先生回来，也可以直接跟仲根绿女士谈。这样大概可以提高成功率。仲根绿本人也不可能不在意对方的身份和用意。

尚美自认为这是一个不错的方案，一直等待着实施的时机。然而，直到午餐时间结束，仲根绿都没有现身。如果可能的话，尚美还是想当面跟仲根绿说清楚——这并不是一件能在电话里说的事。

尚美又看了一次手表。指针又向前转动了一格。她内心的焦躁感越来越强烈,到底什么时候才能做决断呢?

正当各种想法在尚美脑中纠缠不清时,一个男人走向礼宾台,在尚美的面前停下了:"请问……"

"您请讲。"尚美站起来,看着对方。

这个男人约莫五十岁上下,体态发福,脸盘也很大。尚美曾好几次在饭店里见过这个人。他总是在晚上七点半左右退房,住的基本都是钟点房。应该可以判定,他是来开房偷情的。至于偷情的对象,尚美也有一些推测。

"这附近有没有……就是……那种能一个人打发时间的地方?"

"啊……一个人吗?"

"我老婆去那个什么美容沙龙了。"男人脸上浮现出了苦笑。

"您是和妻子两人入住的吗?"

"还有一个上初中的儿子。不过他就爱在房间里打游戏。"

"那还真是有点儿寂寞呀。"

尚美心里琢磨,这个男人到底是怎么想的,带家人一起来平日里自己偷情的饭店跨年?大概是喜欢平时住惯了的地方。不过,客人就是客人,接待的时候不能带偏见,要平等对待。

"您觉得看电影怎么样?日本桥室町那边有一个影城。现在可以帮您查一下那边的档期。"尚美用温柔的语气说道。

"电影啊……"男人侧头,好像不合心意。

"如果想游览景点的话,推荐您去附近的日本桥七福神巡游。走一趟大概需要两个小时。"

"嗯……也不是太感兴趣。"

"那么……"尚美从桌子上拿起一份文件——她手里的牌还多着

呢。接着，尚美又向那个男人推荐了著名美食、热门的购物商场等，可是他都不满意。尚美有些着急了。"日本桥三越商场总店 A 座的七楼有一家举办各种活动的咖啡厅。"

"咖啡厅啊……"男人有点儿动摇了。

"现在那边正在办世界各地的野鸟展。"

男人眼里突然放出了光芒："哦？是说野生鸟类吗？"

"是的。今年是鸡年，所以举办这个活动来纪念今年的结束。"

"是在哪儿来着？三越？"

"在日本桥的三越商场总店。从这里出发的话……"

"没事，我知道怎么走。不错，三越还有这种活动。哎呀，真没想到。"

男人举起手道了声谢，便走向了正门玄关。他的脚步轻盈，似乎是找到了一个消磨时间的好去处。

尚美松了口气，把手里的文件放到桌上，不经意地看了电梯间一眼，心猛地跳了一下——仲根绿正从电梯里走出来。

尚美调整了一下呼吸，想要上前搭话。她早已预先准备了几种方案，绝不会放过这次机会。可事实上，她准备的方案全都用不上了，因为仲根绿主动径直走向了礼宾台。始料未及的尚美有些惊慌失措，但绝不能表现出来，她的唇间还是浮着微笑，等待着仲根绿。

仲根绿走到礼宾台前。"谢谢你们昨天的招待。收到了花，还看到了一场那么精彩的灯光秀。真是开心的一天。"

"您的肯定是我们无上的荣幸，仲根女士。"

正好可以借这个话题挑明昨天各种服务的真相。让人意想不到的是，仲根绿掐断了话题。

"已经得到这么好的招待，再提什么额外的要求可能确实显得有点儿得寸进尺……不过有件事情，务必拜托您……"

"……咦？"尚美被这突如其来的一击打乱了阵脚，回应稍稍迟了一点儿。

"可以听一下我的请求吗？"仲根绿看着尚美，一脸急切。

不能被事态的意外发展打乱阵脚。尚美稍稍调整，镇静下来。"当然可以。您请坐。"

看到仲根绿坐下后，尚美也坐了下来。"您有什么需要吗？"

"其实，有样东西想拜托你们帮我做一下。如果可以的话，今晚晚餐之前我就想要。"

"是什么东西呢？"

仲根绿从手包里拿出一张照片放到桌子上："是这个。"

尚美应了一声，拿起那张照片。

照片上是一个蛋糕，做得相当精致，上边除了草莓、樱桃和山莓之外，还有玫瑰和丝带状的小点心。其中最让人惊叹的是那条用巧克力做成的龙，身体弯曲，大口张开，十分灵动。一旁则摆着一块写有"Happy Birthday"的小牌子。

"是生日蛋糕吗？您是希望我们在晚饭前做一个这样的生日蛋糕？"尚美一边开口询问仲根，一边在心里盘算起来。

经常有客人拜托饭店制作生日蛋糕，所以饭店的各个餐厅和餐饮部的仓库里会常备各种原料，基本能够满足仲根的要求。到晚饭前还有不短的时间，只要跟餐饮部打声招呼，应该没问题。

"是的。不过，我想拜托你们做的，不是普通的蛋糕。"仲根绿说道。

尚美拿着照片看向仲根："您想要一个什么样的蛋糕呢？"

"模型就好。"

"模型？"

"不是有那种食品的参考模型吗，摆在饭店展示柜里的那种？我想要一个跟真的蛋糕一样的模型，而且要跟这照片上的一模一样。"

"啊……是这么回事。"尚美有些疑惑。这完全出乎她的意料。她怎么也没想到,仲根会提出这样的要求。

"如果现在做来不及的话,那就算了吧。"仲根绿的目光有些闪烁。

尚美心想,这大概真的是来不及。可礼宾台的人是不能说这种实话的。"我了解了。"尚美看着对方的眼睛,"不过,我们要想想怎么满足您的要求,可能会花点儿时间,您看可以吗?"虽然应答得有些为难,但尚美已经竭尽全力了。

"我知道了。一旦有了眉目,可以给我房间打个电话,告诉我一下吗?"

"没问题。"

仲根绿站了起来,焦急的尚美却不知如何是好——要不要现在把日下部的事情和盘托出呢?不,还是先完成仲根绿交代的任务吧。

"仲根女士。"尚美叫住了仲根绿,"今天有哪位过生日吗?"

"嗯,"仲根绿点了点头,"是我老公的生日。上边不是有条龙吗?我老公是属龙的,所以想在蛋糕上做一条龙。"

"原来是这样。那么……嗯……祝您先生生日快乐。"

"谢谢。期待你们的蛋糕。"仲根绿说着嫣然一笑,随后走向了电梯间。

尚美又看了一眼照片,打开电脑,开始搜索"食品模型"。

29

山岸尚美放下电话，低下头，似乎在思考什么。将一切收入眼底的新田对氏原说："我稍微离开一会儿。"

"请便。"老练的前台服务员淡然应道，目光不曾离开手上的工作。

新田离开前台，走到尚美身边。她似乎察觉到了什么，抬起头来。

"刚才仲根绿过来了吧，她答应跟日下部见面了吗？"

"说的不是那件事。她有任务交给我。"

"什么任务？"

"有点儿棘手的任务。"尚美从抽屉里拿出一张照片。

是那张生日蛋糕的照片。尚美向新田复述了一遍仲根绿拜托他们在今天晚饭之前做好蛋糕模型的事，还说今天是她老公的生日。

"稍等。"新田拿出手机，拨了一个号码。

不一会儿电话就接通了。

"我是上岛。"

"我是新田。帮我确认一下仲根伸一郎的驾驶证信息。"

"好的，查到了一条记录。"

"生日是哪天？"

"嗯……是十二月三十一号，今天。"上岛好像也察觉到了什么。

"跟仲根绿一起入住的仲根伸一郎也是今天生日,看来跟那条驾驶证信息的主人是同一个人。帮我把这条线索转给组长他们。"

"好的。"

新田挂断电话,把手机收起来的同时俯视着尚美:"好像仲根伸一郎并不是假名。刚刚确认了驾驶证信息。"

"那太好了。"尚美心不在焉地回答,有一种"现在可不是关心这个的时候"的感觉。

"她的请求真的那么麻烦吗?"新田指着照片说。

"要是平时的话,也不是多大的事。附近有几家能做食品模型的店。不过今天是元旦前一天……"

"这样啊,都休息了吧。"

尚美无力地点了一下头:"连电话都打不通。"

原来是这样。新田明白了,自从仲根绿离开后,尚美一直在打电话,估计是给能想到的店都打了。

"那日下部先生的事怎么办?"

"先放一放。必须先把这件事解决好。"

"真是不好办哪。"新田又拿起照片,"为什么非要做一个模型呢?就不能做个真的吗?何况生日的主角根本就没住进这家饭店。"

尚美已经完全顾不上这些疑点了,只是默默地从新田手里拿回照片,放在桌上,用自己的手机拍照。

"你想怎么办?"

"虽然工厂都放假了,但卖这个蛋糕的商店今天还在营业,我准备问问店里有没有这个蛋糕模型,类似的也可以。"

"也就是替代方案吗?"

尚美没有回答新田的问题,而是一脸严厉地看向他:"新田先生,很抱歉,如果没有其他事情的话……"

"啊，对不起，打扰到你了吧，我这就走。"

尚美没有任何反应。新田再次认识到饭店的工作真是不容易。

新田回到前台，站回氏原身后，一边密切注视着饭店大堂里来来往往的人们，一边通过电脑系统确认客人的信息。系统显示，浦边干夫叫了客房服务——三明治和咖啡，看来是想在房间里吃午饭。

新田拿出手机开始打电话，这次是打给本宫的。"有人出入过浦边干夫的房间吗？"

"应该没有，在警备室盯着监视器的伙计们没有报告过。怎么了？"

新田把浦边叫客房服务的事情告诉了本宫。"浦边一直待在房间里，这很奇怪。之前又有快递的事，我觉得他是在房间里等着什么人来找他。"

"知道了，我会让警备室的伙计们继续盯紧那个房间。"

"拜托了。"新田挂断电话，抬头一看，氏原正用冷冰冰的眼神看着他。

"很多客人都想偶尔在饭店里悠闲一天，哪儿都不去，毕竟从家庭和工作中解脱出来的机会并不多。"看来氏原听到了刚才的电话。

"他收到了一个可疑的快递，寄件人是他本人，地址写的是千代田区，而那儿只有办公楼。我确认了他的住宿登记表，笔迹也不一样，你不觉得奇怪吗？"

"是个多大的快递？"

"大概这么大。"新田用双手比出大约六十厘米的宽度。

"重吗？"

"特别重，快递单上写的是书籍。"

氏原点点头，好像想通了什么。"没什么可疑的。你刚才说他填的地址是千代田区，具体是什么地方？"

新田拿出手机，找出了快递单的照片："猿乐町。"

"呵呵，"氏原轻笑道，"果不其然。千代田区猿乐町和神田神保町一样，有很多旧书店。大概是客人买了很多书，自己又搬不动，只能用快递寄到饭店，快递单是店员帮忙填的，我想就是这么回事。也许是想用读书来结束这美好的一年吧，一点儿也不奇怪。"

听完氏原一气呵成的解读，新田一时语塞。"那个重量可不是一两本的样子，一天根本读不完。"他说出临时想到的疑点。

"也没必要一天读完，客人或许是打算把读完的和剩下的一起从饭店寄回家里。"

新田吸了下鼻子，挠了挠眉毛的一端："难不成氏原先生相信人性本善？"

氏原脸颊抽动了一下："这么说，你相信人性本恶？"

"我觉得每个人都可能做坏事，用怀疑的眼光看每个人是警察的责任。"

"这和饭店的工作一样，"氏原立即接过话题，"我们相信每位客人，又怀疑每位客人。但和你们不一样，我们不会只相信或怀疑某位特定的客人。"

"很遗憾，警察的身份不允许我们这么做。我们必须从中不断筛查，直到找到那个坏人。不过所谓的筛查不一定管用，甚至可以说大部分都没什么效率可言，经常会落空。"新田再次亮出手机中快递单的照片，"哪怕怀疑某个特定对象是徒劳的，我们也必须这么做。"

氏原不耐烦地耸耸肩："这工作真不容易，先对你说句'辛苦了'。"

"多谢，感谢你的理解。"新田把手机揣回兜里。

没过多久，就到了办理入住的时间。跨年夜果然不一样，前台的客人络绎不绝，办手续的客人排起了队。

"氏原先生，你忙得过来吗？我可以稍微帮点儿忙。"新田在氏原耳边小声说道。

"不用担心,这还不算人多,不过我有件事情得提醒你。"氏原一边为客人准备房卡,一边小声说。"什么事?"

"现在排在第三位的女人……啊,别看得太明显。"

听了氏原的话,新田装作环顾周围观察起来。排在第三位的女人披着皮草大衣,打扮得很华丽,亮褐色的头发大胆地卷了起来,还画着黑色眼线。眉毛很细,腮红略显厚重,唇色比腮红更浓些,像是三十多岁的样子,但看不出来具体的年龄。

"那个女人怎么了?"新田压低声音问道。

"你还记得曾野先生吗?就是昨天入住时我踩你脚的那位。"

新田想了起来:"平时都开钟点房的那个?"

氏原眉头紧锁,摇了摇头:"拜托你小点儿声。"

"啊,对不起,"新田用手捂住嘴,"那个女人和曾野有什么关系吗?"

"记得我之前说过,曾野先生开钟点房的时候,我大概记得女伴的样子吗?"

"确实说过……咦?也就是说……"新田不经意地又抬头看了一眼,这次好像和对方四目相对了,他连忙看向别处。

"不会是那个女人吧?"

氏原点头道:"没错,太意外了。"他本就面无表情的样子变得更加僵硬。可能这就是他震惊的表情吧。

"现在怎么办?"

"我过会儿跟你说。"

氏原继续为客人办手续。这时,排在第一位的客人已经站到旁边的柜台前,第二位客人也走向了其他柜台,那位打扮花哨的女人则走到了氏原面前。站在后面观察的新田看得一清二楚,这是氏原故意设计的。

"我姓贝塚。"女人说。她浓重的鼻音显得有些做作。

新田麻利地操作着,找到了贝塚由里的名字。对方预订了一间禁烟的豪华双床房,两人入住一晚,申请参加跨年晚会。

氏原像接待其他客人一样热情地提供服务。贝塚由里似乎是用信用卡支付。既然是两人入住,那一定有同伴,双床房的话,同伴必定是男人。新田不经意地环顾整个大堂,想找找看,但很快他就放弃了。不管是丈夫还是男朋友,只要是光明正大的关系,是不会让女人独自办理入住手续的,这必定是婚外情。

氏原把她的房间安排在1206号房,曾野一家的房间是1008。虽然只隔了两层楼,但客人平时很少走楼梯,只要安排在不同楼层就可以避免在走廊里遇到时的尴尬。最后,氏原举起两张跨年晚会的入场券,进行详细介绍。在大堂里观察的刑警马上开始行动,想必是准备拍下贝塚由里的照片。贝塚由里办完入住手续后,转身飒爽地走开了。刑警站在前方柱子旁边,假装在看杂志。毫无疑问,杂志的另一面已经摆好了偷拍用的手机。

办理入住的高峰期刚过,新田开始向氏原请教接下来要如何应对曾野一家和贝塚由里。

"我想可能需要一些特殊的安排,但目前还不了解双方的想法,只能暂且观望。"

"双方的想法指的是?"

"首先要弄清楚这一切是不是偶然发生的。如果只是偶然,我们就需要做一件事情——极力避免贝塚女士和曾野先生一家在餐厅、休息室、健身房、泳池等处碰面。如果实在避不开,我们就得尽早让当事人察觉到现在的情况。当然,不能让他们察觉到我们的用意。如果他们知道自己的地下情被饭店察觉了,今后大概就不会再住我们饭店了。虽然只是钟点房，但毕竟是'GOLD'级别的老主顾，不能轻易放手。"氏原细细的眼睛里露出一种商人特有的狡黠光芒。

新田撇了撇嘴："真麻烦。"

"确实如此，不过这也不是什么难事。真正难办的不是偶然，而是有计划。"

"你的意思是说，他们有可能故意住在同一家饭店？他们真会这么做吗？"

"有两种可能性。"氏原竖起两根指头，"一种是，曾野先生和贝塚女士约好了。如果真是这样，考虑到贝塚女士订的房间是双床房，他们的目的不难推测。"

新田明白他想说什么。"也就是说，曾野先生计划避开家人，去贝塚女士的房间私会？"

"虽说是家人一起来住饭店，但也不是24小时一直在一起。只是溜出来幽会一会儿的话并非不可能。"

幽会——说得还真雅致。新田一边这么想，一边看向氏原。这位老道的饭店员工并没有意识到自己说的话有多么"漂亮"，反而问新田怎么了。

"不，没什么。这还真是个大胆的计划。"

氏原右脸颊微妙地上扬了一下："像这种风流韵事，越大胆越不容易被发现。"

这话很有说服力。

"你刚才说有两种可能。还有一种是什么呢？"

氏原微微叹了一口气。"这种可能也是最危险的。如果住同一家饭店既不是巧合，也不是两人商量好的，就只有一种可能性了——一方预先知道了另一方的日程，然后故意跟另一方住进一家饭店。"

"为什么要这样？"

氏原侧头："谁知道呢。我也不明白为什么，但是有一个想法。"

"带老婆孩子一起来住饭店的曾野先生应该不会做这种事。故意要跟情人住在一家饭店的，应该是贝塚女士。"

"恐怕是这样。"氏原说。

"贝塚女士应该没有结婚吧，却跟结了婚的曾野先生有不正当关系，而曾野先生竟然在跨年时带家人住进了平时偷情用的饭店。大概贝塚女士知道了这件事，然后故意住进来，想让曾野先生难堪。从古至今，忌妒心就是这么可怕。"

氏原又叹了一口气，这次声音比刚才更大一些。"如果只是让他难堪就好了。"

"什么意思？"

"有可能是想给男方施压。想要告诉他，自己已经做好思想准备了，如果还不下决心的话……"

"决心？什么决心？"

氏原突然做了一个屈膝的动作，好像是在说：你连这也不懂？"出轨的男人如果被自己的情人逼着下决心，那只有一种可能。"都说到这个份儿上了，就算是新田这种榆木疙瘩也该明白了吧。

"是说跟现在的妻子离婚吗？"

"我会跟老婆离婚的——很多男人会为了讨情人开心而随口说出这种话。当然，也有不少女人会相信这种话。"

"既然贝塚女士没有结婚，那她肯定是很在意这个的。呵呵，真有意思。"新田不由得笑了出来。

"新田先生。"氏原微微皱了一下眉头，"这哪里是有意思，分明是最有问题的。"

"有什么问题？当事人是按照自己的意志行动的，不管弄成什么样子，都不是饭店的责任。"

氏原连连摇头,似乎在说:你怎么还是没明白过来呢？"你想想,如果一个着急的女人为了让一个摇摆不定的男人赶紧做决定,会做出什么样的事来？比如,曾野先生一家在吃饭的时候,贝塚女士突然出现,向曾野太太坦白她跟曾野先生的关系,场面会有多么不可收拾。"

"那……还真是地狱一样的场面。"光是想想就让人觉得麻烦。

"旁边全都是想要安稳享受今年最后一顿晚餐的客人,他们的宝贵时光就这么泡汤了。你觉得OK吗？"

"确实……那就难办了。"

"即便不做得这么极端,贝塚女士如果是有意跟曾野先生住在同一家饭店,肯定也有所图。我是担心她给其他的客人带来麻烦。"

新田叹了口气,耸了耸肩:"干饭店这一行还真必须想得面面俱到啊。"

"你怎么现在还说这种话。"氏原似乎愣了一下,突然转过身去。随后,新田发现尚美离开礼宾台,横穿大堂走向了通往旁边办公楼的通道。

30

虽然饭店还在营业，但事务部门的员工大多已经休假了。尚美走进客房部办公室，发现只有寥寥几名员工在忙着今年最后的业务。

尚美大致观察了一圈，土屋麻穗坐在角落里的会议桌旁，穿着便服。麻穗看见尚美后站了起来。

"不好意思啊，在假期给你安排工作。"尚美走近麻穗，致歉道。

"没关系。"麻穗摇摇头，"我完全不介意的，道歉的应该是我，明明这几天最忙，却完全交给你……你身体还好吧？累不累？"

"不累，不累。等这三天过去就可以好好休息了，没关系的。话说回来，那件事办得怎么样？"

"嗯，算是搞定了。我买来了蛋糕和巧克力牌。"麻穗把旁边椅子上的纸袋拿到会议桌上。

是客房部的后辈，年轻的前台接待员中的一员，从去年开始在礼宾台工作。包括尚美和麻穗在内，礼宾台有三名员工轮班。出于警方潜入调查的需要，现在只安排了尚美一人负责礼宾台的全部工作。等今晚的跨年晚会结束，就可以正常轮班了。

麻穗拿出纸袋里的东西放到桌子上。尚美看了不禁惊呼一声——简直和真的蛋糕一模一样。

"我也吓了一跳。而且还有草莓的香味。"麻穗把鼻子凑近蛋糕模型。

桌上摆的全部都是食品模型。尚美给还在营业的几个店铺打电话,听说还有蛋糕模型,便给在家待命的土屋麻穗打电话,请她帮忙买几个过来。

尚美拿出仲根绿给的照片,和桌子上排列的模型对比起来。

"这个感觉最像。"尚美指着一个直径约二十厘米的圆形蛋糕,纯白的奶油上摆着草莓、樱桃、山莓。

"我也这么觉得。"麻穗说。

"问题是它的装饰,有玫瑰、丝带,还有龙……"尚美看着照片嘟囔着。

玫瑰看起来是用白巧克力做的。要先把白巧克力削成薄片,再叠成花瓣的样子。丝带大概是用饼干做的,烘烤的部分形成了很漂亮的花纹。从颜色上判断,那条龙是用可可酱做的。

"玫瑰、丝带和龙本来都不是食物,照片里只不过是用点心做成能吃的东西。这次我们是用不能吃的东西做出来……"麻穗两手挠头说道,"啊,不行,我也不知道自己在说什么。"

尚美看了看表,已经快四点了,没有多余的思考时间了。"玫瑰用假花,丝带用塑料结怎么样?再涂上颜色,做成点心的样子。"

"不错,工程部有各种各样的涂料,同事们也很擅长画画,只要拜托他们应该就能做出来,我这就去问问看。"

"真的吗?那真是帮了我的大忙。"尚美双手合十感谢后辈。

"没关系,交给我吧。"麻穗拿起搭在椅背上的衣服,快步走出房间。

看着麻穗离开之后,尚美坐在椅子上继续端详那张照片。现在蛋糕坯子有了,玫瑰和丝带也有眉目了,接下来就是那条龙,这也是最难的。"会不会有相似的雕刻品呢?"尚美试着上网查了查,好不容易找到几个，但形状和大小都相差太多。接着，她开始联系制作木雕的公司，不出意外，电话全部没人接，即便能接通，那边传来的也是"今年的营业已经结束，明年将在……"之类的录音。退一万步讲，即便有商店今天营业，想在今晚之前做出来也是不可能的。

"怎么办呢？"尚美抱着胳膊。

"嘀咕些什么呢？"身后传来了声音。

尚美吓了一跳，回头一看，是田仓。"啊，部长。"尚美匆忙站了起来。

"不用站起来，坐着吧。我知道你很不容易——哦！看起来很好吃。"田仓看着桌上的东西瞪大了眼睛，"难道这都是假的？"

"是的，都是模型。"尚美拿起一个水果蛋糕模型。

"嗯，做得真不错。之前都是用蜡随便做的。"田仓仔细观察着蛋糕模型，又放回桌上，"为什么要准备这个？是客人提什么要求了吗？"

"是的，其实——"尚美拿出那张照片，解释了原委。

田仓一脸为难："不是要蛋糕，而是要模型，又偏偏选在新年夜，真是很难为人啊。"

"我正愁这个龙的雕刻呢。部长，您有没有擅长雕刻的熟人啊？"尚美不抱希望地问道。

田仓苦笑着说："抱歉，没有。你咨询了专做这个的店吗？"

尚美摊开手："试着联系过，但做木雕的店都放假了。"

田仓一脸不解地看着尚美："为什么要找木雕店呢？"

"因为这个照片里的龙是——"

"确实看起来像木雕，但其实不是吧？原材料是巧克力，做这个的肯定不是木雕家。"

"啊！"尚美恍然大悟，连忙害羞地捂住嘴。

田仓笑着说："这就是所谓的'灯下黑'吧。"

"多谢您，我先回去了。"尚美对田仓鞠了一躬，跑出了办公室。

她觉得自己一根筋的想法太可气了。

尚美离开办公楼,走向主楼的后门,那里离一层的餐厅厨房最近。饭店的餐厅供应原创甜点,其中甜点种类和数量最多的还要数一层的餐厅。尚美走进厨房之后,开始寻找厨师长金子。其实,金子的正式身份是烹饪科长。

不愧是跨年夜,厨房里热火朝天,气氛甚至有些紧张。叫喊声此起彼伏,每位厨师都麻利地忙活着。大块头的金子站在主料理台边上,正在给年轻的厨师下指示。等他说完之后,尚美和他打了声招呼。

"怎么了山岸,我们今天可是很忙的。"金子率先布上防线,似乎察觉到礼宾台的人来后厨一定是有事相求。

"对不起,有一件东西需要您这边帮忙做一下。"尚美拿出照片,讲了来龙去脉,询问金子的下属中是否有人可以把巧克力做成龙的形状。

金子戴上眼镜端详了一下照片,表情却凝重起来:"等我一下。"他拿着照片走到一个厨师身边。那个厨师姓林田,个子高高的。两人看着照片商量了一阵,最后一齐走到尚美面前。

金子开口道:"你应该认识林田厨师吧。做这种精雕,无人能出其右。他说,如果用巧克力的话,没有他做不了的。"

"真的吗?"尚美期待地看着林田。

"如果是用巧克力的话。"林田说,"但是换一种材料就不好说了。实际上也不会用巧克力吧?"

"用木头呢?"

林田歪了歪头:"这我还真没什么自信。太硬了。"

"那……"除了木头之外还能用什么材料,尚美怎么也想不出来。

此时林田开口了:"如果不限制用什么材料的话,有一个人比我更有把握。"

"咦?您说的是?"

"在这边。"林田指着地板说。

大约五分钟后,尚美来到了地下一层的中餐厅。迎上来的是副厨师长藤泽。"啊?是林田这么说的吗?"藤泽看着照片说。他身材瘦削,站姿端正,白色的厨师服格外合身。

"林田先生说,之前曾经跟您在一个活动里比赛刻冰雕,但是怎么也赢不过您……"

藤泽似乎很满意地笑了出来:"术业有专攻嘛。他也是个好手。"

"那……您看怎么样?"

"龙啊。"藤泽又看了看照片,"材料不限,对吧?"

"是的。"

藤泽对身边的年轻厨师说了两三句悄悄话。年轻的厨师点点头,快步走开了。

"这张照片可以先放在我这儿吗?"藤泽问尚美。

"当然可以。您有把握吗?"

"没把握也得干不是吗?什么时候要?"

尚美看了看手表——那是祖母留给她的纪念品——已经下午四点多了。"如果两个小时内能弄好,就帮了我的大忙了。"

"两个小时?现在忙得底朝天呢,怎么能占用那么长时间。"

"您的意思是……"

"三十分钟后来取吧。我会想办法准备好的。"

"只要三十分钟就……"

在尚美惊讶得不知该说什么时,刚才那名年轻的厨师回来了。他拿着一件东西,问藤泽能不能用。

"噢,正好。"藤泽满意地接了过去。

那是一块长约二十厘米的泡沫塑料。

31

前台仍然很热闹。时间已经过了四点半。

今天入住的客人有一大半都报名参加了跨年晚会。先在房间休息片刻，去餐厅用餐，然后再回到房间里换装，最后去参加晚会，似乎是年终最后一晚的固定项目。正因为如此，每位客人的行李都相当多。里边大概是变装用的服装和道具。

在大堂卧底的刑警的忙碌程度不亚于真正的前台接待员，因为他们几乎要用相机记录下每一位前来办理入住手续的客人。为了不让其他客人发现，他们必须尽全力伪装好按快门的手——即使站得远远的，也能明白他们的辛苦。

新田也丝毫没有喘息的余地。他盯着一个接着一个客人，脑中不断播放各种各样的影像。这里有没有跟公寓摄像头拍到的人相近的面孔？这些人有没有出现在被害人工作单位的监控录像里？同时，他还不时在手机上点点划划，把入住的客人跟手机里存的照片做对比。

其实，在这期间，他们还在注意一个人。在过去的三十分钟里，他们不曾让这个人离开视线。

那是一名坐在大堂沙发上的女客人，贝塚由里。她从电梯间现身后，就一直坐在那儿摆弄手机。因为她并没有穿入住时披的那件外套，不像是要外出。

警备室负责监控的刑警已经确认，目前还没有男人出入她的房间。也就是说，她可能跟仲根绿一样，明明是一个人，却装作有伴的样子。

新田想着这些，偷偷地观察着贝塚由里的举动。突然她站了起来，看向正门玄关。新田也朝那个方向看去。从正门进来的不是别人，正是曾野昌明。他看上去心情很好，笑着走向了礼宾台，对正在操作电脑的山岸尚美说了些什么，贝塚由里则小步走向了正在跟尚美说话的曾野。新田从贝塚的样子推测，她一直在等曾野回来。

曾野离开礼宾台后，走向了电梯间，脚步突然停下了，似乎是贝塚由里叫住了他。曾野看到贝塚后，脸上浮现出了惊讶的表情，好像并不知道贝塚也住了进来。他开始焦急地环视四周，似乎在确认有没有被别人发现。

新田看到两人一边说话，一边走向电梯间，于是也走出前台，到礼宾台前跟尚美打招呼。

尚美抬起头："怎么了？"

"刚才有一个男人到你这儿来过了吧？五十岁上下，从正门玄关进来的。"

"怎么了？"

"他跟你说什么了？"

"没什么，就是跟我道谢。"

"道谢？"

"那位客人今天午饭过后来过我这里，问我附近有没有能打发时间的地方。我给他介绍了几个去处，他好像对日本桥三越商场的野鸟展感兴趣。去看了之后觉得很有意思，才过来跟我道谢。"

确实不是什么大不了的事情。

"后来不是又跟过来一个女人吗？你听到他们说什么了吗？"

尚美讶异地皱起眉："为什么这么在意他们？"

"我从氏原先生那儿听到一些事情，不过你可能没听说过。"

"你说的是他们经常来开钟点房的事情吧？"尚美说得很平淡。

新田看着她，感觉有些意外："你知道？"

"记住客人的脸是礼宾人员的本职工作。那位男客人只在周一的傍晚来，然后在晚上七点半左右退房。在那期间，总会有一名固定的女性在电梯间出现，从我面前经过，然后走出饭店。再怎么迟钝的人应该也会有印象。"

新田摇了摇头："你也好，氏原先生也好，都不愧是专业的。要是让他们听到这些话，估计这世上就没有一对偷情的人敢多次住在同一家饭店了。"

"所以装作不知道是很重要的。"

"好像是因为有婚外情的客人都是饭店的上宾。话说回来，那两个人说了什么？"

"我也没有特意去听，所以不知道详细内容。只不过两个人好像都是很惊讶的样子，似乎没想到会在这里偶遇。"

"两个人都很惊讶？"新田的眉毛挤到了一起，"怎么可能？先不说那个男人，那个女人怎么会感到惊讶呢？"

"不，还是那位女士先开的口，问他为什么会在这里。然后那名男客人才反问她，说'你才是，怎么会住在这儿'。之后我就没听清了。"

"真的吗？看来他们真是碰巧都住在这儿……"

新田还是不明白。如果是偶然，贝塚由里为什么一直坐在大堂的沙发上？难道不是在等曾野昌明回来吗？

"有什么值得留意的吗？不过我倒是不觉得那两人跟案件有什么

关联。"尚美用一种略显焦急的口吻问道。

"之前也说过好几次了，上头让我注意所有行动可疑的客人的动向。"新田的目光落到尚美手上。她手里的笔记本打开着，上边密密麻麻地写着一行行小字。"你这边怎么样，那个蛋糕有着落了吗？"

"算是有了。"

"厉害。真是没有你做不到的事，像哆啦A梦的口袋似的。"新田话音刚落，电话就响了起来。是本宫。

本宫的声音里流露出紧迫感："是我。有件事要你确认一下。特搜本部发来了消息。"

"什么内容？"

"你过来之后跟你说。"本宫说完，砰一声挂断了电话。

新田到达位于办公楼的会议室后，发现除了稻垣和本宫，还有几名刑警在一起盯着两个显示器上的画面。稻垣回头招呼他："噢，你来了。"

"听说来了新消息？"

"没错，有点儿东西想让你看一下。"

新田凑近那两台显示器，左边显示器上播放的是浦边干夫入住时的画面，右边的则似乎是某处的监控录像。新田对右边显示器上的画面没有任何印象。现在，两个显示器上的画面都是静止的。

"右边是和泉春菜工作的宠物店的监控录像。摄像头的位置在店门口附近，不光能拍到进店的客人，还能拍到透过玻璃橱窗往里看的店外的客人。这个摄像头在十二月五号拍到了一个疑似入住饭店的客人。特搜本部想让你看看是不是同一个人，因为只有你直接见过那个客人。"

"是什么样的客人？"

"你应该看了就知道。上岛，给他看看录像。"稻垣命令道。

上岛按了一下键盘，录像便开始播放。只见宠物店前人流不断，并没有人停下脚步。终于，有一个男人从画面的右侧出现，在店前停了下来，上下左右地四下探头，似乎是想偷看店里的情况。他站了没一会儿，就一脸不满地离开了。画面到此再次静止。

"怎么样？"稻垣问。

"没错，是浦边干夫。"新田回答得很坚决。

本宫拿出手机，从座位上站起的同时拨出了一个电话。

"渡部兄。"稻垣叫了渡部的名字，"把这个消息告诉警备室的兄弟们。视线绝不能离开浦边的房间。"

"得令。"渡部很有气势地应了一声。

稻垣重重地拍了一下新田的肩膀："辛苦你了。"

"那我要怎么做？"

"你先回到前台，继续监视有嫌疑的客人的动向。浦边干夫的事，这边一定下对策就通知你。"

"明白。"

新田强有力地回应，内心却感觉还有一块石头没落地。难道说，浦边就是真正的凶手，只要按照告密者的指示去做就能抓住他？这起案件真的只是这么简单？新田的真实想法是，果真如此的话就太"无聊"了。

32

蛋糕已经做好了，摆在烹饪台一角的托盘上。

"喂，礼宾台的小姐，你看怎么样？"藤泽手里拿着菜刀，站在稍远一点儿的地方。他正在做菜，当然是真的菜。

尚美凝视着托盘里的作品，惊讶得说不出话来，不停地对比成品和照片。

藤泽完美地复制了照片上的龙，气势和灵动完全不输照片上的示例。不一样的只是颜色。由于材料是泡沫塑料，所以藤泽的龙是纯白色的。不过只要再上一层色，就会跟照片上一模一样。

"好……厉害。"虽然尚美的夸奖毫无新意，但这已是她当下唯一能说出的话了，"好厉害。非常感谢！您帮了我的大忙！虽然有点儿失礼，但是说实话，我从没指望能做得这么棒！太让我吃惊了。"赞美的辞藻再多，也无法表达尚美的心情。

"说实话，"藤泽说着，持菜刀的手却未曾停下，"龙是我很拿手的，因为龙在中国是吉祥的象征。我之前用胡萝卜和白萝卜雕过龙，用泡沫塑料做也是小菜一碟。"

"原来是这样。"

"你满意就好。"

"我非常满意！这个恩我一定会报的！"

藤泽苦笑道："别这么说。快拿走吧，不是着急吗？"

没错。"是！"尚美应了一声便端着托盘上楼了。好不容易才雕好的大作，一定不能出现闪失。

尚美把龙带到工程部，请人喷上了褐色涂料，成品效果正如预期的一样。在土屋麻穗的努力下，玫瑰花和丝带也已基本完成。最后，她们把玫瑰花、丝带、龙、写着"Happy Birthday"的小牌子装饰在了蛋糕坯模型上。

"太好了，终于做好了！"麻穗轻轻地拍着手。

"不知道仲根女士会不会满意……"

"一定没问题！已经做得这么好了。"

"希望如此。"尚美俯视着蛋糕。其实她嘴上这么说，心里还是很有自信的，毕竟这是集众人之力完成的佳作。

接着，尚美从餐饮部调来了一个大小合适的盒子，将蛋糕模型装进盒子里。这样一来，"蛋糕"更逼真了。带着完成工作的满足感，尚美拨通了仲根绿的电话。

尚美在电话里告诉仲根，蛋糕已经完成了。

"请问，是现在给您送到客房去，还是我们约在某个地方，您来验收一下？"

"我过去吧。在哪儿见面呢?

尚美提议在二楼的婚礼场地见面。

挂断电话后，尚美抱着装蛋糕的盒子到了二楼。婚礼场地的灯光有点儿昏暗。毕竟是今年的最后一天，没什么人预订这里，也没有人在用。尚美打开灯，等仲根绿到来。

不一会儿，仲根绿就现身了。尚美带她来到靠里的小包间后，把盒子里的东西拿了出来。

仲根绿紧张得屏住呼吸，睁开眼看到蛋糕后，用手遮住了嘴巴，惊讶得一时间定在了原地。尚美也没有开口，她已经感受到了仲根绿的想法。

仲根绿放下遮着嘴巴的手，浅褐色的眼睛看向尚美，不由得低语："好棒啊！"

"您还满意吗？"

仲根绿慢慢地眨了一下眼睛，用力地点头："我很满意。没想到能做得这么好，太让我吃惊了。"

"您能这么说，我也觉得自己的努力有价值了。"

"肯定费了很多心思吧。"仲根绿垂下了眉梢。

"不，请不要在意。那么，这个蛋糕要什么时候给您送到房间去呢？您今晚应该也预订了晚餐的客房服务吧，您看要不要估计一下吃完甜点的时间，我们给您送去？"

如果真是和老公一起吃晚餐的话，就不存在什么问题。仲根绿考虑了一会儿，还是说道："不用了，跟晚饭一起送来就好了。"

"好的，我会转告送餐的服务生。"

"拜托了。"仲根绿说完，看了几眼蛋糕模型，又再次看向尚美，"抱歉，给你们添了这么大的麻烦。不过，多亏有了这个蛋糕，我也能好好地跨年了。昨天还收到了花，看到了灯光秀，运气真好，像是做梦一样。"

尚美偷偷地调整呼吸——时机终于到了。"关于那件事……其实我有话想对您说。我必须要向您道歉。"

"道歉？什么意思？"

"其实花和灯光秀，都不是我们饭店的特殊服务，是有一位客人拜托我们这么做的。还有昨天晚饭时，以订单处理错误为理由送您的香槟也是。那位客人拜托我们，要给1701号房的夫妇提供最高级的招待。之前一直瞒着您，非常抱歉。"尚美慢慢地低下了头。

仲根绿因为这段突如其来的话而摸不着头脑："那位客人是？"

"是住在皇家套房的日下部先生。"

"日下部……"仲根绿自言自语了一阵，然后摇摇头，"我没有印象。"

"是吗？其实我也不知道详细原因，只是按照他的指示做而已。"——怎么能说日下部先生在大堂里对您一见钟情了呢？

"那个人为什么要这么做……"

"我也不知道，不过他请我转达，希望务必能与您和您先生二位当面聊一下。"

"我和我先生？"

"日下部先生似乎会当面告诉您他提供特殊招待的原因。您觉得怎么样？如果您二位同意与日下部先生见面，我们现在就准备见面的场所。而且，日下部先生似乎长期住在美国，明天一早便会出发。"

现在是尘埃落定的时刻了。如果仲根绿拒绝，就完全没牌可打了。尚美一直盯着仲根的眼睛。

仲根绿稍作思考："那位日下部先生是一个怎样的人？看上去像是之前就认识我和我先生吗？"

"这……"尚美只能搪塞过去，"毕竟我们也没有详细询问过……我个人的感觉，日下部先生看上去是一位非常普通的男性，举止绅士，说话礼貌，不像是会做坏事的人。"

没有人会乐观到听了这些话就放下戒心，仲根绿脸上的疑虑并未消失。

"这样啊。不过还是挺不可思议的。我真的对他没有什么印象。"

尚美有点儿犹豫了。作为礼宾人员，无论达成日下部的要求有多么重要，都不能再进一步强求，否则就越线了。"您希望怎样答复他呢？我觉得您还是应该跟您先生商量一下。"

"啊……是啊，也是。那我先回房间跟我先生谈一下。"

"好的。给您添了这么大的麻烦，非常抱歉。"

"没什么。你们也帮了我很大的忙……我问过先生的意见后，会联系你们的。"

"那就麻烦您了。"

两人走出婚礼场地后，仲根绿走向了二楼的电梯间。尚美看着她的背影，感觉她身上仿佛散发出一种复杂的气息。一直假装与丈夫同行的她，会做出什么样的决定呢？

仲根绿打电话到礼宾台，是在十分钟之后。她说已经跟丈夫商量过了。"虽然我先生也不认识日下部先生，但既然替我们准备了那么好的服务，怎么也要当面谢谢他。"

"也就是说，同意与日下部先生见面了？"

"是的。地点……就定在我们房间吧。"

"您二位的……"

"您也知道，晚上七点左右我们会在房间里吃晚饭。请日下部先生在那之前过来吧。"

"我明白了。那么，我会在快到七点时带日下部先生到您的房间。"

"好的，我在房间等。"

"那一会儿见。"挂断电话后，尚美轻轻挥了下握紧的拳头。

33

饭店大堂被改造了一下，工程部的员工在做新的布置。即将迎来新的一年，他们应该是在更新装饰吧。这种气氛不禁让人意识到，今年终于要结束了。

下午六点过后，来前台的人越来越少，但大堂却更热闹了。相约晚上一起吃饭的人们聚集在这里，彼此热情地打招呼。每个人都一副很轻松的表情。他们可能在各自回想着这一年过得怎么样，至少今晚，要笑着结束这一年。

扮成行李员的关根一路小跑着过来。新田走到前台一角，小声询问："怎么了？"

关根迅速扫视四周，转过脸来："浦边干夫点了一份咖喱饭。"

新田看着自己的后辈："还是客房服务吗？和午餐一样，晚餐也在房间解决。况且，跨年夜吃咖喱饭，让人觉得他只想省事，什么都可以，赶紧填饱肚子就行。"

"真是越来越奇怪了。嗯，待会儿我去送餐，到时候会检查一下房间的情况。"

"之前那个包裹再确认一下，看他是否打开了。如果打开了，看看里面究竟是什么。再看看书桌、餐桌上有没有堆着书，确认他是不是在看书。"

"看书？"

"那个包裹的快递单上写的物品是书籍。拜托了。"

关根点点头表示明白，然后快步离开了。

新田回到之前的位置，氏原正操作着电脑。"虽然我不了解状况，但鉴于有些严峻的气氛，你的工作好像也渐入佳境了。"氏原盯着电脑屏幕，头也不回地说道。

新田苦笑着耸了耸肩膀："佳境？才没有。接下来才是关键，游戏还没开始呢。"

"是吗？要是能早些解决，我们会万分感激的。"

"放心，一定会在新年前解决好的。"

"那就拜托了。"

新田看向礼宾台，山岸尚美不是在操作电脑，就是在打电话，但是间隙总是频繁地确认时间，可能是正在被日下部下达的有时限的任务追赶吧。又是制作蛋糕模型，又是安排男女约会，看上去真的很不容易。反正自己是做不来，新田心想。

过了没一会儿，关根回来了。新田和刚才一样走到前台一角，与关根接头。

"怎么样了？"

"包裹打开了，但里面是什么不得而知。我只是扫视了一遍屋子，并没有发现可能是包裹里的物品的东西。"

"书呢？"

"这个……"关根挠了挠脖子，"书桌上只放了个手机。"

"那家伙看着像在做什么？"

"不能确定，不过电视机开着。和你上次去的时候一样，穿着家居服。"

"明白了。你去跟组长汇报一下。"

新田看关根走向办公楼,回到了氏原这边。"非常遗憾,情况和你说的有些不一样。那个古怪的客人好像并没有在看书。"

"是吗?那也没什么好遗憾的。我只是说说可能性而已。"氏原的表情没有一丝变化,"那个男人是你们要追捕的凶手吗?"

"现在还不能肯定,但一定是个要重点注意的人。"

"这样啊,无法确认是不是凶手吗?"

"要是那么容易的话,我现在也不用在这里吃苦头了。现在连那家伙的名字是不是真的都不能确定。"

氏原不满地皱了皱眉:"就现在来看,他还是我们的一位普通客人,请不要'那家伙、那家伙'地叫。"

"啊,不、不好意思。"

"虽然我不太懂搜查这种事,但你们不是一直在监视监控录像吗?如果是凶手,早该拍到些什么了吧?"

"那是因为……监控录像的内容我们也正在研究。"

新田虽然敷衍了过去,但氏原的疑问不无道理。在宠物店的监控录像里拍到了浦边,但被害人公寓的监控录像里并没有出现浦边的踪迹。

"算了,我只是个外行,给的意见你无视就好了。"氏原说着走向大堂,脸上的表情变成了惊讶。

新田顺着他的视线望去,刚好看见曾野昌明带着妻子和儿子走进了紧挨着大堂的餐厅。

"哎?"氏原小声嘀咕,"吃饭的地方要多少有多少,为什么偏偏选饭店里的?而且是最不合适的没有隔间的大堂餐厅,真不知道怎么想的。"

"或许是要和之前那个情人碰头?"

氏原噘起下唇，动了动下巴："那个餐厅通常都是一个人进去吃饭。"

"一定是和情人约好了。你刚才没瞧见两个人在角落对视了吗？"

"我当然看见了。之后你又去问了山岸些什么，不是吗？"

"我去问了问那两个人的情况。据山岸说，两个人好像都很惊讶。所以，他们今晚会在这里碰面，应该是偶然。之后两个人好像又聊了些什么，我想应该不是有计划碰面的。"

氏原冷漠地转过头："所以就没问题了，对吧？"

"嗯？还有什么问题？"

"两个人都很惊讶——这只是山岸的想法吧？真相只有当事人知道。他们心里怎么想的，我们谁都无法得知。"

"你是想说，他们是假装很惊讶？"

"不是完全没有可能。"氏原口气随意。

新田若有所思地盯着氏原："原来如此……就像你刚才说的……"

"我说什么了？"

"相信每一位客人，也怀疑每一位客人，这就是饭店工作人员。不怀疑特定的客人，也不轻信特定的客人。"

"如果不那样做的话，这份工作就干不下去了。"

氏原的意见确实很犀利。之前看到贝塚由里碰到曾野的时候，贝塚应该是知道他会从外面回来，所以特意在那里等吧，新田想。听了尚美的话，他又觉得好像不是那样，也还有一种可能性，就是这一切，都是贝塚由里演出来的。如果真是如此，她的目的是什么？

新田正垂着眼睛反复思考的时候，一个男人的声音传过来，"我是山下。"好像是一位要办理入住的客人。

"啊……好的。"往常都会立即回应客人的氏原，竟然难得地有些迟钝。新田感到有些奇怪，然后抬起头，微微吓了一跳。

前台前方站着的，是蝙蝠侠和猫女。

"你说什么？再说一遍。"本宫烦躁的声音震得新田耳朵快聋了。

新田用另一只手轻掩嘴边的手机，继续说道："前台来了两个戴着蝙蝠侠和猫女假面的客人办理入住。戴着猫女假面的应该是个女人。"

"你在说什么啊？"

"你不知道蝙蝠侠吗？"

"这还是知道的，你别把我当傻子。为什么这些家伙会来？"

"应该是来参加今晚的晚会吧，提前做好了假面变装。"

电话里传来本宫的咂舌声。"真是林子大了，什么鸟都有。饭店那边呢？怎么应对的？"

"嗯……"

新田回头看了看前台。氏原操作着电脑，淡然地给客人办理着入住手续，看起来和接待普通客人没什么两样。

"和往常一样。"新田对着电话说，"就那样继续给客人办手续。"

"都不看一下本来面目吗？"

"是的。"

"等一下，这样的话，监控设备有什么意义？到底在搞些什么啊？"

"我问一下，之后再联系你。"

挂断电话，新田看着氏原如何接待客人。之后并没有什么异常的情况，氏原将房卡递给了扮成蝙蝠侠的男客人。

新田又仔细看了看客人的样子，蝙蝠侠和猫女的假面看着像是手工制作的，但做得很好。两人都披着黑色带帽长款大衣，下面是成套的装束。男人脚边的行李箱里，应该放着替换的衣服。

氏原将晚会入场券举到面颊旁，开始说明。明明可以不用解释，因为这两个人一看就是过来参加晚会的。在大堂等待命令的刑警们都露出了复杂的表情，可能是在想，拍下他们现在的样子，到底有没有意义呢？

"欢迎入住，请。"办理完所有手续后，氏原对两位客人说道。

蝙蝠侠和猫女看上去很高兴，挽着手离开了。

"氏原。"新田说道，"那样真的可以吗？"

"你指什么？"

"不是没有确认客人的相貌吗？"

"没办法。你不能对客人认为的时尚说三道四。"

"但是，万一是吃霸王餐或不付房费的客人，那岂不是也一点儿线索都没有？"

"不必担心。刚刚的客人已经在网上完成付款了。哪怕没付款，我们也会通过收取押金，或是复印信用卡的方式，保证收到款项。你好像很惊讶的样子，但这是意料之中的事情。"

"意料之中？什么意思？"

"将跨年晚会办成假面舞会是从几年前开始的，随着变装被人们慢慢接受，越来越多的客人希望从入住的时候就可以变装。因此，我们反复斟酌应对策略，针对支付没有问题的客人，是允许他们这样做的。"

"也就是说，只要付了钱，不管是从哪儿来的都可以入住，是吗？那监控设备是用来干什么的？"

"那我问你，"氏原挑了挑右边的眉毛，"当因为感冒而戴了口罩的客人来入住时，我们是不是也要命令人家把口罩摘了？或是失明戴着墨镜的客人来时，我们是不是也要拜托人家把眼镜取下来让我们看一下？经常会有既戴着口罩又戴着墨镜的客人来入住，那和戴着蝙蝠侠假面有什么区别？"

新田一时间不知道如何回答，只能说："随机应变，看时间和场合来。今晚比较特别，杀人犯可能会出现。我们有必要确认每一名来饭店的客人的外貌。这是为了搜查凶手。"

"是，正如你说，今晚很特别，是希望客人可以尽情享受舞会的夜晚。如此幸福的时光，因为查案这种和客人完全无关的理由，就要被剥夺吗？"说着，氏原将目光投向新田身后。

新田回过头，看到五个戴着游戏角色面具的人走进了饭店。

34

按响门铃，尚美紧盯着门深深呼了口气。付出这么多努力，终于走到这里了，这种切实感不断涌上她的心头。

门开了，是穿着黑色西装的日下部笃哉。可能是刚洗完澡，空气里飘着淡淡的清爽香气。

"久等了。"尚美笑道，"我现在就带您过去。"

"好的，"他点了点头，又问，"在几层？"

"十七层。请，我们坐电梯过去。"

"之前在电话里我也说过了，在对方房间见面，真是把我吓了一跳。"日下部与尚美边走边说，"你觉得是什么原因？"

"我也不清楚，但是也许客人预约了在房间用餐，结束用餐前并不想出房间？"

"原来你这样想啊。"

走到电梯间，尚美按下按钮。

"我还想再问一句，房间里是一个人吗？跨年夜一个人在房间吃饭，想想都觉得有些不太对劲啊。"

尚美微笑着低下头："这个，就需要您亲自去确认了。"

日下部吸了吸鼻子："知道了，我看着办。"

电梯门开了，尚美随日下部进入电梯，按下了十七层的按钮。

其实，仲根绿究竟是不是一个人住，尚美也不敢肯定。回想昨天发生的一连串事情，她的丈夫应该不会突然出现，那为什么要邀请日下部进房间呢？明明可以约在房间外见面，只要找个借口说丈夫有事来不了，所以一个人来了就行。

电梯到了十七层，等日下部先下了电梯，尚美跟了出去。"这边请。"尚美快步走到前面。

越来越接近1701号房间，尚美的心跳越来越快。如果开门的时候，看到了那个男人的身影该怎么办？毕竟最后的最后，还是有可能撞见仲根绿的丈夫。

到了房间门前，尚美停下脚步。"这里啊……"日下部小声说。

调整好呼吸，尚美按响了门铃。看她此时的心情，仿佛在祈祷着什么。

咔嚓一声轻响，门开了。仲根绿那张异国风情的脸从门缝向外窥探。

"我带日下部先生过来了。"说着，尚美用手示意了一下站在她身后的日下部。

仲根绿眨了眨眼，看见日下部后，嘴角缓和了些："您和想象中的样子完全不同。"

"您以为要更年轻、更英俊些吗？"日下部用调笑的口吻问道。

"不，相反。我一直以为会是更年长的……"

"资历尚浅，让您失望了。这次您能接受我如此无礼的请求，非常感谢。"日下部一改刚才轻佻的口气，郑重地说。

"我听山岸说了，昨天那些精致的服务，都是您拜托他们的。我非常惊讶。怎么都猜不到，您为什么要为我做那样的事情呢？"

"我想您一定会觉得很奇怪。关于这件事，我接下来想好好跟您解释一下。"

"好的。您请进。"仲根绿将门彻底打开。

日下部轻轻说了声"打扰了",便踏进了房间。在门关上前,他向尚美重重地点了一下头。

尚美不知道这时究竟该不该说"二位慢慢聊",于是什么也没说,用眼神表示意会了。

回到一楼礼宾台,尚美的心情还未平复下来。这个时候,日下部正在跟仲根绿说些什么呢?难不成突然告白"我对你一见钟情"?应该不会吧?可那个人是日下部,还真不好说。

"你的任务顺利完成了吗?"头顶突然传来声音。山岸抬起头,新田站在她面前。

"总之,现在已经把日下部先生带到仲根女士的房间了。"

新田微微向后仰了仰身子:"已经很厉害了,大方地完成了任务。"

"现在还不能完全放心,有些担心他们会不会闹得不愉快。"

"我想,你完全没有必要担心到这种地步。"

"话不能这样说,直到最后,我对这件事都负有责任。"尚美看了看手表。快七点了。

"马上要给仲根女士的房间送餐了,现在状况到底怎么样了……"

"关于那个仲根女士,好像有了什么新的真相。"

"是什么?"

"我也不知道,只是刚刚接到电话,具体信息还没收到。就要到关键时刻了,现场也有些混乱,没办法在电话里慢慢讲清楚。"

"为什么会混乱?"

"因为——你看。"新田指向大堂。那里早早聚集起戴着假面的人们,他们在热闹愉快地交谈着。"明明距离晚会开始还有四个小时,就已经有那副打扮的人一群接一群地过来了。在房间里换装完毕过来倒也能理解，没想到还有变了装直接过来办理入住的。"

"差不多从前年开始，就不时有这样的客人过来，但是今年好像突然变得更多了。"

"不要说得一副事不关己的样子。这样一来，监控录像就完全没用了，和搜集到的影像、照片也都无法对比，我现在很担心。"

"如果你是在抗议的话，请和总经理……"

"组长现在应该正在交涉，但我不敢期待。总经理藤木太顽固了。"

可能没办法吧，尚美心想。当年提出将跨年晚会做成假面舞会的，正是藤木。

这时，桌上的电话铃响起。液晶屏上显示是1701号房间的来电。尚美赶紧接起电话："仲根女士，让您久等了。这里是饭店礼宾台。"

"啊，那个，是山岸吧？"电话里传出男人的声音，尚美微微一惊。一瞬间，她以为是仲根绿的丈夫。

"嗯……是的。"

"现在如果有空的话，可以请你过来一趟吗？"

尚美这才听清楚，声音的主人是日下部，语气听起来很平静，应该没起什么冲突。

"去房间，对吗？"

"是的，1701号房间，有些事情想问问你。我把用餐时间稍微往后延了延。"

"明白了，我这就过去。"挂掉电话，尚美立即站起身来。

新田的背影已经远去，应该是回办公楼了吧。虽然很在意他刚说的关于仲根绿的新真相，可现在也没空等他回来了。

日下部想要问什么呢？那两个人的对话究竟是怎样展开的？尚美揣着满心的不安和好奇走进了电梯。

到了1701号房间门口，尚美调整了一下呼吸，然后按响了门铃。

门很快开了,是日下部。"让你专门跑一趟,真是不好意思。"他说道。看见他平静的表情,尚美心里一直悬着的石头终于落地了。应该没有出现什么令人尴尬的场面。

"您想问的事情,是什么呢?"

"你先进来吧。虽然这也不是我的房间。"

尚美说了声"打扰",随即走进房间。从昨天到现在,尚美已经是第三次进这个房间了。

她跟日下部走进客厅,仲根绿正坐在两人座的沙发上,脸上也浮着微笑。餐桌上放着两个茶杯,可以看见日本茶茶包。

日下部搬来一把椅子,又指了指单人沙发:"你也坐吧。"

"谢谢,我站着就好。"

日下部点了点头。"托你的福,我才能够和仲根女士单独聊天,非常感谢。"

"如果能让您满意,我也很高兴。"

"关于我为什么要给仲根女士送出特别服务,我已经向她说明了。从我对她一见钟情,到向你提出想单独和她见面的无理要求,然后你为我想了一出'长腿叔叔作战计划'。很幸运,仲根女士没有生气,反而感谢我。我真是太高兴了。"

"那真是……"尚美说着将视线移到仲根绿身上,"对您隐瞒了事实,真是太抱歉了。"

仲根绿依旧微笑着摇了摇头:"是我要跟你说'谢谢'。这不是嘲讽的话,是真心的。"

"您能这样说,我就安心多了。"

"但是,山岸,我又被甩了。"日下部接着说道,"仲根女士已经有丈夫了,这次是夫妻两人过来的。"

尚美转向日下部,低下了头:"其实我知道。"

"是吗?尽管如此,你也没跟我说明真相,内心一定很煎熬吧?"

"与其说煎熬,不如说痛苦。"

"痛苦……或许吧。"日下部脸上转而露出笑容,然后认真地看向尚美,"刚刚仲根女士跟我说,你跟她说的是我想见他们夫妇二人,而不是和她单独见面。"

"……是的。"

"仲根女士说,她丈夫正好有急事出去了,所以才是我们两人单独见面。如果仲根先生没出去的话,该怎么办?你岂不是完成不了让我和仲根女士单独见面的约定?"

尚美开始支支吾吾,抬起头看着日下部:"日下部先生,难道您想问我的事情……"

"是的,就是这件事。让我和仲根夫妇见面,蒙混过去?我没想到你会这么做,我觉得不可思议。还是说,你别无办法,除此之外只能放弃,所以这只是你的备选方案?"

尚美被问得张口结舌。如果解释,一定会涉及仲根绿的秘密。再来,也就不得不跟仲根绿表明,其实饭店已经知道她丈夫并没有住在这里。这样直说可以吗?

"怎么了?为什么回答不上来?"日下部催促道。

不然就说这是个备选方案吧,原本就是打算让日下部先生和仲根夫妇见面。如果能这样收场,就什么问题都没有了。尚美刚要开口——

"没关系的,山岸小姐。"仲根绿说,"请你把真相说出来吧。你已经注意到了,对吧?"

"仲根女士……"

"我的丈夫,名叫仲根伸一郎的男人,并没有住在这里。"仲根绿说着,瞳孔里是豁达的神色。

35

"死了？"听完本宫的话，站在一旁的新田身体僵住了，"你没开玩笑吧？"

"现在都忙得不可开交了，你觉得是跟你开玩笑的时候吗？"本宫皱着眉头，用手指弹了弹手上的文件，"是爱知县警察局追加的信息。好像是仲根伸一郎以前的房东发现的。据说退租的原因是本人死亡，消息确凿。"

"死因呢？"

"听说是肺癌。去年年末的时候住院，今年三月去世。更加具体的信息还在请他们调查，但是好像没有什么人为事件。"

"婚史呢？"

"不清楚，但死的时候好像是独居。房间的退租手续，是家人给办理的。"

新田低声自言自语："所以丈夫才不可能出现在饭店……"

"原来如此，原来已经死了。现在你怎么认为？"本宫斜着眼看着新田，"用一个已经死掉的男人的姓名，伪装成夫妇一直住在饭店，这个疑点重重的女人到底有什么目的？给在别处计划犯罪的男人制造不在场证明的说法也不复存在了。"

新田转了转脖子，大脑迅速运转，但此时此刻依旧毫无头绪。刚想回答"我也不知道"时，手机来电话了，是山岸尚美打来的。

"不好意思，我接个电话。"跟本宫示意后，新田接起了电话。

"我是新田，发生什么事了吗？"

"我是山岸，新田先生，百忙之中打扰你，实在抱歉。现在可以稍微占用你一点儿时间吗？十分钟就够了。"听起来，仿佛是谁拜托她打这通电话。

"嗯，有什么事吗？"

"其实，我现在在1701号房，也就是仲根女士的房间。她有事情想跟我们解释，关于她丈夫的。"

新田握着手机的手紧了紧："所以呢？"

"仲根女士说：'如果昨晚过来告知有灯光秀的那位工作人员现在也有空的话，能否叫他一起过来，让他看到了我不体面的样子，想解释一下。'"

"不体面的样子？啊……"是眼泪，新田明白了，她可能是注意到自己看到了她的眼泪。"知道了，我这就过去。"挂掉电话，新田向本宫说明了事情的原委。

"如果能听到本人的说明，那是最准确的。快去吧。"

"好的！"新田回答道，然后环视了一圈房间，"哎？组长呢？"

"因为假面舞会的事，去了总经理那儿一直没回来。都这么长时间了，怕是很难说服他吧。"

"也是，谁叫对方是藤木先生呢。"

"希望渺茫啊。"本宫一副已然放弃的表情。

新田走出会议室，回到主楼。到了1701号房间，他发现除了仲根绿和尚美，在场的还有日下部笃哉。

"让你专程过来一趟，实在不好意思。"仲根绿看着新田致歉道，

"因为也想让你听听我的解释。"

"非常感谢。"新田回答。究竟是怎么变成现在这样的，之后问尚美就好了，新田心想，现在还是先听听到底是怎么一回事吧。

"我丈夫——"仲根绿紧接着摇了摇头，"一定要说得很准确，对吧？确切地说，不是我丈夫，而是原本应该成为我丈夫的人，在今年三月的时候去世了，死于肺癌。确诊是在去年年末，转眼间那个人就再也回不来了。"这和之前从本宫那儿听到的消息完全一致。"住院之前，我们还有一个小小的期待，就是我们一起在相遇的东京度过跨年夜，也就是他生日那天。饭店就定在这里，东京柯尔特西亚。他知道这里著名的'假面之夜'，一直说想来这里住一次。令人遗憾的是，这个计划没能实现。跨年那天，是我们两个一起度过的，只不过是在病房，不是饭店。"

仲根绿说到这里，房间的门铃响了。

"好像是送餐服务到了，山岸小姐，可以帮我去开一下门吗？"

听仲根绿这样说，尚美应了声"好的"，便起身走出客厅。她不久就回来了，跟在后面的是推着餐车的男服务生，餐车上摆满了各种各样的料理。

"仲根女士，这些菜如何处理？需要摆上餐桌吗？"尚美询问道。

"不用了，待会儿我自己来。可以先帮我把蛋糕拿出来吗？把蛋糕摆在这个桌子上。"

"好的。"男服务生答道，从餐车的下层拿出了一个四方形的盒子。

"盖子就那样盖着就好。"

服务生将盒子摆上桌子，说了句"先告辞了，请慢用"，便退出了房间。

"在他住院期间，我们俩还约好了。"仲根绿再次回到刚才的话题，"他的下一次生日，一定要在东京柯尔特西亚大饭店庆祝。他去世之后，这个约定一直在我脑海中挥之不去。等到他的生日越来越近时，我再也忍不住了，等回过神来，已经预订了这个饭店的三晚住宿。因为去年的计划就是这样，所以想也没想就用了他的名字。"

"所以你的本名，"新田开口道，"其实是叫牧村绿，对吧？"

她脸上的表情缓和了些："是的，之所以说自己叫仲根绿，是因为完全没有想到需要出示信用卡。"

"失礼了。"新田道歉。

"我当时想着可能已经暴露了吧。但说实话，怎么样都无所谓了。我无论做了什么，也都只是想完成去年和他未完成的约定。在房间里一边看夜景，一边喝香槟。早晨叫一份客房送餐服务，喝一杯暖暖的咖啡。当然，我这几天都是点的两人份，在桌子上放着他当时正在读的书，以及被发现患上肺癌后就再也没有抽过的香烟。他抽的最后一根香烟的盒子，到现在我都还留着。"

"Zippo 的打火机也是？"

"是的，"她轻轻地点头，答道，"是他非常喜欢的东西，虽然现在没有灌入汽油。"

原来是这样，新田好像有些理解了。洗发水、牙刷一直都用两人份，原来不是要掩盖什么，而是对她爱的男人的纪念。

"昨晚的灯光秀，非常精彩。看着一幅幅场景，我不禁想，多希望他能和我一起看啊，然后突然就……"仲根绿表情僵硬地撑了一会儿，然后深深吸了一口气，勉强挤出一个笑脸，对新田说道，"所以才让你看到了我那么不堪的样子。"

新田不知道该回答些什么，只是点了点头。

仲根绿从旁边的包里拿出一张照片，放在餐桌上那个蛋糕盒子的旁边。是那个蛋糕的照片。"去年的这个时候，我在病房给他过了生日。特意让开蛋糕店的朋友专门制作了这个生日蛋糕。"她转而望向尚美,"今天早上又看了看这张照片,觉得今年也要用同样的蛋糕给他庆祝生日。但这个尺寸的蛋糕一个人吃不了。即便如此,还是想要这样一个蛋糕做装饰。"

原来如此,于是才……尚美恍然大悟似的点了点头。

"跟你提出这么为难的要求,真是不好意思。"

"不,不,这是我应该做的。"

仲根绿双手打开白色盒子的盖子。看到里面的蛋糕,日下部不禁轻声惊呼。新田也不由得瞪大了双眼。这个蛋糕和照片上的简直一模一样,完全看不出来是仿造的模型。新田再次感叹,不愧是山岸尚美。

"您能帮我做出这样精美的蛋糕,他在天国一定也会感激的。"

"谢谢您,这是对我最大的褒奖。"尚美低下头。

"那么,"仲根绿将双手合在胸前,"我已经解释完了。各位还有什么疑问吗?"

尚美将询问的目光投向新田,新田沉默地摇了摇头。

"我们这边没有疑问了。"尚美回答道。

"我倒是还有一堆问题。"日下部说道,"但不是这件事,而是关于您的事情,比如您的兴趣爱好、最喜欢的音乐是什么。"

听到日下部的话,仲根绿脸上不禁露出了微笑。"那我提个小建议,如果日下部先生今晚的晚餐还没有预订的话,在我房间吃如何?反正也是两人份的。"

日下部挺起腰:"真的可以吗?"

"这几天我总是一个人吃饭,也慢慢觉得孤单了。吃不完的饭菜总是倒进厕所冲掉,也让我觉得很难受。"

原来是这样,新田这才明白。只要不是超级大胃王,这个饭店的双人特别晚餐一个人是无论如何也吃不完的。

"那请务必允许我留在这里和您一起用餐。"日下部脸上的喜悦满溢出来，转过脸对新田和尚美说，"能否拜托二位再给我们来一瓶香槟？"

"好的。"新田和尚美同时答道。

36

"仲根女士的话太令我震惊了。"走出房间,二人向电梯走去,新田不由得感叹道,"但说真的,饭店这种地方,就是会有各种各样的人来。这个世界上,多的是不可思议的事。"

"有一点我还是太粗心了。明明是生日,却准备了不能吃的蛋糕,实在奇怪。当她向我提出这个要求的时候,我就应该意识到,这是不是给某位已故之人的供品。"尚美声音沉闷了下来。

到了电梯间,新田按下按钮。"就算意识到了,你要做的事情不也还是一样吗?"

尚美微微闭上眼,摇了摇头:"还有很多我本应该注意到的地方。仲根女士今天不得不这样坦白,也是因为我的错误判断。我想,仲根女士原本一定不想让人知道这件事情。"

电梯到了,二人乘上电梯,新田苦笑道:"你还是老样子,全身的责任感。告诉你,操太多心对皮肤不好哦。"

尚美瞥了一眼新田,没好气地说:"多谢提醒了。"

电梯在十二层停了下来。电梯门打开,尚美看见走进电梯的女人,不禁有些紧张。是那个女人——贝塚由里。

尚美偷偷看了一眼新田,他装作不知道的样子,但不可能没注意到。

电梯到了一层。女人快速走下了电梯。尚美和新田也跟着出来。女人向大堂走去，好像是要去饭店的餐厅。看到这场景，新田发出一阵奇怪的声音："哎呀呀呀。"

"你怎么了？"

"不是，是那个，其实——"新田告诉尚美，一个小时前，曾野昌明和家人一起进了饭店餐厅。"到底怎么回事？难道两个人没有商量好不要碰面？"

"或许是男方单方面想商量不要碰面，女方并没有同意。"

"为什么？"

"因为，"尚美看着新田的脸说道，"一起出现在餐厅，对女方来说没有任何为难之处。反倒可以看看这个出轨的男人慌张的样子，不是一件有趣的事情吗？况且，这也是个好机会，观察一下这个男人平时在家是怎么和家人相处的。"

新田目不转睛地盯着尚美："你昨晚说到那个女人的时候也是这样，你总是用这样一副假装正经的表情，告诉我一些可怕的事。"

"如果真是这样，我倒有些同情那个男人了。现在，他恐怕如坐针毡吧。时时刻刻注意着情妇的目光，哪还有心思好好陪家人。"

"能怎么办？都是他咎由自取。"

两人快到礼宾台时，一对年轻夫妇走了过来。尚美看到两人，一下子露出了笑容，是那对说话带着关西腔的新婚夫妇。

"晚上好，二位现在要出门吗？"

"刚吃完饭，看时间还有些早，想着找个店去换装。"男人说道。

"太好了。已经决定好服装了吗？"

"嗯！"女人说话精神十足，言语中透露着期待，"虽然纠结了很久，但还是选了最适合自己的服装。"

"是吗？虽然很想知道，但我现在还是别问了。"

"是呀，如果有机会让你看到就知道了。"

"那请二位一定好好享受今晚的舞会，二位慢走。"

目送这对夫妇高高兴兴地走出饭店后，新田说道："他们俩好像也要参加假面舞会。刚才他说要去找个店，什么店啊？"

"卡拉OK店。那里出租变装用的服饰。"

"这样啊。"新田点了点头，然后叹了口气，"也就是说，变装的服饰还有可能是租借来的。接下来，穿着怪异服饰的人会越来越多吧。"

"因为这是我们饭店最知名的活动之一。"

"这就更糟了。"新田皱着眉头，把手伸进了上衣内侧的口袋，好像有电话来了。新田把手机放到耳边："您好……哎？真的？这次又是什么情况？……啊？什么？假面人偶？……是，山岸现在就在旁边。……好的，明白了。我和她商量一下。"新田挂掉电话，转头问尚美："接下来……你能陪我办一件事吗？"

"什么事？"

"晚会是在饭店三层的宴会厅举行，对吧？会场好像已经准备好了，可以和我一起去看一下吗？"

"没问题，只是……怎么了？"

"我边走边跟你说，先过去。"

新田快步走向电梯间，尚美紧跟在后面，步伐有些慌张。

"告密者又发来新的消息，"坐上电梯后，新田开始说，"这次好像是来确认警方是不是真的来饭店了，如果警方已经在现场做好准备，就按照指示行动。"

"按照指示行动？什么指示？"尚美询问道。此时，电梯到了饭店三层。

这层有两个宴会厅。较大的一个在靠里侧,叫"钻石厅",是个大宴会厅,如果是站着用餐的鸡尾酒会,可容纳上千名客人,即使是坐着吃的正餐,也能容纳七百名。通常用来举办庆祝晚宴,有时还用来举办时装秀。"假面之夜"就在这里举行。

两人走过去,看到走廊中间立了一块标识牌,上面写着"无关人员不得入内"。再往前看,圆形的台子上立着一个穿着黑色长裙、戴着鲜红假面的塑料女模特,左手举着一个金色的葡萄酒酒杯。

"啊,那个就是他说的假面人偶吧。"

"那个人偶叫'假面夫人',象征这个舞会的举办者,在这里迎接每一位客人。"

"每年都会摆出来吗?"

"是的,就是为此专门制作的。"

新田双手交叉抱在胸前,点了点头:"原来如此,他指的就是那个吧。"

"你不要好像一个人明白了似的,刚刚的事情还没说完呢,告密者给了什么指示?"

尚美说完,新田指了指那个人偶:"指示是,在假面夫人的金色葡萄酒酒杯里插上鲜花。如果晚上十点前还没有插上,他就会认为是警方没有行动,那接下来就不会再给任何消息了,也不会告诉我们杀人犯戴着的是什么假面。就是这样。"

"在葡萄酒酒杯里插上鲜花……"

"花的事情,可以拜托你吗?"

"明白了,晚上十点对吧?"尚美看了看手表,马上就到八点了。

"我先去找找有没有什么好看的花。"

"交给你了。再就是……"新田用手摸了摸下巴,"告密者的目的到底是什么?"

"好像也不是为了帮警方抓凶手。"

如果只是为了抓住凶手，就不用这样拐弯抹角了。

"已经查了监控录像，这个人偶刚刚才摆出来，之后除了饭店相关人员没有任何外人来过这层楼。而告密者知道假面夫人手上举着金色酒杯，也就是说，他要么是饭店员工，要么曾经参加过假面舞会，知道舞会开始前一定会摆出人偶。"

"我不认为会是什么饭店员工。"尚美用强硬的口气回应道。新田则默不作声，好像在思考着什么，似乎听不进自己人的意见。

新田胸前传来一阵震动声，又来电话了。他把手机从口袋里拿出来，放到耳边。"你好，我是新田。……嗯，人偶已经确认了，花拜托山岸去准备了。……明白了，我马上过去。"新田挂断电话，重新将手机放回胸前的口袋。"本部叫我过去一趟，我现在去办公楼，花的事情，就拜托你了。"

"出什么事了吗？"

"对策会议。终于要到和凶手一决胜负的时候了。"说完，新田快步赶向电梯间。

37

会议室里弥漫着紧张慌乱的气氛。

上岛等年轻刑警站在会议室的白板前，将附好资料的照片一一贴在白板上。扫了一眼照片，新田突然瞪大了眼睛。第一张照片上的，正是刚刚入住的"蝙蝠侠"。下面附着的资料是一名叫山下和之的人的驾驶证复印件，旁边还标上了电话号码和邮箱地址。新田回想起刚刚那个"蝙蝠侠"确实是用山下这个名字入住的。"蝙蝠侠"旁边是那个"猫女"的照片，只不过没有附上任何参考资料，或许真实面貌和姓名都不得而知吧。还有很多照片，无一不是戴着假面的客人。

"这些是戴着假面办理入住的客人信息吗？"新田询问道。

"是的，但我实在不懂做这个有什么意义？"上岛继续说，"哪怕就是这个'蝙蝠侠'，虽然他是网上付款，但我们也还是无法确认他是否是山下和之本人。假面背后，不见得就是驾驶证照片上的这个人。"

"确实。"

"就算如此，也不能放任不管吧。"本宫从新田后面走过来。

"总之，我们先将戴着假面的客人的装扮和名字一一对应起来。"

"你继续看，这里面竟然还有这么无厘头的家伙。你看这个名字。"

上岛拿出一张照片和备注。照片上是一张用绷带裹得严严实实的脸。

"这是什么玩意儿?嗯……KINOYOSHIO,名字是有点儿奇怪,但怎么了吗?"本宫看着备注。

"哎?你没想到什么吗?"上岛眼睛都瞪圆了。

"让我看一下。"新田从本宫手上接过备注,忍不住扑哧一声笑了出来。这名字不就是"木乃伊男"吗?只不过如本宫所说,罗马音一栏里写着"KINOYOSHIO"。

"这有什么奇怪的!"本宫有些生气。

"本宫警官,木乃伊三个字其实读作MIIRA,所以这里写的是'MIIRA男'。①"

"MIIRA?木乃伊?用这样的名字也可以入住?"

"可能是预订饭店的时候就用了KINOYOSHIO这个读音吧。前台接待员可能只是确认了汉字,像本宫警官一样不知道'木乃伊'三个字应该读作MIIRA。这个名字一旦预订成功,饭店方就不能拒绝客人入住了。笔记上写着现金支付,交了七万日元的押金。"

"也就是说,这个人完全就是用的假名。"本宫将绷带男的照片还给上岛。

"所以说这个人就是瞎搅和嘛。"上岛一边说着一边把绷带男的照片及备注贴到白板上。

本宫十分恼火地挠了挠头:"什么假面舞会,净跟我整些无聊的事情!"

"和饭店的交涉也失败了吗?"新田看着稻垣。组长正在打电话。

本宫咧着嘴点了点头:"总经理说,本来就是让客人过来享受假面的乐趣,不可能要求客人展示真面目,然后拒绝了组长。"

---

① 日语中,"KINOYOSHI"的读音也可以写作汉字"木乃伊",但有"木乃伊"词义的读法是MIIRA。

"果然。"新田脑海里一下子出现了藤木那张阴阳怪气的脸。

"警备室说，入住饭店的客人也换好装扮从房间出来了。"

"这么说，大堂已经聚集了一堆这样的怪物了。"

"舞会还有两个多小时才开始，这些家伙也太急迫了吧。"

"肯定是想着好不容易变一次装，不得多出来展示一会儿？为了确认监控录像，我们也派了人去警备室，但是这次舞会有几百人参加，想要把这些人全部准确无误地检查完毕，恐怕是有些困难。"

"只能缩小范围，检查那些看上去举止奇怪的人。说起来，浦边那边有什么动静？"

"安排在浦边房间附近监视的人说他还没有任何行动。他点的咖喱饭是关根送过去的，那之后就再没有开过门了。"

"浦边没有申请参加跨年晚会，哪怕接下来一直不出房门，也不算很奇怪。"

"但是，不是有监控录像？偷窥宠物店的男人，一定就是浦边。"

"确实，所以我想他一定会有什么举动。"

"虽然不知道他想做什么，但如果他就是凶手，事情就很简单了。"本宫表情严肃地低声说道。

此时，外面传来一阵嘈杂声。房门开了，渡部探头进来："矢口组长他们到了。"

"请他们进来吧。"稻垣说。

渡部将房门敞开，身材高大的矢口立马走了进来，向稻垣抬了抬手："辛苦了。"

"您也辛苦了。"稻垣回应道。

矢口身后的部下也跟着走进房间，其中几人抱着纸箱子，随后放在地板上。能势也在其中。看到新田，他拨开人群走了过来。

"监控录像你看过了吗？"能势小声询问道，"三年半前遇害的室濑亚实住过的公寓监控录像。"

"大致看了一下，但案发当天的录像里，好像并没有和这次案件相关的人出现。"

能势懊恼地点了点头："非常遗憾，正是如此。可能是我的假设出现了错误。"

"不，现在下结论为时尚早。嫌疑人行凶后，可能还有其他不被监控设备拍摄到却能离开公寓的办法。"

"但这次的案发现场 NeoRoom 练马公寓，除了正面玄关以外，能够进出公寓的只有紧急出入口了，那里 24 小时都有安保公司管理，案发前后并没有出入记录。"

"三年半前那个案子如何？公寓没有其他出入口了吗？"

"还不知道，应该需要确认一下。"

"那麻烦你了。这两个案子有太多共同点。一定有什么——"说到这里，新田觉得自己声音太大了，赶紧停了下来。此时，周围已是一片安静。新田惶恐地看了看旁边，稻垣和矢口都冷着一张脸看着他们两人。

"看你们聊得热火朝天的样子，密谈结束了吗？"稻垣询问道，"如果你们那边结束了，我就开始我们的对策会议。"

"啊！实在不好意思。"新田缩了缩脖子。

稻垣闷闷地叹了口气，让本宫把示意图拿出来。

本宫和上岛等人把一张大大的纸在桌子上铺开。上面画着的是用四方形表示的墙，以及几扇可以双向开合的门。很明显，这就是举办跨年晚会的大宴会厅的图纸。可能是从饭店宴会部那里拿来的。在图纸的各个位置，分别用红色记号笔标上了魔术、表演区、舞池等字样。摆放饮品及点心的餐桌位置也一目了然。

"参加晚会的客人目前已经确定下来的就有四百五十余人，稍有松懈就会错失目标。"稻垣扬声说道，然后转向矢口，"我们在会场安排了多少人手？"

矢口站在桌子旁，俯看着图纸。"四百五十人，已经是很惊人的数字了。警力也不是安排得越多效果就越好。沿着三面墙，每面墙各两名，共六名，入口附近两名。现在的问题是，会场中央应该布置多少人手？"

"会场中央也安排两名呢？这样总共十名。其实，饭店那边也希望扮成客人进入会场的刑警人数控制在十名以内。"

"是吗，为什么？"

"说是在会场里不吃不喝也不聊天，只是观察周围的人如果太多了，整场晚会的气氛会被破坏。这么说也不是没道理。"

"那把一部分人扮成饭店员工如何？"矢口看着新田的工作服说道。

"不行，我提了这个建议，也被拒绝了。说是不能好好为客人服务的工作人员会有损饭店声誉。"

矢口皱着眉，无奈地挠了挠后脑勺："这样啊。"

"就十名吧。分成两组，一组在靠近入口处，一组在离入口较远的地方。"

"我觉得可以，其他作为机动人员，在会场外随时待命，如何？"

"我觉得很好，赞成。"

身经百战的刑警会议一贯迅速，人员分配也很快确定了下来。新田被分到了机动人员组。

"你这副打扮不会被客人怀疑，哪儿都能去。问题是其他人员……"稻垣扫视了一圈，转头对矢口说，"参加晚会的人都会变装打扮，穿着普通衣服只戴假面也没问题，但饭店方说只戴假面的客人年年减少，也就是说，我们如果穿成现在这样进去就会很显眼。

为了更好地融入晚会,我觉得有必要变装。电话里跟你商量的东西,准备好了吗?"

"嗯,我已经拿过来了。这群年轻的家伙,倒是给凑了很多。"矢口忍不住笑了出来,然后用眼神示意自己的部下。

两名年轻刑警打开放在一旁的纸箱,取出几件服饰,展开来给大家看。

"哇哦——"人群里立马一阵骚动。

那是蜘蛛侠和假面骑士的服装。

38

对策会议就此告一段落,新田走出会议室打算回主楼。但刚下楼梯,就被身后的人叫住了。"新田警官!"新田回过头,看到能势正追过来,手上提着一个纸袋,里面装的应该是假面舞会用的衣服。能势也是在周边待命的机动人员,没有被安排到会场里面。

"有些话想跟你说,借用一点儿时间行吗?"

"那和我一起去主楼吧,正好有个适合密谈的地方。"

二人穿过马路,从普通出入口进到了主楼。等到大堂,两人不禁呆住了。人数又增多了,而且都是变装过的。"黑武士"正和"面包超人"聊天。如果不知道接下来要举办假面舞会,这还真是一个超现实的场景。

"哈哈,大家还真是用心打扮了呢。"能势看着周围,不禁发出一声感叹。

"刚才说我们如果穿着正装制服会显眼,一点儿也不为过吧?"

"确实。"

新田坐上通向二层的扶梯,想要借用婚礼场地。跨年夜应该没有人会用那个房间。

从扶梯下来,新田随意瞥了一眼一层大堂,不禁倒吸一口冷气。

曾野昌明一行人从饭店餐厅出来了。让新田如此惊讶的是，跟在曾野和他儿子身后的竟然是两个女人。其中一人是曾野的妻子，另一个和她愉快交谈的女人，不是别人，正是贝塚由里。

"那两个人，原本就认识吗……"

"哎？怎么了？"能势也往下望了望。

新田指着正穿过大堂走向电梯间的曾野等人，向能势简单解释了曾野和贝塚由里的关系。

"嗯……大概就是在与情妇幽会的饭店不小心又和情妇相遇了，碰巧还是在和家人一起的时候。那个男人日常的作风可真是恶劣。或者说——"能势颇有深意地收住了话。

"或者说什么？"

能势回过头，眼睛笑成一条线："或者说，情妇是故意的。对于和有妇之夫交往的女人来说，圣诞节、新年什么的，是最容易让人忌妒的时候。只剩自己一个人，男方却和家人一起幸福地享节日。想稍微去搅和一下他们，这种想法也不是很奇怪吧。"

"你跟山岸说了同样的话。女人真是恐怖的生物。但那个姓曾野的男人，真是糟糕透了。更糟糕的是，说不定那个男人本来就是和自己妻子的好朋友出轨。"

"这种事不是经常听到吗？男人到了一定岁数，结识陌生女性的机会就少了，可女人在这个时候却有很多途径认识女性朋友。举个例子，比如孩子上幼儿园、小学，就能和其他孩子的妈妈成为朋友。沾妻子的光，开始外遇的男人不在少数。"虽然不知道能势从哪儿听来的这些话，但他的口气倒是充满自信。可能是最近在处理什么和外遇有关的案子吧。

"真是个糟糕透顶还不要脸的男人，这么一想，或许就该让他吃些苦头。"

婚礼场地和预料中一样空无一人，连照明灯都没开。新田按了下开关。

"真是受不了，这把年纪了还要变装打扮。"能势一屁股坐到椅子上，长长地叹了一口气。

"你要扮成什么样子？"新田指了指纸袋。

"这个……"能势欲言又止地从纸袋里拿出一套雪白的衣服，还有头巾和墨镜，"现在都不知道还有没有人知道这个了。"

"嗯……我在哪个怀旧电视节目里看到过。难道……是叫什么假面来着？"

"月光假面。新田警官不知道很正常，是我父母小时候很流行的英雄人物。"能势一脸生无可恋地把衣服放回纸袋，"就算要穿，也给我来个更帅气的啊。"

"你之前说要跟我讲的事就是这个？"

"不是，当然不是。"能势连忙摆摆手，"是关于之前那个可疑人物的。好像是姓浦边？"

"浦边干夫，他怎么了吗？"

"监控录像拍下他偷看宠物店了对吧？然后，我傍晚的时候去了一趟 NeoRoom。"

"和泉春菜曾经住过的那个公寓？"

"是的，有证人说和泉的房间经常有男人出入，这个新田警官是知道的。我给那些目击者看了浦边的影像，结果大家都说不是这个人。虽然没有人准确记住进出和泉房间的男人的长相，但是据说体形和浦边完全不一样，那个男人要更瘦一些，脸也小些。"

"哦？原来如此。"新田脑海里浮现出浦边的外貌，虽说不上肥胖，但微微有些发福，脸盘也偏大。"公寓的监控录像里确实没有拍摄到浦边，所以不能判定他就是凶手。"新田接着说，"但因为宠物店的监控录像，又不得不让人怀疑他。"

"正是如此，新田警官。浦边偷偷去看宠物店是在十二月五号，和泉春菜已经遇害了。如果浦边是凶手，他为什么要去窥视宠物店？难道是去看看一直按时上班的宠物美容师突然没来店里，宠物店有什么反应？我觉得不大可能。"

能势想说的，新田其实也知道。

"相反，如果浦边只是想去看看和泉在不在店里呢？也就是说，他在找和泉，并不知道和泉已经被杀害了。"能势恍然大悟般拍了一下手，指着新田继续说道，"就是这样。那么，他为什么要去找和泉？如果是有什么事的话，与其去她上班的地方，他应该还有其他途径联系她。"

"比如用电话、信件或者社交软件给和泉发信息。实际上，浦边可能也用这些方式联系过和泉了，只不过电话打不通，信件和信息也没收到回复，于是很担心，才跑去宠物店偷看。"

"我想，事情会不会是这样。"能势小心地推测道，"有可能浦边并不知道和泉的电话号码和邮箱地址，只是单纯地去看自己暗恋的人；又或者，浦边仅仅只是因为喜欢小动物，才偷偷过去看，和整个案件及和泉都没有关系。"

"不，不管怎么说，宠物店监控录像里拍到的男人，正好出现在这个饭店，并且还是在这个时候，怎么想都不会是巧合。何况，这个男人本来疑点就很多，极有可能使用的是假名。从他出现在宠物店的时间点来说，他确实有可能是因为电话和信件联系不上和泉，所以才去她上班的地方看看。"

"新田警官，听你这么说，我心里就有点儿底了。那新田警官觉得浦边和和泉是什么关系？"

"什么……关系？"

"仅仅只是认识吗？"

"不，这个……"

新田仔细想了想，双方交换了电话号码和邮箱地址，并且在联系不到对方时会担心地去对方上班的地方偷看，这会是什么关系？浦边知道和泉春菜上班的地方，却不知道她家住的地方。如果知道，应该会去家里找她，那么监控录像里应该就会拍到他的身影。

不知道家的地址——想到这里，新田脑海中好像有一束光猛然拨开迷雾。

"和那次一样！"新田说道，"三年半前那个受害者，当时有正在交往的男友，对吧。叫什么名字来着，据说是一个想要成为画家的人。"

能势赶紧打开备忘录："野上阳太。画具店的一名店员。"

"他也不知道自己女朋友的住址。浦边也是，虽然同和泉正在交往，却并不知道和泉住在哪儿。"

能势忍不住笑起来，十分期待地舔了舔嘴唇："看来，新田警官快和我想到一块儿去了。"

新田瞪了瞪眼前这个嘴脸狡猾的警察："能势警官也不是什么好人。你只是在假装推理，其实是在考验我有没有注意到这件事情吧。"

"考验什么的，完全说不上。我只是想确认一下自己的推测是不是想多了。多亏了你，我现在确信了。"

"如果我们的推测是正确的，那么这个案子和三年半前那个案子就越来越相似了。想成为画家的青年不知道自己恋人的住址，按照山岸的说法，是因为这个女人脚踏两只船。这一次，经常出入被害人和泉房间的也不是浦边，而是另有其人。"

"所以我们发现的新的共同点就是，这两名被害人都曾脚踏两只船。但新田警官，我们可不可以认为凶手是一个忌妒心极强的男人，接受不了正在和自己交往的女性出轨,所以一气之下将其杀害?"

新田指着能势的鼻子,说道:"可精明的警官脸上写着,事情不应该这么简单。洛丽塔[①]的例子不就是吗?我认为这背后一定隐藏了什么更深刻的内情。话虽这么说,但目前对浦边的真实身份还只是大致的猜想,一切都还在推测阶段。"

"现在的关键就在于如何把这个推测运用到案件侦查中了。"

二人对视一眼后,同时点了点头。

稻垣双手交叉抱在胸前,闭上了眼睛。相反,矢口瞪着眼睛望向天花板。本宫绷着一张脸低着头,保持着这个姿势一动不动。

还是那个会议室,但此时没有其他人。当新田和能势对稻垣说"有件事想跟您好好谈一谈"的时候,稻垣好像察觉到什么,把其他人都支走了。

"您觉得我们的推测如何?"新田谨慎地小声询问诸位上司。稻垣睁开眼,看向矢口,摊开手掌,好像在示意"说说你的意见吧"。

"有一定的说服力。"矢口思索着摸了摸额头,接着说,"不能肯定说浦边就是被害人的恋人,但两人很大程度上有着一定的关系。"

"但问题是,"稻垣接过话,"浦边,他为什么会来这个饭店?"

"正是如此。假设到目前为止的推理是正确的,浦边既不是凶手,也不知道凶手是谁,那么他也不是告密者。在这种情况下,他今晚为何出现在这里?能够想到的原因只有一个:他是被人叫出来的。"

矢口瞪着眼睛,稻垣低声问了一句:"被谁叫出来?"

"在回答您这个问题前,还请您再听一段我们的推测。关于告密者的目的。让我们在假面人偶的葡萄酒酒杯里插上花,是想确认警

[①] 纳博科夫同名长篇小说中的人物。该作描述了中年男子亨伯特与其继女洛丽塔的不伦恋情。在洛丽塔长大并离开他后,亨伯特出于妒忌枪杀了带走洛丽塔的人。

方有没有真的出动。显然，告密者也来了这个饭店。他的目的何在？仅仅只是想看凶手被逮捕吗？"

对于新田的问题，两位长官默不作声，表情严肃，看起来像是在考验自己部下的推理能力。

"别在那儿装模作样了，有什么推测赶紧说！"站在一旁的本宫终于耐不住性子了，"已经快没时间了！"

新田点点头，继续说道："直截了当地说，这可能是告密者与凶手之间的交易。"

"说起来，告密者为何会知道凶手将出现在这家饭店？不是偶然间得知，而是自己命令凶手那样做的，这样想是不是最合理？也就是说，今晚告密者会和凶手在这里会合。除了有什么交易，再也想不到其他目的了。"

"交易的内容是？"

"虽然不能断定，但金钱交易的可能性很大。告密者会不会是以不向警方通风报信为条件向凶手索取金钱呢？"

"这比起交易，更像是威胁。"

"这种说法也不是不成立。"

"但告密者已经将凶手会出现这件事通知了警方。"稻垣在一旁说道，"这又是为什么？最终还是背叛了凶手？假装交易，实则是想让警方把凶手逮捕的英雄情结吗？"

"如果真是这样，我们倒感激不尽了。只是，如果他真有如此可歌可泣的精神，早就应该把和凶手有关的详细信息发给我们了。我认为，告密者的目的，可能仅仅是钱。凶手能不能被逮捕，对他而言都不重要。那为什么还要告诉警方？我想，会不会是凶手也给告密者开出了条件。"

"什么条件？"稻垣问道。

"站在凶手的角度想一想：你掌握了我是凶手的证据，为了不让你向警方告密，我就用钱收买你。这样的做法靠谱吗？"

"并不。"矢口接口道。

"如果我是凶手，一定会让告密者做出保证，保证今后也绝不会让警方知道。如果不这样，之后会被要挟无数次。"

"正是如此。"新田重重地点了下头，"可以想象，为了让这个交易成立，告密者和凶手之间一定交涉过，最终找到了双方都能接受的办法。而实际上，告密者从一开始就没想遵守承诺，而是想着背叛对方，所以才向警方告密。他的计划是从凶手那里拿到钱，然后让警方控制住凶手，这样一来，他本来要承担的那份风险也就不复存在了。"

稻垣歪着脑袋，认同地点了点头。"真有这么麻烦的事情吗？"

"组长，您想想，交易的场所是假面舞会。事情难道不应该更特殊吗？告密者和凶手可是在计划相当缜密的交易方式。"

"但是，"矢口把视线从新田身上收回，转而看向能势，"关于这个具体的交易方式，就连你们也想不到，是吗？"

"是的。"能势答道。

"这样的话，依旧找不到对策不是吗？只能按照计划，等着告密者来联系我们。"

"并非如此。"能势说到一半，把脸转向新田，"之前商量好了，向上司报告这件事，全权交给新田警官。"

"我有办法知道交易方式。"新田看着两位长官继续说，"赌一把，去问问浦边如何？"

稻垣和矢口都没想过这时竟然会出现这个人的名字，脸上的表情显然是受到了冲击的样子。

"刚才我已经说过，浦边是被人叫来饭店的。至于被叫过来做什么，想必二位已经知道了吧。"

"交易的中间人？"稻垣问道。

"恐怕是的。"新田回答，"把浦边叫来的是凶手，还是告密者，这个不得而知，但一定是某一方为了让交易更有利于自己，而在利用浦边。"

"那浦边为什么言听计从？"矢口反问，"一般情况下，难道不是应该通知警方吗？"

"这我就不知道了。所以才要直接问他本人。如果一切正如我们推测，那就能知道告密者和凶手之间究竟有着怎样的交易了。被害人应该就是浦边的恋人，所以为了逮捕凶手，他应该不会不帮忙的。"

稻垣和矢口互相看着对方，好像在等对方给出意见，但显然，两人都很难给出明确指示。

稻垣抬头看了看新田："现在假设有人想利用浦边，那如果我们接触浦边被那人知道了，就有可能会中止交易。"

"当然，这一点必须万分小心。但直到现在，我们都只能依靠告密者提供的信息。警方只不过是被告密者利用罢了。"

"确实如此，如果能够知道对方到底在玩什么花样，我们就能先下手为强了。"矢口看着稻垣。

稻垣连着点了两三次头："嗯，有道理。"

"给尾崎管理官也打个电话吧。"说着，矢口将手伸进上衣内侧的口袋。

39

看着眼前的人偶,尚美不禁呼出一口气。从远处看,假面夫人左手拿着的金色酒杯里好像满溢着红色液体。其实,那不是液体,而是南天竹的果子。新田说要在酒杯里放上花,她好不容易在饭店里弄到了。原本是用来做饭店大堂的新年装饰的,她从里面分了一枝出来。

眼看就要十点了。虽然会场入口的大门还紧闭着,但准备工作想必已经完成了。

尚美身边开始聚集一些迫不及待的客人。其中既有美国漫画中的英雄人物,也有迪士尼的角色;既有认真准备了全套角色服装的参与者,也有身着晚礼服只戴着假面的客人。假面夫人身边开始排起了长队,客人们都等着和假面夫人合影留念。每个人看起来都很享受戴着假面的感觉,光是看着就让人感到幸福。

实际上,事态并非如此悠闲。舞会一旦开始,凶手应该就会出现,又或者,凶手此刻正潜伏在眼前这群轻浮骚动的客人中。

尚美想起从新田那儿听到的来自告密者的指令:夜晚十点前,在金色葡萄酒酒杯里装点上鲜花。这意味着,且不说凶手,至少告密者已经在这附近,正在确认酒杯里插着的红色南天竹果。

尚美环顾四周，经过刚刚那样一想，现在看谁都觉得可疑。因为不知道真面目，那种未知感更加恐怖。

会场入口微微打开，从里面走出来一名身着工作服的男性，是饭店员工。具体是谁，从尚美的位置无法看清，因为他也戴着假面。为了让假面舞会的气氛更加浓厚，提供饮品和点心的饭店服务生也都戴上了假面，遮挡住眼睛周围。

戴着假面的男人靠近尚美。看着胸前的名牌上写着"大木"，尚美很自然地回以微笑。这位正是在日下部的"追求大作战"中，给了尚美很多帮助的法式餐厅经理。连他也被派到了晚会现场。

到了尚美身前，大木摘掉假面："根本看不清前面，这面具的尺寸太不适合我了。"

"但看起来很帅气。"

"我想你应该也知道，等过了十一点，在这层楼你也要戴上假面。"

"知道，以防万一，已经准备好了。"尚美说着拍了拍上衣口袋。

大木回头看了看会场入口，脸上的表情并不兴奋："现在只希望晚会能够顺利结束。说实话，真希望凶手不会出现。"

"我懂你的心情。"

其实，尚美何尝不是这样想。哪怕一刻也好，赶紧恢复正常的生活。但如果什么都没发生就结束了，又会觉得什么地方不对劲。

"对了，上次那位客人最后怎么样了，追求人家最后又惨遭拒绝的那位？"

"如果你说的是日下部先生，他又重振旗鼓了。现在恐怕正在和别的女人共进晚餐呢。"尚美看了看手表，把头偏向一边，"啊，说不定现在已经吃完晚餐了。"

"别的女人？那真是厉害。这么说来，那件事果然没什么关系吧。"大木自言自语地嘟囔道。

"怎么了吗？"

"没有……其实，昨天有我们的员工看到那两个人了。"

"嗯？哪两个？"

"就是，"大木苦笑道，"就是前天夜里的两位主角啊。一个是日下部先生，另一个是用豌豆花回应日下部先生的女人。"

"狩野妙子女士吗……"

"哎呀，我没注意名字。"

"在哪儿看到那两个人的？"

"在汐留。我们的员工因为工作去那边的时候，正好看见他们在咖啡厅。"

"什么时候看到的？"

"昨天。所以大家都在说，难不成是那个女人改变了心意，想着要不还是接受日下部先生的追求好了。但是听了你刚刚的话，感觉那种可能性又很小。"

"那两个人，确定就是日下部先生他们吗？"

"你这样问，我也没法肯定地说'是'啊，毕竟不是我亲眼看到的。只是有这样的传闻。"大木看了看手表，"哎呀，该过去了。你今晚怎么办？回家？"

"不，我打算待到早上。和警察那边也要保持联系。"

"真是辛苦你了。如果想去舞会看看，记得别忘了戴这玩意儿。"大木笑着戴上面具，挥挥手便离开了。

尚美轻轻点了点头。刚刚那番话让她很是在意。

昨天，日下部确实外出了。她和新田一起目送日下部出了饭店。在那之前，日下部拜托给尚美一件大任务——给他和他一见钟情的女人仲根绿创造一个两人独处的机会。如果大木说的是真的，在那之后日下部便去见了狩野妙子。但日下部当时的口气听起来像是已经彻底放下她了。还是说,在那之后狩野妙子主动联系了日下部,两人才见面的?回到饭店的日下部让人丝毫感觉不到他去见了曾经喜欢的人,反而满脑子都是自己刚刚一见钟情的女人,还十分激动地听尚美给他讲完了"长腿叔叔作战计划"。揣着满腹疑问,尚美从会场入口离开了。

回到礼宾台,尚美拿出一个文件夹,里面是整理过的客人的名片。狩野妙子的名片在最上面一页。盯着名片看了许久,尚美突然注意到什么,是"教员 狩野妙子"这几个字。按狩野妙子所说,她的工作包括照顾孩子,教他们学习之类。这样的话,她的职业应该是"教谕"[1]才对?或者说是因为学校不同,所以职称也会不同?

尚美打开电脑,将名片上印着的特别支援学校的名称敲进网页检索栏。现在这年头,什么学校都会有个自己的官方主页。

但是——

这个学校没有。不仅没有官方主页,任何和这个学校有关的信息都没有。尚美突然不知所措,只能束手无策地盯着这张名片。

---

[1] 有教师资格证的正式教师。教员则是一个统称。如果印在名片上,会用较正式的"教谕"。

40

距离午夜十一点，只剩不到二十分钟。从正门玄关处，依旧不断地有变装的客人进来。他们没有停下来，直接走向电梯间。虽然会场还关闭着，但是门口的预热活动已经开始了。

饭店大堂里，之前聚集的假面人群此刻已不见踪影。暗中埋伏的刑警也消失了，应该是已经换好装扮，混进了欢呼雀跃的客人里。恐怕他们此时的心情，已经和一个小时前完全不同了。伪装成客人混进舞会，赌一把告密者给的真伪难辨的信息，不确定连真实面目都不知道的凶手是否会出现，他们只有等待，这在精神上是一种巨大的煎熬。这会不会是一场恶作剧？会不会只是被耍了？刑警们的脑子里时不时冒出这样的念头。

而现在的状况完全不同。警方已经发现一名需要监视的对象，这就表明这次的案件绝不是一场恶搞的闹剧。

三十分钟前，新田和能势、本宫一起来到了0806号房，也就是浦边干夫的房间。尾崎管理官同意了稻垣和矢口给出的方案。

对新田饭店员工的身份深信不疑的浦边毫无戒备地打开门，三人趁机强行进入了0806号房。浦边一脸愕然，不知道发生了什么，但在看到本宫出示警徽的一瞬间，脸色变得煞白。接着，本宫要求浦边出示身份证件。浦边询问理由，本宫表示是为了调查一起杀人案。

"如果没做亏心事，应该没什么不能看的吧。还是说，有什么不能表明身份的苦衷？"

面对本宫流氓般强势的态度，浦边吓得缩成一团，双手发抖地从钱包里拿出了驾驶证。

他真名叫内山干夫，住在东京，并且就住在练马区，距离这次案件的案发现场很近。

"为什么用假名？"本宫质问道。

内山没有回答，只是把头垂得更低，痛苦地闭上了眼睛，看起来像是在等待暴风雨的结束。

"你觉得你这样沉默，我们就没有办法了吗？"本宫突然把话题切入核心，"我们正在调查的杀人案，被害人是一位名叫和泉春菜的女性。"

内山的身体微微抽搐了一下，虽然只是一瞬，却没能逃过新田的眼睛。想必本宫和能势也看在了眼里。

"你认识和泉春菜，对吧？哼，别说你不知道。十二月五号，你跑去宠物店偷看，被监控设备完完整整地拍下来了。就是和泉春菜曾经工作过的那个宠物店。"本宫继续追问。

内山的身体越缩越小，仿佛在拼命忍耐。他坐在椅子上，后背已经缩成了一个球形。

"浦边先生……不，现在应该叫内山先生吧。算了。你能跟我们讲讲你与和泉春菜女士的关系吗？虽然我们也已经察觉到了一些，但还是想听你亲口告诉我们。"

内山仍没有要开口的意思。

"如果这里说话不方便的话，那我们换个地方。"本宫威胁道，脸上的表情像在审讯室时一样。

内山终于开口，小声说道："我……偶尔会和和泉春菜小姐……见面。"

本宫用鼻子发出"嗯、嗯"的声响回应着。

"内山先生，这里都是成年人，说话就别那么拐弯抹角了。告诉我们，是不是那种男女关系？"

内山继续低着头，小声答道："有过那种关系。"

新田和能势对视了一眼——果然跟猜想的一样。

"但是，是最近才变成那种关系的。刚开始的时候并没有想过要——"

内山好像要找什么借口解释，本宫打断他："今天没时间了，关于你们男女关系的细节，我们之后慢慢听你说。比起这个，我们现在有更紧急、更想知道的事情，就是你今晚究竟为什么来这里？请告诉我们。"

内山沉默不语，眼神有些闪躲。新田觉得他应该不是想保守秘密，而是在考虑究竟怎么回答才好。

"内山先生，"新田在一旁插话，"我也是警察，你看我这身打扮应该就知道，这个饭店现在已经完全在警方的监控中了。虽然不知道你接下来要干什么，但你的一举一动都会被监控录像记录下来，暗中潜伏的刑警们也会分秒不遗地盯着你。就算现在你不说，之后我们照样会知道。只是，如果你希望杀害和泉女士的凶手能够被逮捕的话，请务必协助我们。"

内山开始痛苦地摇晃起肩膀，呼吸也变得急促。"我被威胁了。"内山低声呻吟。

"被谁？"本宫问道。

"不知道。有一天我收到一条消息，上面说：如果不想让你和和泉春菜的关系被公之于众，就按指示行事。"

从这句话来看，内山和和泉春菜之间好像有着什么复杂的关系。虽然很想知道，但现在不是拘泥于这些细节的时候。

"指示的内容是什么？"本宫继续问道。

"'入住东京柯尔特西亚大饭店。已经用浦边干夫的名字预订好了，在三十号办理入住，然后住两晚，之后会追加指示'。"

"那为什么要带着高尔夫球具过来？"新田忍不住问道，他在意这个问题很久了。

"为了给家里人一个交代。"内山回答。

"从新年的前一晚开始出去住，怎么想都很奇怪吧？我跟家里说，是在工作上给了我很多照顾的朋友邀请我参加九州高尔夫之旅，之前约好的人临时去不了了，只好让我去替打。"

"你想得真周到。"新田不禁觉得佩服。既然使用了假名字，就没有办法在高尔夫球球具包上贴自己的姓名牌了。

"那有接下来的指示了吗？"本宫催促道。

"有了。您应该知道，今天我收到了一个包裹。"说着，内山将目光投向放在床底下的纸箱。

新田和能势打开箱子，里面放的是跨年晚会的入场券、企鹅头套和燕尾服，还有一个大包。旁边有张纸条，上面只写着"晚十一点前换好衣服在房间等待命令，会用电话通知"。大包很重，上面挂着锁。

新田看了看手表。已经十点四十五了。现在内山应该要换好装，等待威胁者的联络了。

威胁者的真实身份恐怕就是凶手。包里放的应该是现金，是不是真钞就不得而知了。总之，应该是要交给告密者的东西。威胁者要让内山具体怎么做现在还不知道，但无疑是要让内山与告密者相会，让他通过某种形式参与到这次交易中。所以现在首先要做的，是让潜伏在会场的刑警以及负责盯着监控录像的刑警务必追踪内山的行动。

新田也得到指令，十一点后离开这里，前往舞会会场。虽然这里用不上，但口袋里早已经备好了对讲机。

一旁传来一声有些刻意的干咳。氏原正对着电脑操作，看起来是在确认晚班和夜班的交接事项。

"真是对不起。"新田向一旁的氏原道歉，"难得的跨年夜还要麻烦你留下来。"

"不，没关系。"氏原继续盯着自己手头的事，用一贯冷淡的口气回应道，"跨年夜也好，什么夜也好，轮到了夜班就是要上班。既然选择了饭店行业，就别想着圣诞节、新年什么的能和普通人一样好好享受节日。这一点，你们警察不也一样吗？"

"啊，这倒是。"

饭店前台只剩下新田和氏原。今晚预订的客人已经全部入住，本来这个时间这里没人也没有关系，可是稻垣命令：直到午夜十一点最后一秒，都给我好好检查从正门玄关进来的每一个人。所以新田才留在这里，而作为饭店真正工作人员的氏原就不得不跟着了。

"刚才你不在的时候，那位女客人退房了。"氏原回头说道，"就是你一直很介意、假装是夫妇两人，其实是一个人入住的那位。"

"哎？仲根女士？"

氏原瞥了一眼电脑，更正道："她退房时签的名字是'牧村绿'。"

"她明明应该住到明天的。"

"好像是把计划提前了。说是事情已经办完，而且做得非常好。还说，想跟你也说一声'谢谢'。知道你不在，她很遗憾的样子。"

"我没做什么，强行进入客人房间时，还被你大骂了一顿。"

"她说，光是听她讲完故事就很感激了。本以为跨年夜会很孤独，现在却有了美好的回忆。"

"要说谢谢的话——"新田看了看不远处的礼宾台，山岸尚美没在那里。

"当时山岸也正好不在，她才跟我说了这些，还给我鞠了好几个躬，让我务必给你们两人问声好，才从正门玄关走了出去。她脸上的表情很是舒畅。"

"是吗？"新田心情有些复杂。他一直用刑警的目光看待仲根绿，会去打探她的秘密，也只是破案的一个环节。

"她……真的没有同行的男客人，对吧？"氏原沉声说道，"你和山岸听到的，也是关于这件事情的秘密吧？"

"嗯，其实她说的那个男人——"

"停。"氏原举起右手，"客人主动说出自己的秘密，对于饭店员工来说是一件很光荣的事情。还请你好好保管这份秘密，尽管你不是真的饭店员工。"氏原的语气听起来竟有些落寞。

新田轻轻点了点头，回答道："好，我会的。"

这时，大堂左前方好像有人在走动。新田看过去，一个男人正从电梯间出来。这个男人的名字早已深深刻在了新田的脑海中。是曾野昌明。他西装外面套着一件米黄色大衣，看样子是要外出。

曾野站在前台前："不好意思，打扰一下。"

"您好！有什么可以帮您的吗？"氏原立刻回应道。

"我是1008号房的曾野，和家人一起入住，但我突然有急事，得先一个人回去。妻子和儿子今晚还继续住在这里，已经确定的费用，现在能先结了吗？冰箱里食物的钱，明天妻子来退房时再现金支付。"

"明白，请您稍等。"氏原操作着电脑，办理结算手续，没一会儿，不远处的复印机里开始打印出费用明细单。

新田偷偷观察着曾野。再过一个小时就要跨年了，这个时候让他和家人分开、赶回家的事情会是什么？真想问问他有什么急事。但看氏原在一旁，新田只能忍着默不作声。

曾野突然看过来，两人目光相对。新田慌慌张张地移开视线。

氏原把明细单放到曾野面前："请您确认一下，如果没问题的话，请在下方签上您的名字。"

曾野扫了一眼明细单："嗯，没问题。"说着，他用圆珠笔签了字，然后从钱包里拿出信用卡，摆在台子上。

氏原拿起卡在 IC 终端刷过之后，让曾野输入密码。曾野毫不犹豫地按起键盘，IC 终端显示他的信用卡没有任何问题。

"哎，真是够了！"从氏原手中接过信用卡刷卡单，曾野抱怨道，"大过年的，红白歌会[①]都结束了，这个时候……"

"发生什么事情了吗？"氏原询问道，可能是注意到客人想说些什么吧。

"公寓的管理公司刚刚联系我，说我停在停车场的私家车被人损坏了，情况还很严重。让我尽快去确认，然后提交损害申请。"

"啊？"氏原稍向后仰着吸了口气，好不容易挤出一句表示同情的话，"那真是太糟糕了。"

"新年还没到呢，就感觉净是些麻烦事。这让我对明年怎么期待得起来？"

"哎呀，还请您别这样说。我衷心为曾野先生祈祷明年会是美好的一年。"氏原深深地低下头，一旁的新田赶紧跟着低下了头。

"谢谢，也祝你们新年快乐。"曾野说完，氏原回应了一句"您慢走"。

[①] 由日本广播协会（NHK）在每年十二月三十一日晚上举办的、代表日本最高水准的歌唱晚会。

新田抬起头的时候，曾野的背影正走向正门玄关。

"马上就要跨年了，还真是个倒霉的人哪。"新田说着转向氏原，"如果他说的是真的。"

"假设是真的，就算他嘴上说倒霉，心里也未必那么想。说不定反倒觉得松了口气呢。"

"和家人一起入住的饭店里突然出现自己的情妇，他恐怕一秒也不想继续待，只想赶紧逃走吧。啊，说起来，他妻子和那个情人好像还是熟人呢。"

新田把刚刚在二楼看到的场景说给氏原听，氏原并没很惊讶的样子，回答和能势差不多："这种事不是经常听到吗？"

"就刚刚看到的情况，那两个女人好像十分亲密的样子。之后或许还一直在一起。这场面对出轨的有妇之夫来说，简直如坐针毡。这样看来，说车被人恶作剧损坏什么的，可能完全就是个幌子。"新田摸了摸眉毛，用怀疑的口吻说道。

这时手机显示有来电，是本宫打来的："组长下指示了。戴上对讲机，做好准备，随时出发去会场。"

"明白！"新田说完，干脆地挂断电话。

41

午夜十一点整,假面舞会正式拉开帷幕。入口打开,排队等待的参加者依次进入会场。有鬼太郎、眼珠老爹、黑武士等,虽然完全看不到他们的脸,但面具丝毫掩盖不住他们雀跃的情绪。

走进舞会入口,就能看到戴着假面的服务生正端着准备好的饮品。出示入场券,即可随意享用。

尚美站在离入口稍远些的地方观望着,也戴着赤红色的面具。因为她的礼宾人员制服和其他员工完全不一样,所以即使戴着面具也毫无意义,但为了营造舞会气氛,不得不配合。

此时,尚美心里只有一件事:希望这次舞会能够平安顺利地结束。她现在站在这里,也只是想亲眼目送每一位参加者能够带着愉快的心情从这里离开。但在脑海的一角,她又确实怀有另一种不安:真的就这样一直看着吗?或许还有更应该去做的事情?

尚美现在心里放不下的,是日下部笃哉的事情。不,准确地说应该加上让他失恋的狩野妙子,是他们两个人的事情。按大木的话说,昨天有人看到他们见面了。或许大木并没有在意,但任何风吹草动都逃不过尚美的耳朵。况且,狩野妙子的工作地点也很奇怪。无论怎么查,都查不到名片上印着的学校。在网上搜索名片上的地址,地图上显示那里是一家购物中心。从购物中心官网上看，这家购物中心二十年前就在那里了，所以学校也不可能是最近才搬走的。

那张名片是假的，也就是说，狩野妙子在撒谎。如果她在撒谎，又是为了什么？换作是平常也没什么，就像尚美自己经常说的，客人是戴着"面具"的，想要伪装自己的身份，也就没有必要非知道理由不可。

但现在不是平常，而是紧急状态。更重要的是，日下部是否知道狩野妙子在撒谎？如果不知道，倒不必把问题想得太深。日下部不知道自己被骗了，也就是说，他不知道狩野妙子的真实身份就被甩了，对他来说或许还是件好事。

但万一日下部是知道的，就另当别论了。这意味着他也在撒谎。那就一定要弄清楚他说的话究竟哪句是真的，哪句是假的，以及他为什么撒谎。因为现在是紧急状态。

其实不久前，尚美就想给1701号房打个内线电话，问仲根绿和日下部的晚餐怎么样了。她确认了一下系统，结果却让人失望。仲根绿已经从饭店退房离开了。可能是交代完一切，觉得没必要继续留在这里了吧。如果这次住店能让她满意，她能把不开心的事情都抛在饭店就好，尚美心想。

尚美之前没想过联系日下部，现在也不打算这么做。万一他和这次案件有什么牵连，尚美害怕会对调查产生什么大的影响。

"气氛真是越来越紧张了。"身旁突然传来声音，尚美有些被吓到了。她回过头，只见新田正看着她。对方戴着对讲机，但没有戴面具。

"新田警官，这个。"尚美指着自己的面具。

"啊！对！"新田赶紧从口袋里拿出一副蓝色面具戴上，"这个怎么样？"

"我觉得很好。有什么动静吗？"

"好像马上就要有动静了，所以让我过来这边。"新田戴着假面，看向会场。

"场面还真热闹。应该多了很多回头客,而且接下来还会持续有人进来。"

正如新田所说,每次电梯停下来,都会有一群变装的人出现。

很多人都和朋友约在会场入口附近碰面。紧挨着尚美,"木乃伊男"正摆弄着手机,戴着墨镜的"迈克尔·杰克逊"也正在等人。话是这么说,但迈克尔的脸也是用橡胶做的面具,看不到真实的表情。

"到目前为止,有什么特别奇怪的事吗?"新田问。

"嗯……没有……"

"是吗?如果你注意到什么,哪怕是很小的细节,也记得告诉我。"

"啊,好的……"

怎么办,尚美心想。如果要说狩野妙子的事,只有现在。一旦有什么动静,新田就要优先按照上级的指示行事,没时间听尚美说了。

"那个,其实……"尚美刚开口,她的手机就传来振动声。从口袋里拿出手机,尚美倒吸一口凉气,是日下部打来的。她面向墙壁,用手将另一只耳朵堵住,接起电话:"您好,日下部先生,是我,山岸。"

"啊,通了,还想着马上要跨年了,你可能不会接呢。"

"没关系的。"尚美紧紧握着手机的手开始渗出汗水。

"你那边好像很热闹,难不成你现在在舞会会场?"

"这边很吵,真是抱歉。我现在确实在会场,如果您那边听不清的话,我换个地方,给您打回去。"

"啊,不用了,就这样。就是想问问,晚会结束后,你有什么安排吗?要去见谁?还是有什么工作要留下来做?"

"没有,没有什么安排。"尚美提心吊胆地回答道。

"那晚会结束后,可不可以请你在饭店继续留一会儿,我有话想跟你说。"

"是……"——是关于狩野妙子的吗?尚美拼命忍住没有问出口。

"那我再联系你,待会儿见。"日下部说完自顾自地挂断了电话。

尚美感到疑惑,又很混乱。当然,还有些动摇。在这个时候,他想说什么呢?尚美想着还是应该找新田商量一下,回过头却没看见新田的身影。去哪儿了?尚美朝四周看了看,人太多了,实在找不到。

就在这时,一个女声传来:"山岸小姐!"循声望过去,是一位身着婚纱戴着白色假面的女士。

"是我,是我呀,你还记得吗?"

这个声音,尚美有印象,她的关西腔太有特点了。"啊!"尚美重重地点了点头,"记得,记得,那对新婚夫妇。哎!这是婚纱吗?"

"我正和老公商量着穿什么服装,店里的人就推荐说还有这种。我们立马就决定穿这套了。说起来,我们俩都没有正式举办过婚礼,所以这还是我第一次穿婚纱呢。"

"这样啊。"

如今,不举办结婚典礼的夫妻越来越多,可能是花费太高了。

"唉,其实也是觉得和饭店出租的服装比起来,这个便宜多了。考虑到价格,这个已经算是很好的了。你看看,怎么样?"说着,年轻女人轻轻抬了抬手。

"很好,我觉得很漂亮呢。"

"是吗,那真是太好了。"

"您丈夫呢?"

"哦,他刚去卫生间了。他的衣服,我觉得,嗯……也还行吧。那个,山岸小姐,虽然有些不好意思说出口,其实,我有件事情想拜托你。这是我一生的请求。"说着,戴着面具的新娘将戴着白手套的双手合在胸前。

42

"MARUTAI 从 0806 号房间出来了。"对讲机里传来守在警备室的刑警的声音。

"MARUTAI"是暗号，指监视或保护的对象，既不是嫌疑人也不是被害人。现在指的则是内山干夫。几分钟前，内山接到威胁者打来的电话，让他前往舞会会场。

新田从会场入口附近离开，转移到电梯间。和其他刑警一样，他现在也只能监视内山的一举一动。

对讲机里传来手机铃声，是内山干夫的手机。为了能够监听他和威胁者的对话，特意安装了监听设备。

"是我。"内山接起电话。

"进了电梯的话，在二层下。"威胁者说。因为使用了变声器，声调尖锐，甚至连是男是女都无法判断。

"嗯？二层？会场不是在三层吗？"内山问道。

"按照我说的做。在二层下，然后去婚礼场地。"

"婚礼场地？"内山刚刚问出口，电话已经被切断了。

对讲机里传来另一边的声音："我是稻垣。警备室，MARUTAI 现在在什么位置？"

"这里是警备室。MARUTAI 正在八层的电梯间,现在已经进电梯了。正在确认电梯内部的情况……电梯里有三名客人,全都戴着面具,无法看到脸部。"

"了解。C 组,新田。听到请回答。"

新田急忙按下对讲机的通话按钮。"我是新田,已收到。"

"赶紧去二层,不要太显眼,然后报告情况。"

"明白。"

新田理解稻垣的意思。虽说监控录像一定程度上可以确认二层的状况,但是细节无法拍到。稻垣是希望有人能仔细盯着。这个时间点,二层恐怕已经没有人了,而能够出现在那里,又不会让人觉得奇怪的,就只有打扮成饭店员工的新田了。

从楼梯走下去,二层果然特别安静,只开了几盏照明灯,显得有些昏暗。

"我是新田。已到达二层。暂未发现可疑人员及物品。"

"我是稻垣。收到。"

新田在婚礼场地的一旁暗中守着,只见一个戴着企鹅头套、身着燕尾服的男人走过来,手里拎着一个包。他似乎变装成了企鹅医生,另一只手握着手机,看起来即使戴着头套也不影响通话。

"企鹅"走向婚礼场地,其间好像偷偷瞥了一眼新田所在的方向。可能是多虑了,新田心想。

没过多久,对讲机里再次传来手机铃声。"是我。"内山回答。

"已经到婚礼场地了吗?"威胁者问道。

"到了。"

"里面有一个房间,把手上的包放到房间的沙发上,然后出来,去三层的会场等待下一个指示。"

"明白了。"

电话被挂断。

"企鹅"从婚礼场地出来,手上已经没有了刚才的包。看见他走进电梯间后,新田打开对讲机报告了刚才的情况。

"明白了,你也跟着上三层,继续监视MARUTAI的动向。"

"新田明白。"

新田小跑着从楼梯上到三层,此时,"企鹅"也正好从电梯间走过来,和其他变装的客人一起涌向舞会会场。新田在其中看到了月光假面的身影。

尚美在会场入口附近站着。她好像也看到了新田,一脸不安地望过来,但现在却没有说话的机会。

等内山一群人进入会场后,新田才走了进去。他进会场一看,霎时慌了阵脚。倒不是被过分闪耀的服装和华丽的道具晃了眼,而是被数百人的热情所震慑。

在这里,客人是绝对的主角,舞台上表演的魔术师、杂技演员只是他们的陪衬。在一旁观看表演的客人,反而衣着华丽、耀眼多了。晚会恐怕要的就是这个效果吧。日常被束缚在各种"常理"中的人们,今晚可以在这里不做自己,变成任何想要的样子。为客人提供释放自我的舞台和空间的,正是东京柯尔特西亚大饭店。

对讲机里再次传来手机铃声,是威胁者打给内山的。快被舞会热情吞噬的新田赶紧打起精神来。

"会场右边有跨年的吊钟,看到了吗?"威胁者问道。

新田向右边望去,看到右侧墙壁上吊着一个大大的时钟。这自然不是真的钟表,而是用泡沫塑料制作的模型。

"看到了。"内山回答。

"走到钟的前面,然后举起右手。电话不要挂断。"

新田的视线紧追着那个"企鹅"的头,他正缓慢地走向吊钟。

隔着一点点距离,月光假面也跟在后面。

"企鹅"停在吊钟前方,然后举起右手。

"好。"对讲机里传来威胁者的声音,"会场深处有用香槟酒杯堆成的塔,你现在过去,这次举左手。"

香槟塔是一件用盛着香槟的酒杯搭了十层的出色的摆设。因为装饰在桌面上,所以大概有三米多高。周围不断有戴着假面的人在拍照。

"企鹅"面朝着香槟塔,举起了左手。

这应该是什么暗号,新田分析,凶手正在和告密者进行交易。

"好的。"威胁者再次说道,"就这样把手机放在耳边继续待命,马上给你新指令。"说完,威胁者挂断了电话。

43

尚美用手机看了一下准确时间,距离新年到来,只剩下二十多分钟了。

新田进入会场,是几分钟前的事。那时一定是有了什么动静,之后怎么样了?凶手出现了吗?

日下部打来的电话也让尚美心神不宁。日下部想说的到底是什么?虽然很想找新田商量一下,但他现在肯定没工夫顾及她吧。

尚美回到会场入口,朝里面望了望。舞会气氛正达到最高潮。虽然会场一角设置了舞池,但刚开始时并没有引起人们的注意,谁都没有上去跳舞,而现在,舞池里挤满了跳舞的人群。虽然没什么人很正经地跳交际舞,但客人基本上都组成对,随意地摆动着身子,一副兴致勃勃的样子。

那对说关西腔的年轻夫妇也在其中。女方穿着白色婚纱,男方身着晚礼服。两人都戴着面具,但上扬的嘴角将两人此刻的心情表现得一览无余。

尚美想起她刚刚拜托自己的事。她说,想偷偷拍一张结婚仪式的照片。

"五分钟就行,不行的话三分钟也可以!可以让我们借用一下教堂吗？虽说是借用，但我们绝对不会碰任何东西。只要允许我们拍几张纪念照就行了。拜托了！"

尚美很明白她的心情。虽说是为了参加假面舞会，但既然都穿上婚纱了，一定想留下几张照片吧。而且正好饭店里有教堂，想在那里拍照也在情理之中。

但问题出在饭店的规定上。这样的借用方式，饭店并不允许。一旦有了第一次，就会源源不断有其他客人在别处借了衣服随意过来拍照。可尚美又实在不忍心拒绝她。这样的机会，恐怕再没有第二次了。况且尚美对她有些愧疚，因为尚美知道警方在他们外出时擅自检查了他们的行李，却没告诉他们。不，甚至对他们说谎帮警方糊弄了过去。

作为一名资深的礼宾人员，尚美觉得"做不到"三个字，自己无论如何也说不出口，只能回答身着婚纱的年轻女人："我想想办法。"

等跨年晚会结束，客人们都走了，有没有可能带他们进去呢？尚美开始思索。还有客人在的时候，是一定不能带着两个如此引人注目的人去教堂的，可能还会被饭店的其他客人看到。被其他员工看到倒还好，拜托他们跟上司保密就行了。

但是——

尚美突然想到，最关键的是教堂现在不知道变成什么样子了。年末年初，教堂并没有被租用，倒是听说圣诞节之后要做检查维护。就算把两人带到了教堂，却发现祭坛用蓝色塑料布盖着，那也太难看了。趁现在先去确认一下吧，尚美心想，就算自己在这里也帮不上新田他们什么忙。

出了会场，尚美走在宽敞的走廊上，人很少。快要倒计时了，客人此刻应该都聚集在会场里。

尚美从楼梯步行上到四层，这一层有教堂、摄影棚和休息室。

和预料中的一样，一片寂静的走廊上灯光昏暗，让人有种身处美术馆的错觉。

教堂入口处也很暗。开灯后，左右两扇庄严肃穆的门出现在尚美眼前。旁边紧挨着的小房间，是新郎新娘以及新娘父亲等候的休息室。在婚礼参加者全部入座后，新郎首先从这里出去，走到祭坛前。之后，新娘再同父亲一起走完婚礼红毯。把这个房间的用处也告诉那对关西腔的夫妇，他们应该会更高兴吧。

尚美伸手打开教堂左侧的那扇大门，和想象中一样，里面一片漆黑。开着门，尚美开始摸索照明开关所在的位置。好不容易在黑暗中找到，手指刚要接近开关，尚美突然感觉身后有人的气息。

还没等回头，尚美立即感到一阵巨大的冲击，浑身的力气仿佛被抽空。她站不住，也发不出任何声音，等回过神来时，已经倒在地上了。

嘴被什么东西封住了，尚美刚意识到是胶带，头就被什么东西罩住了。她刚想动一动手脚，巨大的冲击又一次袭来。

44

威胁者和内山的对话结束五分钟后,新田的对讲机里传来一阵嘈杂声。"这里是警备室,二层监控录像发现可疑人物。完毕。"

"我是稻垣。请报告详细情况。"

"有人正从电梯间走向婚礼场地。身着普通西装,头上罩着白色的东西,应该是舞会参加者。"

"白色的东西是指什么,面具吗?"

"从电梯内的监控录像确认了,是绷带,木乃伊的打扮。完毕。"

是那家伙吗?新田想到一个人,姓名栏上写着"木乃伊男",读音标记为"KINOYOSHIO"的客人。

"我是矢口。D组和E组,在自己的位置待命,做好尾随准备。"

矢口指挥的D组和E组,是分配在饭店出入口附近的刑警们,首先是为了阻止凶手从饭店逃走,再者,一旦有可疑人员从饭店出去,便可尾随其后见机行事。

"警备室,请汇报可疑人物的情况。完毕。"稻垣在对讲机里说道。

"刚刚进入了婚礼场地。完毕。"

"保持木乃伊的装扮进去的吗?"

"是的。啊,现在出来了,手里提着一个包。"

"往哪儿去了？"

"像是往电梯间方向。"

"D组、E组，注意电梯间情况。有可能会出饭店。"矢口在对讲机里说。

接下来传来的报告，让人意想不到。

"这里是警备室。可疑人物上楼了。进电梯后按下了九层。"

是回自己房间吗？木乃伊男住哪间房？正当新田开始回想时，稻垣仿佛回答新田的疑问般在对讲机里说："木乃伊男住0905号房。警备室，请逐一报告木乃伊男的行踪。完毕。"

"警备室明白。完毕。"

之后，警备室按稻垣的指示，详细汇报了木乃伊男的一举一动。

到了九层从电梯出来后，木乃伊男回到了0905号房间，不久又出来了。他手里的包已经消失，应该是放在房间了。之后他坐电梯到三层，再次回到了舞会会场。

此时，木乃伊男距离新田只有不到五米，正喝着红酒，吃着涂满奶酪的薄饼。虽然看不见脸上的表情，但他的样子显然像是完成了一项大任务，终于松了一口气。

令人匪夷所思的是，他为何不进入下一个阶段的行动呢？拿走了婚礼场地的包，那至少可以认为木乃伊男是告密者这边的人。虽然包被上了锁，但他一定用什么办法确认了包里面的东西。可不管包里放的是什么，他都应该有下一步行动。

新田扫了一眼手表，距离新年倒计时，只有几分钟了。焦躁感越来越强烈，威胁者没有再联系内山。就算现在木乃伊男和"企鹅"都在会场，警方却无法行动。

等等——新田脑子里突然冒出一种不祥的预感：该不会中了他们的圈套吧？

45

此时，尚美满是恐惧和疑惑，不知道到底发生了什么，但她很清楚，此刻事态严峻，如果继续下去将会酿成不可挽回的后果。

嘴已经被胶带封上，发不出任何声音。头也被袋子似的东西罩住，看不见眼前的情况。手和脚大概也被胶带绑上了，无法动弹。尚美就这样躺在冰冷的地面上。

尚美心想，这样愚蠢地反抗想必也是徒劳，安静下来却听到了声响。像是教堂的门被打开，有人走了进来。紧接着，尚美感觉到有人在走动，然后听到"嗯"一声呻吟。好像是个女人的声音。接着便是一阵撕扯胶带的声音，以及拖拽什么东西的声响。

尚美意识到，应该还有一个人遭遇了和自己同样的事。或许埋伏在教堂的袭击者原本的目标是那个人，而尚美只是一个意外闯入的无关者。

四周再次安静下来，袭击者突然有了更加惊人的举动。他开始解开尚美外套的扣子。尚美想到自己可能要遭遇的暴行，身体变得僵硬起来。所幸事情没有像想象中那样发展，尚美感觉自己胸口被贴上了什么东西。接着那双手又伸进后背，果然是在贴什么东西。比起肌肤被触碰的屈辱感，更可怕的是不知道对方到底在做什么的恐惧感，尚美陷入了更强烈的慌乱中。

之后，袭击者好像去做了些什么事情，中途抓起了尚美的手，感觉是在用尚美的手表确认时间。

头上罩着的袋子突然被摘了下来。尽管房间并没有开灯，但或许是习惯了饭店的昏暗，尚美在朦胧中看到眼前是一张戴着假面的脸，下巴很尖，嘴角看起来很有气质。

戴着假面的人说了声"好了"，然后在尚美面前放下一个时钟。时钟指针停在距离午夜零点十分钟的位置。

仔细一看，这其实是一个计时器。上面接出一根电线，而电线正连接着尚美的胸口。尚美惊恐地扫视了一眼四周，身边还躺着一个人，那人身上也被接上了电线。尚美意识到，另一根电线应该连接着自己的后背。突然，尚美想到之前从新田那儿听说，他们这次正在调查的案件，被害人正是遭受电击而亡的。

戴着假面的人站起身，向门边走去。尚美这才看清对方穿的衣服，一时间，尚美愣住了。

那是饭店的制服。

46

铃声响了三遍电话才被接起来。"干什么啊，这个时候！"本宫不耐烦地喊道。

"本宫警官，你不觉得很奇怪吗？"新田把手机贴在耳边，一边环顾四周一边说道。木乃伊男并没有新的举动。

"你到底要说什么？"

"木乃伊男取回了包，却没有和告密者有任何联系。"

"可能接下来就有了呢？"

"本宫警官，我们可能中了对方的陷阱。"

"怎么说？"

"木乃伊男出现后，我们就一直紧盯着那家伙。这时，其他地方正在发生什么，我们反而注意不到。"

"其他地方？"

"具体不清楚，但应该是在饭店的某处。"

"你这个人……"

"请跟组长说一下，确认全部监控录像。在木乃伊男行动期间，在别的地方发生了什么。"

"你就别瞎闹了，知道饭店有多少台监控设备吗？现在这个情况，你觉得有时间一个一个去看吗?"

"但是——"

"总之,先等到新年倒计时。倒计时结束后,客人就会摘下面具,露出真面目。那才是一决胜负的时候。先挂了。"没等新田回答,本宫已经挂断了电话。新田咬着下唇,将手机收了起来。再看看木乃伊男,他依旧在吃吃喝喝,看起来和其他客人没什么两样。

如果新田的推理正确,那木乃伊男就只是个诱饵。主谋可能已经知道警方盯住内山了。

新田急急忙忙地走出会场,一边跑向电梯间,一边在脑中反复斟酌对讲机里出现过的对话。木乃伊男坐电梯下到二层,取了放在婚礼场地的包,然后再次乘坐电梯回到了自己的房间。这一切都在警备室的监视之下。

如果木乃伊男是诱饵,凶手真正在行动的地方就应该正好相反,没有被监视到。这里是三层,木乃伊男坐电梯下到二层,相反的话,那就是四层以上——

新田改变了方向,不是向电梯间,而是楼梯。

这时,楼梯那边出现了一名饭店男员工,身着宴会部的制服。因为戴着假面,新田看不到他的脸。与新田目光相遇时,他没有说话,只是轻轻点了点头,手里还拎着一个包。

擦肩而过后没走几步,新田停下来回头看了看,男员工正走进旁边的厕所。

新田缓缓走近厕所,偷偷地朝里看。并排的小便池前没有人,只有一扇门紧闭着,里面传出非常细微的声响。

新田从厕所出来,打开对讲机开关:"我是新田,发现可疑人物。请求确认监控录像。完毕。"

"我是稻垣,具体位置在哪儿?"

"三层，东侧楼梯附近的厕所前。完毕。"

"警备室，确认新田所在位置。"

十秒钟后，警备室那边发来联络："已经确认。完毕。"

"新田，可疑人物在哪儿？"稻垣询问道。

"厕所里。可能正在换装。之前假扮成饭店员工，从楼梯处出现。请求确认在此之前，他出现在哪儿。完毕。"

"假扮成员工，你确定是假扮吗？"

"确定。"

"明白了，之后再问你根据。继续监视。"

"明白。"新田从厕所前离开，藏到今晚没有使用的宴会厅的门后。

不久，厕所里出来一个身影，和进去时的打扮完全不同了。这也正如新田所料。

是戴着墨镜的"迈克尔·杰克逊"。

巨大的银幕挂在墙壁上，正放映着今年的大事件。令人振奋的热点、灰暗的新闻、体育界的黑马、结了婚的偶像……让人感叹一年时间转瞬即逝。舞池里，播放着改编成探戈风格的人气歌曲，戴着假面的男男女此刻正疯狂地随意摇摆着身躯。

打扮成迈克尔·杰克逊的可疑人物只是站着，没有任何行动。他脚边放着之前那个包，里面应该是饭店员工的制服。没一会儿，他从地上拿起包。直觉告诉新田，他准备撤离了。马上就要新年倒计时了，他要在舞会气氛最高涨的时候离开。

"我是新田，还没有确认吗？完毕。"

"这里是警备室，请再稍等一会儿。完毕。"

情况看起来有些棘手，但绝非没有希望，一定有台监控设备，拍到了这个穿着饭店员工制服的男人。新田狠了狠心，决定接近"迈克尔·杰克逊"，一探隐藏在墨镜后的真实面孔。

"您一个人吗？"

"迈克尔·杰克逊"没想到会被人搭话，后背微微一颤，有些惊讶的样子，然后轻轻点了点头。

"难得的机会，要跳舞吗？我和您一起。"

"迈克尔·杰克逊"沉默了几秒，放下手上的包，缓缓伸出双手，看样子是同意了新田的邀请。

新田左手轻轻握住对方的右手，此时，对方的另一只手已经搭在了新田的右肩上，于是新田只好将另一只手绕到对方身后。两人合着曲子，试着迈出舞步。令人出乎意料的是，两人好像都很会跳舞。

"阿根廷探戈据说两个男人也可以一起跳。"新田盯着墨镜说道，"虽然我不怎么擅长探戈。"

"迈克尔·杰克逊"没有回答。因为戴着橡胶面具，新田看不到他面具下的表情，但不难想象，这时候的他大概不带任何感情，一脸冷漠吧。

舞曲突然停了下来，接着会场响起了号角乐曲。巨大的银幕上出现了数字"10"，然后变成"9""8"。明明没有事先约定好，但客人们都跟着节奏一齐喊出数字。喊到"0"的同时，客人们振奋地鼓掌欢呼。音乐再次响起，大家纷纷打开香槟。接下来，应该是事先约定好的，用假面隐藏真实面目的客人们开始纷纷摘下面具。面具下是一张张欢欣雀跃的笑脸。

新田盯着眼前的人，抓住了"迈克尔·杰克逊"的面具，看对方没有要反抗的意思，便从他头上扯掉了面具。

"吓我一跳。"看到对方的脸，新田小声嘀咕道。那是一张完全不认识的男人的脸。

"什么吓你一跳？"对方问。和想象中一样，他一副冷淡的表情。

"人类的眼睛真是奇妙啊。如果是这样的素颜,我可能还注意不到,但如果这样戴上面具,"新田用自己的假面遮住对方的上半边脸,"我就只能看到你的眼睛和嘴角,然后奇迹就发生了,我脑海里浮现出一张脸,一张化了浓烈眼妆的,"新田拿下面具,继续说,"仲根绿女士您的脸。"

对方的表情终于有了变化,应该说,是发出了一声冷笑。"倒计时已经数到零了,我赢了。"仲根绿用中性的嗓音说道,"新田警官,你们输了。"

新田倒吸一口凉气,内心涌出一阵惊慌。这时,对讲机里传来声音:"已经确认完毕,那个男人之前是从饭店教堂出来的!"

新田扔下仲根绿,赶紧跑起来,一边跑一边在对讲机里说:"请求支援。请务必控制住那个人。"

之后对讲机里传出了谁的声音,新田已经听不到了。他现在满脑子都是仲根绿刚刚说的倒计时,到底是什么意思。

他从楼梯飞奔到四层,穿过走廊,打开教堂的门,里面一片漆黑。新田急忙找到墙壁上的开关,打开了照明灯。

地上躺着人,而且是两个人,身上都被接上了电线,电线一直连到墙上的插座。新田拔腿跑到插座处,一把扯掉插头。

仔细一看,其中一人竟是山岸尚美。她为什么会在这里?看了看她的脸,新田从心底松了口气。她眨了下眼,应该是没什么事。

新田走过去,小心地撕掉尚美嘴上的胶带:"怎么样?没事吧?"

"嗯……没事……啊,幸好。"尚美不由得深深叹了一口气。

新田接着解开了尚美被反绑在身后的双手。"下面我自己来。"尚美小声说。

当她从自己胸前取下电线的时候,新田把身子背了过去。

旁边躺着另一个人,看样子好像昏了过去。她脸上戴着小丑的面具,新田摘下一看,是一张熟悉的脸——贝塚由里,曾野昌明的出轨对象。

她又为什么在这里?新田没有一点儿头绪,最快的方式就是问她本人。

因为新田拔掉了插头,所以计时器停了下来。新田看着指针,小声发出了一声惊呼。指针并没到午夜零点,距离零点还剩十秒左右,地上躺着的两人也因此得救。

"为什么这个计时器慢了呢?"新田不解地小声说道。

"啊!难道……"尚美伸出自己的左手,"可能是按照我的手表调的时间。"

和自己手表上的时间比了比,新田发现尚美的手表慢了将近四分钟。

"祖母的遗物,经常时间不准吗?那为什么还要戴这块手表?"新田说完才意识到什么,恍然大悟般看着尚美,"如果时间过分准确,就不会给自己留下余地了……"

"是的。"尚美微微一笑,点了点头。

新田仰着头,长叹了一口气。"幸亏你如此专业。"

47

[曾野英太的供述]

第一次拿出父亲的相机，是在去年夏天。父亲喜欢在野外观察鸟类，所以前年买了一台具备超级望远功能的观鸟相机。因为能够拍到相当清晰的画面，我总想着有机会一定要用一次。

说具备超级望远功能，是因为它的放大倍率十分惊人。哪怕是遥远的建筑物的窗子，以及里面的人，都能看得一清二楚。

我拿着相机整个人都变得兴奋起来，开始偷看一扇扇窗户。在办公室工作的人、在餐馆吃饭的人，仿佛近在眼前。看着看着，我将相机的焦点对准了一幢公寓的窗户。不对，是偶然对准了一扇窗户。因为那扇窗户的窗帘开着，可以看到里面的样子。其他的窗户要么窗帘紧闭，要么被百叶窗遮住了视线。

……是，是的。确实是因为房间里有一个年轻女人，我才来了兴趣。在那之后，我每天都会偷偷观察那个房间。因为很多时候，那扇窗户的窗帘都没有拉上。

问我为什么要偷看，我自己也不清楚。我并没有什么奇怪的目的。隐隐觉得能够窥视别人的生活，却不用担心被对方发现，这件事本身就很有趣吧。

如果在那个房间里的不是那个女人，而是大叔什么的，我或许就不会继续偷看了。因为是她，我才继续看了下去。因为她很年轻，也很漂亮。

第一次在房间里看到男人，大概是在八月中旬的时候。那天我和往常一样偷看那个房间，发现房间里出现了一个男人。他穿着黑色的衣服。因为是第一次看到这场景，我按了好几次快门。你问我为什么拍照？这我也答不上来。好像就是忍不住想拍。因为是难得发生的稀罕事，就想先拍下来再说。

从那天起，那个男人就时常会过去。因为相机的视野范围有限，我并不知道两人在一起做了什么。但因为我也是中学生了，两个人在做什么，我多少也能想象得到。

知道那个男人的真实身份，确实是个偶然。那幢公寓就在我上学必经之路的附近，所以我偶尔会过去看看。我开始想具体地了解那个女人到底是个怎样的人。说实话，其实我还去过那个公寓。偶然间进去的。在里面走了几圈，知道了那个房间应该是604号房。因为没有贴名牌，我也不知道那个女人姓什么。

有一天，我和平常一样走到了公寓附近。紧挨着公寓的临时停车场里有一辆车，那两个人从车上下来。我躲在一旁建筑物的背后，用手机拍了下来。为什么？说了这种时候就忍不住想拍照啊。看着两人都进了公寓后，我又回到了临时停车场，偷偷看了看两人下来的那辆车，副驾驶座上放着一个大大的信封，上面印着"礼信会"。

回家后查了查这三个字，发现是个医疗机构。因为不了解那到底是什么，就没再管了。说起来，我可能也厌倦了，偷看的次数越来越少。

直到十二月，有一天我为了打发时间，就想起来再去看看，窗帘依旧拉开着。那个女人好像躺着，我只能看到脚尖。等了一会儿，女人丝毫没有动静，我想着可能是睡着了，就没再看了。

过了两天，我又想起了那个女人。拿起相机一看，她还保持和上次一模一样的姿势。我心里冒出一种不好的预感，是不是出什么事了？

我有些慌乱，不知道该怎么办。正当我单手拿着相机站在阳台发呆时，被母亲发现了。她问我在干什么，见我一脸难色，便拿过相机翻起了照片。其实，因为有些介意这个躺着的女人，所以我拍了一张照片。

母亲看到这张照片，问我："这是什么，你在偷拍别人？"我赶紧给自己找借口："不，不是偷拍，我是怕这个人有可能是死了，想确认一下。"母亲听我这么说，自己也拿起相机朝那个房间看去，然后陷入了沉思。

这种情况可能还是报警比较好，但是自己儿子偷拍这种事，怎么说得出口。无论解释几次没有偷拍，也不会有人相信吧。

然后母亲对我说，查一下有没有既能隐藏我们的身份又能通知警察的办法。我在网上查了查，发现有匿名举报热线。接着，我用电脑报了案。

母亲说这件事对父亲也要保密。如果他知道自己的儿子用他的相机偷拍，一定会大发雷霆。

之后不久，就看到了发现遗体的新闻。虽然新闻上没有写具体的地址，但我知道就是那幢公寓。因为自己的报案，遗体能够被发现，想想还觉得挺不可思议的。

我一直想知道那个案件后来怎么样了，可新闻里只是说杀人事件的可能性很高，却再也没有任何关于凶手被捕的消息了。

母亲好像也很在意那次事件，趁父亲不在的时候，和我聊起了那之后事情到底怎么样了。这时我才跟母亲提到偶尔会去那个房间的男人。

母亲一脸惊讶,开始问我各种细节。我这才把在公寓旁见到过那两人、拍了几张照片,以及看到印着"礼信会"信封的事——告诉了母亲。

母亲提议稍微调查一下,于是我们开始在网上搜索。与"礼信会"这个关键词相关的信息大多是医院等,有许多相关的网页链接。这上面又有很多主任医师的照片。其中,我们发现了"森泽医院"。当看到院长照片的时候,我惊呆了,因为那就是我见过的那个男人。

母亲沉思了很长一段时间,侧脸认真得看起来有些可怕。终于,母亲开口了:"这件事对任何人都不要说。"我想着不通知警察也没关系吗?母亲好像看穿了我的心思,语气突然变得很温柔,说:"这件事妈妈来想办法,英太就当作什么都不知道,今后跟谁都不要提,连对爸爸也要保密。英太能做到的话,想要什么妈妈都给你买。"之后母亲做了什么我就一概不知了,她再没和我谈起过这件事。

又过了一段时间,听父母说年末的时候要一家人去饭店过夜。好像是父母商量好的,但什么时候决定的我不知道。父亲说:"至少年末年初的时候让你妈妈好好放松休息一下吧。"

虽然我并不是很想去那种地方,而且对于中学生来说,和父母一起过夜总是有些不舒服,但父母说有好吃的料理,还能在房间看电视打游戏,我就想着去就去吧。

跨年夜的事情,说实话我完全不清楚。吃过晚饭后没多久,父亲说家里的车被人弄坏了,急忙赶回了家,母亲在饭店偶遇好友,一起去了舞会。我一个人在房间打游戏,不知不觉就睡着了,所以发生了什么我完全不知道。我是被一直响的门铃吵醒的,迷迷糊糊地打开门,门外站着一群不认识的男人。

最前面的男人给我看了警徽,说了些什么。我不记得我是怎么回答的，那群男人就立马冲进了屋子。

我不知道他们到底在干什么。我一边看着他们在房间里转来转去，一边想，今年的新年料理会是什么呢？应该能拿到和去年一样多的压岁钱吧。

[贝塚由里的供述]

曾野万智子结婚前叫木村万智子。我们是在老家上公立高中时认识的，当时我们在同一个班。成为好朋友，可能说不上是因为投缘，相反，是因为我们性格正好不同。我喜欢运动，可以说是户外派，而木村喜欢读书、艺术，比较宅。正因为如此，两个人聊起天来才特别开心。她会教我一些我完全不知道的事情，我也会告诉她一些她不知道的东西，通过彼此接触到一个崭新的世界，非常有意思。经常会有人说贝塚很奔放很强势，木村很朴实很含蓄，而实际上完全不是这样。她比我要大胆果敢得多。虽然不外露，但她是那种十分记仇、为达目的绝不手软的人。

高三时发生过这样一件事。我们一个共同的朋友怀孕了。对方是她打工时认识的前辈，在上大学。他给了我们的朋友五万日元让她把孩子打掉。听到这个的万智子……哦不，木村一下子就愤怒了。

不好意思，平常叫她万智子叫习惯了，可以这样叫吗？嗯，她也叫我由里。

继续说刚才的事，发怒的万智子说要找那个大学生抗议——伤害了女孩的身体，就想拿这么点儿钱来打发？绝对不可能。于是我们三个把他叫了出来。

万智子说会把这件事告诉那个大学生的父母和学校，要是不想被人知道的话，就给一百万日元。我在一旁听着都惊呆了。那个大学生脸都绿了，商量着能不能少给点儿钱，三十万的话可能还能想想办法。怀孕的朋友也说这样就够了，但是万智子不接受。她知道那个大学生有车，说没有钱就把车卖了。结果，那个大学生卖了车，最终给了五十万日元左右。但万智子厉害的地方还在后头，她从中抽走了十万日元，作为手续费。我当时就想，要是哪天不小心惹到了她，那真是太恐怖了。

高中毕业后，我来到东京，一边打工一边上专科学校。万智子进了短期大学，毕业后回到老家的一家公司上班。

我每次回老家都会和她见面。两人一见面就像回到高中时代，经常高兴地一起喝酒喝到天亮。

不久，万智子就和同公司的前辈结婚了，应该正好是她二十六岁的时候。我还参加了婚礼。那时她已经怀孕，简而言之，是奉子成婚。而我一直和结婚无缘。在居酒屋打工的时候被一个夜总会负责人看上，于是去了夜总会工作。虽说物质上变得宽裕了，但代价是失去了和男人交往的机会和时间。

我忙着夜总会的交际，万智子也忙着带孩子，从那之后我们就变得有些疏远，可能快有十年没见面了，但其间还是会有电话、信件联系。

再次见面，是因为万智子的丈夫调到东京工作。那时候她儿子也上小学了。过了这么多年再见，她真的已经是一副人妻、人母的模样了。这样说可能有些失礼，但她确实浑身散发着生活带给她的疲惫，已经完全没有一个女人的样子了。我也没有资格说人家，三十四岁的时候，自己独立出来开了一个小店，经营状况不好，人际关系也很麻烦，每天各种烦恼缠身。

虽然万智子他们来东京的时间不久，但我们偶尔还是会见面。两年前他们在东京买公寓时，我还去为他们庆祝了。

万智子这次联系我，是十二月中旬的时候。说是有非常重要的事情要紧急见面，所以当天晚上我就去见她了。

她跟我说的那些话，全是我想都不敢想的。是关于附近公寓的一起杀人案。她发现并报警的过程已经让我很惊讶了，更让我惊讶的是她掌握了可能是凶手的那个男人的真实身份。仔细听她讲完，我觉得大概意思是虽然没有证据证明那人就是杀人凶手，但他一定和被害人有很深的关系。她手上有男人出现在女人房间以及两人一起出现的照片。万智子说她现在很迷茫，不知道该怎么办。按常理这种时候应该通知警察，可这样做自己又得不到什么好处。虽然觉得被杀的女人很可怜，但即使凶手被抓，死去的人也不会再活过来，想到这里，万智子觉得是不是应该把这些信息更好地利用起来。

我立刻明白了她的意图。她是想跟照片上的男人做一场交易：以不告诉警方自己掌握了那个男人曾出入过被害人房间的证据为条件，向那个男人索要金钱。我问她是不是这个意思，她承认了。接着，她问我能不能帮她，也就是邀请我成为共犯，说是自己一个人没有自信能办好。

我一边想着哪能做这么无法无天的事情，一边却也动摇了。最近自己店铺的经营状况不好，正好缺钱。不仅欠的债拖着没法还，连员工工资都快发不出来了，正愁有没有什么办法能拿到一大笔钱。

万智子说，那个男人是一个经营医疗事业的大家族的公子哥，名叫森泽光留，自己开了一家神经科医院。因为觉得他可能不缺钱，所以想看情况向他索取一亿或者两亿日元。况且，就算到时候勒索失败了，还可以直接报警，把证据交给警方。听万智子这么说，我心里有了答案，回答她"好，我帮忙"。

从那天起，我们两人便开始研究策略。你问我谁掌握主导权，这我也答不上来，因为什么事情都是两个人一起决定的。

首要问题是如何接近森泽光留。我们知道他医院的联系方式。

作为咨询方式，邮箱也留在了官网上，但用邮件联系会在网上留下许多记录，太危险了。

我们想了各种各样的方案，最终得出结论，只有直接电话联系才是最能确保安全的。使用电话，拨出方虽然会留下记录，但可以设置隐藏号码，让接电话的一方无法查到是从哪里打来的。

电话是十二月十五号，由我打的。因为万智子畏畏缩缩，说怕自己不能随机应变。

接电话的是个女人，我说要找院长直接谈，不一会儿电话就换成了一个男人来接。我先确认了他是不是森泽本人，然后告诉他有关和泉春菜的重要的事要和他谈。因为他装傻充愣，于是我说我会用和泉春菜的名字给他寄一份包裹，让他看完包裹再决定。接着我立刻把偷拍到的他在和泉春菜房间的照片打印出来，寄到了他的医院。

第二次打电话是十七号。森泽的态度有了些变化，他告诉了我们他的私人手机号码。我重新给他的手机打过去，告诉了他交易的内容，并委婉地表示了我们手上还有其他他与和泉春菜在一起时的照片，其中还有能证明他罪行的东西，以此向他索要一亿日元。

森泽说作为支付金钱的交换条件，要知道我们的真实身份，如果双方立场不对等，就不能让人安心。我说"只要你付钱，我绝对不会背叛你"，但他仍说口头保证不能相信。

我把森泽的顾虑讲给万智子听，两人再一起商量对策。要想交易继续进行下去，就只有接受对方的条件。

接着，我们想到了东京柯尔特西亚大饭店的"假面之夜"。三年前，我和另一个朋友住在这个饭店，第一次参加了跨年晚会，那是一次特别开心、特别精彩的体验，一直想再去一次。现在突然想到，或许可以利用呢？

我跟森泽提出了下面这个方法。双方都戴上假面参加舞会，届时，他将放着钱的包藏在饭店的某处,并且给包上锁。另一方面,我们这边会有两人参加。首先,我会给森泽打电话,让他站在指定的场所给出信号。这样就能辨别戴着假面的人是他。确认他在场后,再告诉他我们的位置和装扮。看到了就再给我们信号,当然,也是通过电话指示。

之后,我们接近森泽,让他交出钥匙。这也是为了证明我们就是打电话的人。拿到钥匙后,我离开会场去找藏包的地方。我的同伙,也就是万智子留在森泽旁边。等确认完包里确实是一亿日元后,我再回到会场,等到新年倒计时结束,互相摘掉面具,我们两人向森泽出示驾驶证,就算交易完毕。森泽接受了这个提议,交涉完成。接下来只剩等待时机了。

其实,这个计划背后还有一个阴谋。那就是利用警方。首先,在交易前给警方寄告密信,目的是让警方派人监视舞会。然后,在我拿到钱之后,将凶手的装扮和位置都告诉警方,再给万智子发出信号。收到信号的万智子做好逃走的准备。这样警方应该就能立刻抓获森泽,而万智子可以趁乱迅速逃走。这就是背后真实的计划,如此一来,森泽也不会得知我们的真实身份了。

十二月三十一号,我在东京柯尔特西亚大饭店办理了入住。入住人数填写两名,是为了确保万智子也拿到一张晚会入场券。

万智子提前一天和家人一起住进饭店。她以年末年初想从家务中解放、出来放松一下为由,终于说服了丈夫。而我在晚餐时间假装在餐厅偶遇他们,并且在她丈夫和儿子面前强行邀请她去参加舞会。

我询问万智子现在饭店的状况,她说并不知道警方有没有派人暗中盯着。所以我们决定试探一下警方。这才有了在假面人偶的葡萄酒杯里插花的指示。确认酒杯里插上了花之后,我们便开始了计划。

舞会开始后不久,我们联系上森泽。因为都在会场里,所以让他在吊钟前站好后举起右手。没一会儿，就看到一个企鹅装扮的人举起了右手。接下来，我们告诉了他我们的位置，也就是香槟塔前，并且告诉了他我们的装扮，指示他如果看到了就举起左手。过了一会儿，才看到"企鹅"举起左手。他的反应有些慢，我想也许是装束的缘故吧。

我接着跟森泽说："我们现在过去，你准备好钥匙。"森泽却给出了意料之外的答复："包没有上锁，已经藏在了饭店四层的教堂里，你去确认吧。"于是，我离开会场，前往教堂。

之后的事情就不太清楚了。走进教堂的瞬间，我好像就被人袭击了。说不上来是什么感觉，不是痛也不是热，就是一阵巨大的冲击，接着我就没了意识。等恢复意识的时候我已经被一群人围住了，说是警察，但我也不知道到底是什么状况。我被万智子骗了吗？听完警察的话，我想可能是的。但她为什么这么做呢？

你问我有没有一点儿头绪？嗯……并没有什么特别的。因为我们一直都是朋友啊。

曾野昌明？万智子的丈夫怎么了吗？

啊……你说那件事啊。我们确实单独见过几次。在他们搬家后，我去拜访时得知昌明先生考了中小企业分析师资格证，之所以见面是想请教他一些店铺经营方面的事情。

男女关系……嗯……说什么关系都没有那是假话。

哪一方先主动的？我认为是他主动的，但他那边的说法可能会不同吧。我自认为没有主动，他可能会觉得我的某些举动是在引诱他。如果他这么说得话，那我只能说对不起，是我太轻率了。我原本只想那样做一次就结束，当作成人之间一时冲动开的一个小小的玩笑，但是昌明先生好像并不那么想，一次又一次地接近我。因为在店铺经营方面挺受他照顾的，我也不好断然拒绝。话虽这么说，我们接触得也并没有那么频繁。两个人单独见面，这一年也就五六回吧……不，或许更少。当然，我觉得很对不起万智子。她在我心里一直是地位很重要的好友，所以我心里才更煎熬。其实我早就想断掉这段关系，实际上我最近也确实没再和昌明先生见过面。

难道这就是她的动机？所以万智子才想杀了我？可是这样又说不过去，因为她平常都在跟我说她对她丈夫已经不剩什么爱情了，还说他们已经好几年没有性生活，以后不再有也没关系，想在外边解决的话就随他去吧。既然这样，她为什么非杀了我不可？

[曾野万智子的供述]

高一的时候，我和由里被分到了一个班。初中时不在一个班。开学的第一周，我就开始观察班里的同学，然后觉得要格外小心贝塚由里这个人，因为我发现她会是这个班里的关键人物。

初中的时候，我们班里有非常严重的校园暴力事件。虽然被欺负的对象不是我，但稍有不慎，我就会被牵连进去。仔细一想，其实恶霸同学的群体里也有等级制度。那时候我就明白了，看清楚谁站在这个群体的顶端操控着大家，很重要。

在高中的班里，这个人就是贝塚由里。第一点根据是她的姿容。她长得很精致，体形也非常好，穿着制服显得很漂亮。她的每一个举动都很引人注目，看起来充满了自信。

另一个根据就是她身上的味道。并不是实际能闻到的味道，而是给人的气场和感觉。虽然讲不清具体是种什么味道，但是初中时主导校园暴力事件的那个女生身上也有同样的味道。

拥有这种嗅觉能力的不只我一个人。只要是女孩，多多少少都有这种能力吧。很多女孩都想和由里成为朋友，不管是有意识的，还是无意识的，或许都是这种味道在作祟。虽然男人可能察觉不到。

和由里成为朋友，果然和我想的一样。虽说没到欺负别人的地步，但固执己见、为自己的利益绝不相让这种事随时会发生。像出现和她敌对的群体、背后说人坏话这种事经常有。只要站在由里这边，最终绝对会是胜利的一方。虽然常常被人说木村万智子是贝塚由里的小跟班、跟屁虫什么的，我却全然不在意。没有由里那样的美貌，也没有什么过人之处，我这样的人想要在学校过上顺心如意的生活，依靠有能力的人是最轻松的办法了。

实际上很要强？我吗？哈哈，怎么可能。有谁说过这种话吗？怀孕的朋友？啊，那件事啊。她怎么了吗？

我拿了钱？别开玩笑了。说五万块太少的确实是我，但把那个大学生叫出来，说要榨取更多钱的是由里。实际上都是她去交涉的，我只是在一旁默默地听着。听由里隐晦地威胁那个大学生，说自己认识黑社会的混混，我当时佩服得不得了，太厉害了。

车？让他把车卖了，这种事我怎么可能说得出口？我只是跟怀孕的朋友说，他不是有车吗？所以应该会有钱吧。由里听到了，才说"那你把车卖了赔钱吧"。

十万日元手续费？这又是怎么一回事？我完全没印象。总之，关于那件事……对，就连那件事也是由里主导的。不管什么事，我都只是个小跟班。

高中毕业后，我和由里继续保持着联系。得知她要去东京我很高兴。因为我时不时也想去东京玩，在东京有熟人心里还是有底气些。由里进那一行的时候，我并没有觉得惊讶，不如说我觉得那种工作还挺适合她的。听她跟我说店里的故事很有意思。有时还会有名人去店里。她在跟我说这些的时候挺自豪的。

是的，我是六年前来东京的，因为丈夫的工作调动。虽然是时隔很久才见到由里，但听她说在六本木自己开了一家店时，我还是很惊讶。仔细一打听，才知道是有男人资助她，替她出钱开了店。现在那个男人想要分手，所以正在考虑要找他拿多少分手费。由里总跟我说这些，我听完觉得她还真是一点儿都没变。比起吃惊，更多的还是佩服。

嗯，是的。她来我家是两年前，我家买了公寓的三个月后吧。说是为我们庆祝乔迁之喜，带了观赏盆栽过来。但说实话，我觉得她是在给我添麻烦。那种东西，真是不知道放哪儿才好，但我还是说了谢谢。现在回头想想，那次是我马虎了。什么马虎了？让由里见到了我丈夫啊。我完全忘了她就是喜欢抢别人东西的性格。没想到这次会是我丈夫……我到现在都不敢相信真相如此。

开始怀疑丈夫出轨，是去年秋天。我丈夫一个同事的太太，我们很熟，我从她那儿听到了些让我怀疑的事情。她问我"曾野先生每周一基本都会准时下班，是不是家里有什么事情"，我觉得很奇怪，因为我丈夫周一从来没有早回家过。

在那之后，我开始更仔细地观察丈夫的一举一动，才发现确实有很多可疑的地方。比如偶尔回家后格外亲热，话也比平时多，但那天绝对是周一。另外，丈夫在问我最近有什么安排的时候，也特别注意我周一的行动安排。还有，他周一的时候会比平常更注意打扮。对于丈夫的出轨，我从怀疑变成了确信。

想要找到证据，检查手机是最快的办法。当然，手机是上了锁的，但丈夫设置了指纹解锁。一天晚上，趁丈夫睡熟之后，我拿他的手指解锁了手机，检查里面的信息。我完全没有罪恶感。他做出令我怀疑的事情才应该有罪恶感。况且，手机上锁这种事本身就很奇怪。但是短信也好，邮箱也好，都没有发现出轨的证据，只是有时丈夫会给一个名为 Y 的联系人发一些很怪异的信息。不是文章，是一串只有四位的数字。用日历查了一下发件日期，我吓了一跳。每条都是周一，而且时间都是下午五点半左右。

Y是谁？我在联系人名单里查了查，但显示的信件地址和电话号码都是我不认识的。这些奇妙的四位数字又是什么？我好奇得寝食难安，于是在某个周一下午五点左右，我去了丈夫的公司，计划跟踪他，看他到底干了什么。

刚过五点不久，丈夫就从公司大门出来了。我隔着一段距离，一直跟着。心想要是他坐出租车走就糟糕了，幸好，他只是朝地铁站的方向走去。

丈夫坐的是和回家方向完全相反的地铁。我一边想着他究竟打算去哪儿，一边远远地望着他的侧脸。他好像没注意到自己被跟踪了。

不久，丈夫在一个应该和他没有任何关系的站下车了，我自然也追着他的背影跟了上去。然后，我知道了他要去的地方——东京柯尔特西亚大饭店。

我远远地看着自己的丈夫在前台办理了入住，终于理解了那些四位数字的含义，是饭店的房间号。他应该是先办理入住，用信息告诉那个女人房间号，然后她再来房间。

从那天起，我都不知道怎么形容我内心的苦闷，整天什么事也不想干，感觉快神经衰弱了。但我也从没想过质问我丈夫，因为我一点儿也不想离婚。这把年纪离了婚，连自己生活下去都成困难。就算得到抚慰金，也不够吃几年。而且儿子还这么小，无法依靠。所以如果不想离婚，夫妻之间就不要起什么波澜。如果家里气氛不好，男人会更想逃走。装作什么都不知道的样子，做一个看似愚钝的妻子，让他今后也继续养着我和儿子，就是对我来说最有意义的对丈夫的惩罚。

虽然很在意他出轨的对象是谁，但这并不是最重要的事。重要的是如何不把事情闹大也能让丈夫停止出轨。不管我怎么想都没想到好的办法。正是那个时候，我知道英太偷拍了那种照片。……对，就是之前提到的偷拍的照片。

我很吃惊。有段日子，他几乎都不怎么开口说话，一从学校回来就把自己关在房间里。我当时还觉得，真不知道这个年纪的男孩子脑袋里究竟在想些什么，但我万万没想到他会沉迷到那种事中。知道丈夫出轨已经够惨了，这下感觉连儿子也背叛了自己，真是想死的心都有了。

正当我感叹的时候，英太开始给自己找些奇怪的借口。说是偷窥的房间里有个女人一动不动，说不定已经死了，是不是报警比较好。就算事情真是这样，儿子偷拍这种事情，也绝对不能让别人知道啊。我让英太找找有没有隐藏身份报警的办法，结果找到了匿名举报热线。不久就听到了杀人案的消息。我多少也有些兴趣，于是和儿子一起调查了很多，然后找到了一个叫"森泽医院"的网页。

我想我们可能发现了一件不得了的事情。如果这个叫森泽光留的人真是杀人犯的话，那儿子就立了大功了，我却开始往完全不同的方向想。匿名报警很简单，但这样做我们得不到任何好处。这么重要的信息，是不是会有其他更有意义的用途呢？

那个时候，我脑海里突然浮现出由里的脸。她怎么样？像她那么狡猾的人，绝对不会轻轻松松报警了事。我想，她会把这个信息高价卖给想买的人，而那个人，必定是森泽光留本人。于是我决定找她商量一下。我确信，由里听到这件事情，一定会咬住不放的。这种交易，我做不来，却正是她的拿手好戏。

我联系上由里，我们时隔很久又再次见面了。随意聊了几句后，我便进入了正题。我一边给她看英太拍的照片和森泽医院的网页，一边跟她解释事情的经过。由里听完，脸上的表情发生了变化，问我打算怎么办。我反问她，如果是由里的话，会怎么做？她眼睛一下子睁大了，瞳孔里放着光。然后，她说出了我预料中的答案——

找到森泽光留本人，向其索要封口费。真的没问题吗？当我表达出不安时，由里点头说："没问题，交给我的话，绝对没问题。"

之后，我们便开始商量对策。不对，这么说不是很准确。确切地说，是由里制订策略，我在一旁洗耳恭听。提出不要用邮件或信件，而是直接打电话的也是由里。说她大胆也好、有魄力也好，反正在这一点上，我再次甘拜下风。

当她提出"假面之夜"这个计划时，我真是对她狡猾到可怕的聪明头脑瞠目结舌。在不让对方知道我们是谁的前提下拿到现金，这种事情有可能办到吗？虽然我有些怀疑，但利用"假面之夜"这个舞会的精心设计，仿佛又觉得有些可能。听着听着，我开始注意到一些事情。舞会的地点，正是那个东京柯尔特西亚大饭店。我想这一定是偶然，但这个饭店一直在我脑海里挥之不去。于是一天晚上，我给英太看了之前那个 Y 的电话号码，让他开着免提打过去，问对方是不是山本。儿子虽然一副不清楚状况的样子，但还是照做了。电话接通了，对方回答了一句"不是的"。

"不是的"，虽然只有短短三个字，但已经足够了。那是由里的声音。我呆住了。被丈夫和好朋友双重背叛，这种不甘简直让我头晕目眩。想起几个小时前刚刚见到的由里的样子，我气得身体都在发抖。她神采奕奕地说着自己是如何经常住那个饭店，那里举办的新年倒计时晚会是如何适合这次的计划。现在想起来，她就是在跟自己私通的男人的妻子炫耀他们出轨的地点。想想她当时的表情，我更加确信她对我没有一丝罪恶感。倒不如说她还挺享受这件事情。将愚蠢的妻子叫到他们私通的地方，一起做坏事，她心里简直乐开了花。这种心理的背后，当然还有对我的藐视。所以当我说出自己的担心，不知道计划能不能顺利成功时，她才会回答我："没事，你就像平时一样，照我的意思行事就好了。"

回想起听到这句话的瞬间，我对她的憎恨之心更加膨胀了。由里才不是什么朋友，在她眼里，我只是个她用起来顺手的工具而已。我后悔了。假设这个计划成功，我们顺利拿到了一大笔钱，即便这样，因为是共犯，我这辈子都和由里撇不清关系了。哪怕去找她兴师问罪和我丈夫的关系，对她来说也是不痛不痒吧。她甚至可能会说："要是你想把自己老公外遇的事搞得人尽皆知，那请便。"万一做得不好，反倒可能被她威胁，因为她知道我丈夫出轨、儿子偷拍，现在手里又有了我想要恐吓别人的把柄。

由里并没有在意我的这些情绪，仔细地进行着计划。她告诉了森泽光留在"假面之夜"进行交易的方案，森泽也接受了。

我很害怕，但事已至此也回不了头了。更何况，让掌握主动权的由里停止计划更是不可能。给我灵感的不是别人，正是由里。她说不管发生什么，一定不能让森泽知道我们的真实身份，否则我们可能会招来杀身之祸。我吓得说不出话来，这样说来确实如此。

我下定决心给森泽打了个电话。因为隐藏了手机号码，森泽以为还是由里打过去的。我向他说明了我是这次交易的同伙，告诉他这次交易其实是个陷阱，主谋的那个女人算计着在拿到钱的时候就通知警察，然后逮捕他。

森泽觉得很疑惑，可能是因为不知道我这样做有何目的吧。他问我为什么要告诉他这些，我这样做又是想得到什么。我回答："我想要你杀了那个主谋。如果你能够替我杀了她，我就把她的真实身份告诉你。钱我一分也不要，之前那些照片我也会销毁，之后也绝不会再联系你。"

森泽说给他一天时间考虑。于是那天我们先挂了电话，第二天的同一时间再次联系。森泽让我给出我想杀的人就是这次威胁他的主谋的证据，说是怕我利用他杀了一个毫无关系的人，结果再把他给举报了。无论我怎么解释我没撒谎，那个人绝对就是主谋，他都不相信。我一时间束手无策，不知道怎么做才好。

令人意外的是，反倒是森泽给我提了建议。听完他的提议，我惊呆了。他的建议正好是由里提出来的"假面之夜"计划的计中计，原本的计划是森泽将装好现金的包藏好，让由里去取包并确认现金。而森泽的提议是，在那里埋伏好，等由里到达时将其杀害。

森泽开始说更详细的计划。他表达流畅，说的内容也井井有条，绝不是随便一想。在计划的周到、缜密度方面，由里远不是他的对手。听着听着，我更加坚信在这场博弈中，赢的一方会是他。我想，把事情交给他应该是没问题的。

之后我们也沟通过很多次。十二月三十号在饭店入住后，我们也偷偷地联系过，森泽好像也来到了饭店，但我并没有见到他。

三十一号，由里入住了。晚餐时，我们假装在餐厅偶遇。由里倒是一副堂堂正正的样子，但我丈夫的表现明显很不自然。这也难怪，和家人在一起的时候自己的情妇出现了，这种场合还怎么待得下去。所以，当我告诉我丈夫公寓管理公司打来电话时，他虽然装出一副无奈的样子，但还是赶紧慌慌张张地离开了饭店。

是的，说有电话打来是假的，我只是找个幌子把我丈夫从饭店支开。因为一旦案发，警方可能会要求在饭店的所有人都留下来，为了不让他受到牵连而被怀疑，我才这么做的。

晚上十一点，我和由里到了"假面之夜"的晚会会场。我穿着自己买的衣服，戴着从饭店租的面具。由里戴着小丑的面具。她就要这副样子被杀了，真是活该。

48

新田和本宫一起去审讯室的时候，内山干夫正低着头，后背弯成了弧形。抬头看到新田他们后，他赶紧点头鞠躬，然后再次把头垂了下去。

"没必要怕成这样子吧，"本宫苦笑着拖开椅子，"又不会把你吃了。"

"不……不是，那个……"内山的声音小到几乎听不见，他清了清嗓子继续说道，"太给你们添麻烦了。"

"确实，你要是早点儿跟我们说实话，事情就不会这样了，我们也不用吃那么多苦头。"本宫用夸张的声音说完，一屁股坐到椅子上。

"对不起。"内山缩了缩脖子。

新田在旁边的桌子前坐下，将手里抱着的笔记本电脑放在桌子上。因为太想亲耳听到内山的供述，于是他申请了做审讯记录员。

"你本来的姓是内山，"本宫一边看着手上的资料一边说，"名字就是干夫，对吧？"

"我之前也说过了，浦边是按照凶手指示起的假名，因为他用那个名字给我预订了饭店。"

"嗯，明白。那现在可不可以先告诉我们你和和泉春菜的事情？

比如,是在哪里认识的?"

"啊,好的。在哪里……我们是在公园认识的。"

"公园?哪里的公园?"

"名字有些想不起来了,就是我家附近的公园。"

浦边干夫——本名内山干夫语无伦次地说着,内容大致如下:

内山在家附近办了一个升学辅导班,每天午休时都会带着宠物狗出去散步。宠物狗是一只迷你腊肠犬,年过十岁但仍旧很精神。

散步途中会经过一个公园。公园很小,任何时候去都没什么人。在那里,内山会一边坐在长椅上休息,一边喂爱犬吃宠物面包。有时遇到公园施工,平时坐的长椅用不了了,内山就会去找别的长椅。

在一处秋千旁,有两把并排的长椅,其中一把空着,内山便坐了下来。另一把长椅上坐着一个中性打扮的年轻女人。内山虽然经常会在公园见到这个女人,但从来没有和她说过话。那天也是,两人没有说话,直到内山带着爱犬离去。

几天后,施工结束了,但内山仍一直去秋千旁的那个长椅。说没有什么用意是假话,因为他有些在意坐在旁边长椅上的那个女人。尽管经常见面,但两人甚至连招呼都没打过,因为内山感觉到那个女人散发出一种气场,一种拒绝内山和她搭话的气场。

一次偶然,内山手上的牵引绳从爱犬的颈环上脱落,小狗跑到那个女人脚边撒起娇来。内山一下子慌了,但那个女人的反应却令人意外。她完全没表现出慌乱的样子,反而一把抱起小狗,抚摸着小狗的脑袋,然后才开始触碰小狗的身体。这种手法是习惯了和动物相处的专业人士才会的。

内山赶紧道歉,想要把小狗领回来。她一边把狗还给内山,一边说了句令人意想不到的话:"它后脚关节好像有些异常,去宠物医院检查一下可能比较好。"

"只是摸一摸就能知道吗?"内山询问道。

"之前看它走路的姿势,我就注意到了。"她回答。听到她说自己是宠物美容师,内山觉得一定没错。

赶紧带着爱犬去了宠物医院,果然如她所说,关节处发现了异常。据说是生下来就有的毛病。虽然不用立马动手术,但定期检查很有必要。

再次见到她的时候,内山向她道谢。她回答说,情况不是很严重就好。

以此为契机,他们每次见面都会说话。她还告诉内山自己叫和泉春菜,以及她的电话号码。在开始说话后的第二周,两人一起去了能够带宠物入内的咖啡厅。再一周后,两人一起去吃了饭。他们聊了许多,话题从一些社会事件转移到了两人身上。听春菜讲工作上的事情,内山觉得很开心。两人认识两个月后,内山试着邀请她去情人旅店,想着如果被拒绝大不了就不再见面。但春菜同意了。

从那以后,两人以每周一次的频率保持着这种关系,但内山总觉得她身上有什么秘密,她对自己隐瞒了什么重要的事情。其中一个根据就是电话。春菜的电话经常打不通,应该是手机关机了。问她为什么要关机,她总是含含糊糊地回答不上来。再就是,无论内山怎么问她,她都不肯把自己家的地址告诉内山。

内山开始怀疑,难不成她还有别的男人?

正当内山郁郁寡欢的时候,令人震惊的事情发生了。警方发现了春菜的遗体,而且好像还是被人杀害的。

早在几天前,内山就觉得奇怪了。他在公园里再也没有见到过春菜,电话也打不通。因为担心,他还跑到她工作的地方偷看。

知道案发,内山惊呆了,整个人情绪黯淡。凶手好像还没抓到,到底是谁杀了春菜呢?

内山开始烦恼自己该不该去警察局，因为他是有家室的人了。那样做的话，不仅家人会知道自己出轨，被社会曝光就更糟糕了。自己经营的是专门指导学生升入私立名门中学的升学补习班，如此一来，自己的声誉无疑会大打折扣。况且，就算去警局交代了情况，也对案件调查没什么帮助吧，内山心想。就这样，内山心里没有一点儿头绪。虽然对春菜去世感到悲痛，但内山还是选择了不站出来，只是默默地祈祷案件能够早日解决。

这时又发生了一件令人意想不到的事情。内山收到了一条消息，发件人不是别人，正是春菜。春菜已经不可能亲自发消息了，那只能是有人拿春菜的手机发的。

消息的内容让内山身体一颤：如果不想让你和和泉春菜的关系被公之于众，就按指示行事——

"在这个时候，你报警就好了啊。"本宫叹了口气，"一来是可以了解凶手的手段，二来还能早些布置陷阱。"

"真是不好意思。"内山把身体缩得更小了。

"那个指示，就是让你住到东京柯尔特西亚大饭店来，对吧？"

"是的……"

"这样。"本宫斜坐在椅子上，双手抱住后脑勺，"你还真是被耍得团团转。"

"因为被对方掌握了自己的秘密，一时间就混乱了……真是……我真是太蠢了。"

"你跟你太太解释了吗？"

"没，还没说。连今天来这里都没告诉她。"

"这样啊，算了，我们这边也没想通知你太太。"

"真是太感激了。"内山微微点了点头，"那个……"他来回看着本宫和新田，"春菜究竟为什么被杀？凶手是春菜原本的恋人吗？知道春菜和我的事情后一气之下把春菜杀了吗？"

本宫扫了一眼新田，然后看着内山："这个现在还不清楚，因为嫌疑人一直沉默。"

"是吗……"

看着内山再次把身子埋下去，新田开口："内山先生，最近可能要拜托你做一次DNA检测，到时候能请你配合一下吗？"

"DNA检测？"

"和泉女士……和泉春菜女士当时已经怀孕了。"

内山眼睛突然睁大。

本宫在一旁皱起眉头，发出不耐烦的咂舌声，新田还是继续说了下去："我们在和泉女士房间里发现了验孕棒，清楚地显示着阳性。我们咨询了很多已经有孩子的女性，认为把显示阳性的验孕棒留下来而不是扔掉，理由只有一个，就是她很高兴怀了这个孩子。作为参考，我们告诉你，现在已经确认这个孩子不是嫌疑人的。"

内山说不出话，只是弓着身子大口大口地呼吸，每呼吸一次连肩膀都在耸动。

49

被叫去总经理办公室时，尚美总是会心跳加速。跟小时候被叫去老师办公室一样，心怦怦跳。虽然自己没做什么，但还是觉得要被骂了。尚美深吸一口气，敲了敲门。

"请进。"房间里传来藤木的声音。

打开门，尚美说了声"打扰了"，低着头走进房间。

藤木戴着老花镜，坐在黑檀木桌前。"身体感觉好些了吗？"藤木摘下眼镜，站起身来。

"没问题了，已经好好休息过了。"

"那就好。"藤木朝尚美招了招手，走到沙发前，尚美也跟了过去。"继上次的事情后，这次你又遇到了危险。"两人面对面在沙发上落座后，藤木开口道。

"这次……这次，也很害怕。"

这是实话实说。如果那时新田没有来，后果会怎样，尚美光是想想都会身体发抖。其实，这几天尚美晚上也没怎么睡着过。

"警察那边的审讯都结束了吗？"

"是的，新田警官尽量没给我太大的负担。"

"是吗？"

这时,传来一阵敲门声。藤木应了句"请进",接着看向尚美:"其实这次把你叫过来,是想让你见一个人。"

门打开,有人走了进来。尚美看到那张脸,一时间哑口无言。

是日下部笃哉。他穿着笔挺的西装,领带也系得一丝不苟,脸上带着微笑。

为什么这个人会出现在这里?尚美没有丝毫头绪,也发不出任何声音,只能呆呆地看着。

跨年晚会后,尚美再没见过日下部,因为她被警方保护了起来。日下部也没联系过她。尚美以为他和之前计划的一样,元旦一早就飞往美国了。

藤木偷笑道:"很惊讶对吧?也是。"

日下部走近尚美,从内侧口袋掏出一张名片。

尚美慌慌张张地站起来接过名片,看见上面印着的文字后,惊讶得合不上嘴。

柯尔特西亚大饭店 北美支部 人事第二部长
香坂太一

"原来……原来您是柯尔特西亚……的人。"

"没错。日下部笃哉是我叔叔的名字。骗了你,真是抱歉。"姓香坂的男人郑重地低头致歉。

还有些发蒙的尚美一时间不知道回答什么。

"总之,先坐下吧。"藤木开口道,"正好我这边也有些话要说。"

见香坂在藤木身旁入座后,尚美也坐了下来。

"我之前跟你说过柯尔特西亚洛杉矶分部的事吧。我说过想推荐你。"藤木说,"这位香坂先生,就是被委任挑选洛杉矶分部日本员工的人事部长。"

哎？！尚美又惊讶地看了看香坂，对方露出洁白的牙齿："嗯，就是这样。"

"那为什么……这样的话，之前的求婚啊，玫瑰之路什么的，还有之后……"

"真是抱歉，"香坂再次低下头，"那是我挑选人的考验。"

"考验……"

"我把你介绍给香坂，香坂说真有这么优秀的女性的话，可否测验一下。我们这边也不好拒绝，只好说随便测验。于是他就用那种形式和你接触了。"

听了藤木的话，尚美终于理解了事情的来龙去脉。她再次看向香坂："那些，全部都是假的吗？"

"是的，实在抱歉，请原谅。"

"那狩野妙子女士也是……"

"是的。"香坂回答，"她其实是我的助理。学生时代演过舞台剧，所以很擅长演戏。"

"有人在汐留的咖啡厅见到您和她一起了。"

"跨年夜的前一天对吧？是吗，竟然被人看到了。因为她住在汐留的饭店。"

这样一说，尚美才意识到汐留有柯尔特西亚旗下的商务饭店。大木也说，是因公去汐留的员工看到的。

尚美眨了眨眼睛，看了看一直忍着笑的藤木，又看了看香坂："完全被你们骗了。"

"你一定在想这真是个麻烦的客人吧。"

"倒不是说麻烦……是觉得这个要求有些困难。"

"这样说可能有些夸张，但是作为礼宾人员，配合客人求婚这种事情，是理应遇到的。男性想要单方面表明自己的心意，满足他就好了。可比起求婚的一方，被求婚的一方更难应付。如果答案是拒绝，就更棘手了。如何在不让对方受伤、尊重对方的前提下拒绝，这正是考验礼宾人员能力的时候。在这一点上……"香坂挺直身子，盯着尚美继续说，"你的表现非常精彩。那个豌豆花真是出人意料，连狩野都惊呆了。"

看来狩野妙子是真名。

"谢谢夸奖。"尚美道谢。对于尚美来说，所做的一切只是拼命想要满足客人的愿望，因此她心情有些复杂。

"然后呢，因为你的应对实在是太精彩了，我觉得还没看够，于是想再给你加一场测验。"

听完香坂的话，尚美一下子直起身子："你是说仲根绿……"

"正是。在休息室看到她的一瞬间，我脑子里突然闪过一个灵感：对连名字都不知道的女性一见钟情，想要两个人单独吃一顿饭。如果对你提出这个要求，不知道你会如何应对，我特别想看看。"

"那件事我真是服了。"尚美忍不住说出了心声。

"是吧？但你还是没有放弃，向我提出了'长腿叔叔作战计划'的方案。不愧是你。在那个时候，即使'作战'以失败告终，我想你的表现也是合格的。"

"谢谢。没想到事情竟然……"

"嗯，是的。'她'竟然是个男人，而且还是个杀人犯。我知道这件事的时候，简直像新年做的一场噩梦。"香坂后怕地摇了摇头。

"香坂先生，您好像和凶手单独吃了饭吧？"藤木说，"没有感觉到任何不对劲吗？"

听到这个问题，香坂的眉头挤在了一起："说起来都觉得丢人。我什么都没感觉到，还想着能和这么优秀的女人一起用餐真是幸运。

老实说，我现在觉得很丧气，怀疑自己是不是没有看人的能力。"

"您这样说的话，那我也是。"尚美紧接着说道，"我在警察局也被问了无数遍'你真的没有注意到吗'。新田警官说，凶手现在是素颜的样子，化了妆之后是什么样，很多警察都不知道。"

"所以应该让他再化个妆。啊，说起来，警察就要问到我这儿来了吧，真是头疼。"香坂垂下头。

"香坂先生，还不说重要的事吗？"藤木苦笑着说道。

"啊，是的。"香坂抬起头，看着尚美，"总之，很感谢你。就像刚才说的，山岸小姐，你合格了。希望你能成为我们的一员，来洛杉矶柯尔特西亚大饭店工作。你能考虑考虑吗？"

对于香坂充满热情的邀请，尚美有些动摇。因为刚刚经历过的那件事带来的冲击还留在心里，她没有时间去想别的事情，但听到自己被需要，还是感觉很幸福。

洛杉矶啊……不知为何，尚美脑海里浮现出新田的脸。

50

"哎？！"打开酒水单，能势不禁发出一声惊呼，"咖啡一千日元？这里到底放了什么啊。"

"也就是普通的咖啡。"新田回答他，"只是可以免费续杯。见你杯子空了，你不用叫服务员，他也会主动帮你把咖啡加满。"

"这简直就是强买强卖嘛。我只喝一杯就够了，只付五百日元可以吗？"

"这个……我下次会跟我们餐饮部部长提议的。"

"请你务必提议！这种价格，谁还敢再来啊。"不知能势的口气到底是在开玩笑，还是认真的，他边说边合上了酒水单。

新田伸出左手去拿水杯，顺便看了看手表。离约定好的时间已经过去两分钟了。

两人现在正在东京柯尔特西亚大饭店的茶室，也就是那天日下部笃哉第一次见到仲根绿的地方。当然，今天要等的人，不是他们其中的任何一个。

新田环顾了一圈室内装饰，桌子、沙发选用的都是高档品。服务员也穿着品味不俗的制服，动作干净利落。咖啡一千日元也不是没有道理。

在更往里的座位上，有一个男人，大概三十五岁左右，穿着灰色的毛衣，微微有些发胖。新田坐下后不久就发现，这个人经常偷偷看过来。

入口处站着一个女人，穿着藏青色连衣裙，手臂上搭着一件驼色大衣。脸小小的，眼部轮廓分明，给人留下深刻的印象。应该就是这个人，新田立马明白过来。能势好像也发现了，同新田一起从椅子上站起来。

女人看到新田他们后，带着一丝紧张走了过来。桌子上放着一个黑色的纸袋，那是他们的暗号。

等女人走到桌旁，新田开口问："是笠木女士吧？"在得到肯定的回答后，他递上了自己的名片："我姓新田。这次突然把你叫过来，真是不好意思。"

新田之所以没提自己的警察身份，是为了提防周围有人偷听。接着，能势也递上了名片。新田邀请她在对面的椅子上坐下，没让对方自我介绍，因为已经知道她叫笠木美绪了。

双方隔着桌子面对面坐着，笠木美绪低头看着膝盖，脸上的表情有些许僵硬。对面坐着的是警察，难免会这样。

服务员走过来，在她面前放了一杯水。

"想喝点儿什么，随便点。"新田把酒水单递到笠木美绪面前，"我推荐鲜榨橙汁。"

"那……就点那个。"她小声说道。

新田叫来服务员点了两杯咖啡、一杯橙汁后，再次转向笠木美绪。她还是低着头。

"今天，是一个人来的吗？"

听新田发问，笠木美绪的身体微微动了动，然后弱弱地回答："是的。"

"是吗？"越过笠木的肩膀，新田把视线投向更往里的座位，那个穿灰色毛衣的男人也正好在看新田。意识到对视后，对方赶紧慌慌张张地扭开头。

新田把目光放回笠木身上："在电话里也提到了，森泽光留已经被逮捕。这是一起相当大的案子，新闻里也吵得沸沸扬扬，想必你也知道了。"

"是的……我……太惊讶了。"

"我们在森泽的手机里发现了你的名字，上面留着你们两年前联系的记录。想必对森泽来说，你是一个很特别的人，所以我们才找到你。"

笠木美绪稍稍抬起了头："全部吗……"

新田歪着头问："什么全部？"

"记录……全都留着吗？那个手机里。"

"啊。"新田点了点头，"是不是全部我们也不清楚，森泽可能删掉过一些。我们开门见山地说，已有的记录足够让人认定他和你的关系，是婚外情。"

笠木美绪好看的眉毛挤了挤，表情里流露出厌恶和害怕。

"森泽到现在还是什么都不肯说。"新田再次打开话题，"对于犯罪内容，我们大致有了把握。证据也确凿，没有什么辩解的余地。只要被起诉，一定会判有罪。但我们不理解的，是他的作案动机。见到他本人后，隐隐感觉到他有着某种极端特殊的个性以及价值观，但依旧无法想象究竟是哪一种感情会使他犯下那样的罪行。既然无法从他口中听到答案，我们只能询问有关的被害人，以此来推断。话虽如此，但两位被害人室濑亚实与和泉春菜已经不在人世，和她们有着相同的经历，却万幸没有成为被害人的你，是唯一能够告诉我们真相的人了。"

笠木美绪的睫毛微微动了动:"都是一些我不愿意回忆起来的事情……"

"我们非常理解,"新田低下头,"但是为了揭露森泽内心的黑暗,我们需要你的帮助,请务必协助我们!"

坐在一旁的能势也深深地低下了头。

"请慢用。"头上方传来一个女声,新田抬起头,默默地看着服务员把三人的饮品摆到桌上。

服务员转身走后,笠木美绪从包装中拿出吸管,喝了一大口橙汁,紧张的表情终于缓和了一些:"真的很好喝……"

"是吧。"新田笑着应和道,喝了一小口没有加糖也没有加牛奶的黑咖啡。

笠木美绪将两手搭在膝盖上,瞥了一眼新田,又低下了头:"我应该从哪儿开始说呢?"

"从你方便的地方开始就可以。"

笠木美绪深吸了几口气,瘦弱的肩膀每次都会跟着起伏。"我……"仿佛在自言自语般,她开始小声说道,"有男性恐惧症。"

新田用眼神与一旁的能势互相示意了一下,因为这里出现了和预想中一样的关键词。新田把目光收回到笠木美绪身上,回应道:"嗯。"

"至于我为什么会变成那样,我不太想说……"

"明白,"新田立马回答道,"不想说我们就不问。那么,从与森泽相识开始讲起,如何?"

笠木美绪看起来安心了些,微微点了点头。"我和他相遇,是在一次演讲上。演讲的主题就是男性恐惧症。参加者全部都是女性,因为限定了只有女性才能参加。"

"但是,森泽也在那里?"

"是的,坐在我旁边的就是他。"

"就算限定了只有女性参加也……"

"在会场入口,"笠木美绪长长吐了口气,接着说道,"只要出示自己的入场券,没有人会确认你是不是真的女性。"

"你是说,"新田插话道,"森泽穿了女装?"

"是的。"笠木美绪点了点头。

"没有什么不自然的地方吗?"

"完全没有。我一点儿都没想过,这可能是个男人。"

这时,笠木美绪第一次直视着新田的眼睛。那眼神仿佛在倾诉,这个善于伪装的人是如何巧妙地把自己骗入歧途的。

"是森泽先找你搭话的吗?"

"是的。"笠木回答道。

"虽然记不太清了,但我记得他是找了些小事跟我搭话的。他说话时很有气质、很温柔,丝毫没有装腔作势的样子。给人的第一印象就是一位优秀的女性,让人感觉到一种其他女人身上没有的神秘气质。"

对方自称牧村绿,演讲结束后,邀请笠木美绪去喝茶。她正好也想和对方再聊会儿,便没有拒绝。

"两个人在一起聊了许多,觉得彼此很聊得来。他……不对,我是说,我还以为他是个女人的时候,他反复跟我说'我可以成为你的力量,帮你治好你的心病'。他的语气很热情,很认真,让人不禁想再次见到他。"

"所以,就开始交往了?"

"是的。"

"森泽是什么时候向你表明自己的真实身份的?"

"第一次来我家的时候。大概认识一个多月之后吧。"

两个人在房间独处的一瞬间,笠木美绪感觉到了前所未有的违和感,或者说是一种味道,一种从牧村绿身上散发出来的味道让笠木觉得焦躁不安。

牧村绿仿佛察觉到了什么,对笠木说了句"今天有件事情要跟你坦白",然后提着包进了浴室。再次见到"她"的时候,笠木美绪几乎要哭出来了,因为对方变成了一个男人。

"他说这是他另外一个样子,在生物学上为男性,在社会上也以男性的外表示人。"

"性别认同障碍?"

笠木摇摇头:"他很不喜欢这个说法。他说自己哪种性别都不是。不是男性,也不是女性,是一种超越两者的存在。他经常这么说。"

"超越?"

"从什么时候开始的?"一直在一旁不说话的能势突然插话,"森泽从什么时候开始有那样的想法的?从懂事起就是了吗?"

笠木美绪偏了偏脑袋,表示这个她也无法得知。"我听说好像是他妹妹给他造成了很大的影响。"

"妹妹?"新田发问。

"他有个双胞胎妹妹,他总是跟我说起。"

新田拿出手机,上面有森泽光留的全部资料。是这个——新田看着家庭成员那一栏,森泽确实有个孪生妹妹。

"他妹妹名叫世罗,对吧?"

"是的。"

"关于他妹妹,森泽都说过些什么?"

"嗯……他说了扮演姐妹的游戏。"

"扮演姐妹的游戏?"

"是的。"

笠木接下来说的内容,大致如下:

用森泽光留的话说,世罗漂亮得像个妖精一样。她和光留关系很好,做什么都要一起,光留去哪儿她都会跟着,寸步不离。

两人十岁的时候,父母离婚,两人跟着母亲。母亲是一名医生,经常没有时间照顾家里,于是两人决定齐心协力支持母亲的工作。

上了中学后,世罗开始偷偷地化妆,变得越来越漂亮。有一次,世罗脑子里冒出个有意思的想法,给光留像女孩一样化了妆。虽然光留嘴上说男孩化妆很奇怪,但世罗坚持要化,说一定会很漂亮。于是,光留便随她了。化完妆后,光留看着镜子中的自己惊呆了。镜子里只有一个美丽的少女。两人一起站在镜子前,看着就像一对姐妹。

自那以后,两人便偷偷玩起扮演姐妹的游戏。光留一直当姐姐,虽然觉得自己在做奇怪的事情,但很开心。

幸运的是,光留并没有迎来明显的变声期,到了高中,身体也没有出现明显的男性特征,于是这个秘密游戏就继续了下来。

光留兄妹十八岁的时候,母亲出意外去世了。之后,两人一边接受经营医院的亲戚的资助,一边考上大学,开始一起在东京生活。

说到这里,笠木美绪的语气突然沉重了起来,仿佛在犹豫应不应该接着说下去。

"怎么了?"新田问道。

"没……扮演姐妹的事情就是这样了。"笠木美绪把桌上的橙汁拖到面前,一口含住吸管。

"那个叫世罗的妹妹——"能势盯着资料,"二十一岁的时候就去世了。关于这个,你听说过什么吗?"

这正好也是新田想问的,他催促道:"嗯,你知道什么吗?"

"……好像是自杀的。"笠木美绪低声说道。

"原因呢?"新田边问边紧紧地盯着笠木。

笠木美绪痛苦地皱了皱眉头，闭上眼睛深深吸了口气，然后睁开眼说道："因为强奸。并没有抓到犯人，只是传言她被强奸了，无法忍受，就……"说完这些，笠木像花光了所有力气一样，捂着嘴埋下了身子，可能是因为这和自己的痛苦经历太像了。

患有男性恐惧症，肯定是有什么原因。其中很多就是强奸等性暴力事件。

"回到之前的话题，"能势开口，"见到男性打扮的森泽时，你感觉怎么样？当时你好像还处在男性恐惧症阶段。"

笠木美绪看起来有些为难，嘴唇微微抽动了一下，好像不知道该如何回答。

"没有发抖……"

"发抖？"新田问道。

"在那之前，只要一和男人独处，我就会不停地颤抖，呼吸变得急促，心跳也会加速……但那个时候，我是平静的。不只那个时候，如果是和他的话，即使同处一个房间也没事。加上听到他妹妹的事情后，我觉得这个人不一样，和别的男人完全不一样。"

"然后你就开始相信他了？"

对于新田这个问题，笠木美绪点了点头："'我想帮你……'他是这么跟我说的，'对于全人类来说，男性的存在可能很有必要。但对于个人幸福来说，是不需要什么男性的。我为你创造一个没有男人的世界，你在那里生活下去就好。'在这之前，从没人跟我说过这样的话，所以我一下子就觉得自己得救了，想着跟着他，或许他什么都愿意为我做。"

"所以，你就真的跟着他了？"

"……那时候，"笠木美绪低下头，"不知道自己怎么了，为什么会相信他到那种地步，为什么会把他当作神一样，我自己都不清楚。

现在回过头来想，只能说很异常。那时候，觉得听从他的话是那么理所当然，从来没有过任何怀疑，他说什么我做什么。"

"具体……比如有哪些事情？"

"他把我的行动管得很细。去哪里、干什么、见谁，都要事先报告，而且必须要得到他的许可。如果擅自决定，就会被骂。话是这么说，但他绝不会使用暴力。他只会哭，然后说'我明明是为了拯救你，你为什么要背叛我'。看他那个样子，我就只会觉得很对不起他。"

这完全就是洗脑，新田心想，笠木美绪被森泽光留控制了。

"他限制你的只有行动吗？"能势问道，"在别的方面，他没有指示你什么吗？比如，服装……什么的。"

笠木美绪的脸一下子变得煞白，然后才慢慢恢复了血色，直到变得有些发红。"是……是的。和他见面的时候，他会命令我穿一些特别的衣服。"

"萝莉风的？"

听新田问道，她轻轻点了点头。

"那个时候，森泽穿什么？"

笠木美绪咽了一下口水："女装。他来我家里的时候，都会换成女装，作为女性和我见面，回去前才会变回男性。有段时间，他让我打扮成玩偶的样子，据说是因为世罗喜欢那样的衣服。"

"原来如此。"新田和能势看了看彼此，再一起转向笠木，"那种关系，你们大概持续了多久？"

"半年左右。"

新田点了点头。这和森泽手机里留下的记录吻合。

"结束这段关系有什么原因吗？"

"有。其实，在那之前我的感觉就有了些变化。"

"什么变化？"

343

"说起来有些不可思议,我开始变得能够和男人说话了,与男人接触时身体也不会再发抖了。"

"也就是说,和森泽以外的男人也能平静地相处了,是吗?"

"不能说完全平静,但是总的来说没什么问题了。那时偶然的一次机会,我认识了一个男人,他邀请我去吃饭。"

"你去了吗?"

笠木美绪摇了摇头:"因为他坚决禁止我和其他男人接触。"

"那你怎么拒绝那个男人的?"

"只是说有事去不了……"

"然后那个男人就接受了?"

"好像没有。之后再见到他的时候,他想知道到底是为什么。我知道他是个好人,所以内心很痛苦。然后就……"

"就把森泽的事情说了出来。"

笠木美绪默默地点了点头。

"那个男人怎么回答你的?"

"他说:'你被控制了。他给你催眠、洗脑,你已经迷失了真正的自己。'我反驳他说才没有,他口气强硬地跟我分析现在的状况是多么奇怪。用他的话说,我是把一个跟踪狂带到了自己家里。听他说完,我开始慢慢觉得他说的是对的,于是就问他,我该怎么办。他说:'现在马上逃走,如果需要帮忙的话,我很乐意。'"

"你是怎么逃走的?"

"我把工作辞了,公寓也退了,行李也都处理掉,就带着一个行李箱离开了那个房子。他帮我准备好了新的住处。把森泽让我拿着的手机扔掉,还把自己的电话号码也解约了。还好住民票[①]上的地

---

① 类似居住证,上面登记了公民的现居住地址。

址是长野县的老家，没有迁移的必要。"

"那之后，森泽还接触过你吗？"

"没有。"

新田相信她说的是实话。这次笠木美绪的联系方式，就是从长野县的老家得知的。而老家的地址，是向解约的手机公司问到的，要是没有警方的调查令，公司也不会透露私人信息。

"你说你把工作辞了，你那时候做的是什么工作？"

"在制作塑料模特的工厂工作。"

"塑料模特？"

"给塑料模特画上脸的工作。"

"啊……"这世界上还真是什么工作都有。可能是因为有男性恐惧症，所以她才不想做要与真人有接触的工作吧。"那你现在在做什么？"

"现在，"笠木美绪抬了抬下巴，"在温室大棚里种草莓。"

"草莓？"

"是的，虽然还在跟他学各种技术……"笠木美绪嘴角看起来缓和了一些。

虽然很想知道塑料模型的画师是怎么认识以种植草莓为生的男人的，但新田觉得这个问题太私人了，便忍住了。

"有结婚的打算吗？"

"我想，快了。"

"是吗，恭喜你们。在考虑结婚会场的时候，还请务必考虑这家饭店。我有朋友在这里，还可以给你介绍。"

"非常感谢。其实，我们没想办得那么隆重。"笠木美绪脸颊微微泛红，这时才完全放松下来。

新田看着能势，用眼神询问'你还有什么要问的吗'，能势微微摇了摇头。

新田挺了挺后背，把脸转向笠木美绪："我们了解了许多，非常感谢你的配合。"

"已经可以了吗？"

"是的。非常感谢。"

看见笠木美绪从椅子上站起来，新田和能势也赶紧起身。坐在茶室深处、身着灰色毛衣的男人也急忙站起来。他看向这边的时候正好又和新田对视，新田向他点了点头，他难为情地抓了抓脑袋，向出口走去。

笠木美绪说了句"失礼了"，便离开了。刚刚那个男人在等笠木美绪。新田和能势就那样站着，目送二人离开。

51

一月十日,森泽光留指名让新田来问话,说如果是他的话倒是可以交代自己的事情。正在外面调查取证的新田赶回警视厅,在审讯室见到了森泽。

森泽的脸还是和取下迈克尔·杰克逊面具时一样,虽然容貌端正,但无疑是个男人,头发也剪得很短。

面对新田,森泽诡异地笑了出来:"你知道《蝴蝶君》吗?"

"如果你说的是电影的话,我看过光碟。"

听完新田的回答,森泽嫌弃地皱了皱鼻子。"那你记得尊龙吧,那家伙就是个男的。没有男人会被那么拙劣的女装骗到,你不这么觉得吗?"

"嗯,觉得。"

"是吧!"森泽满意地点了点头。

《蝴蝶君》是一部剧情片,同名话剧曾荣获托尼奖。讲述的是一个法国大使馆的外交官自认为爱上的是一名京剧名伶,并以为这个女人还为自己生下了一个儿子,而实际上这个女人是一个间谍且是个男人。

"那部电影是根据真实故事改编的。"

"好像是的。"

"迷恋上一个扮女装的男人,那个被骗的外交官到底怎么想的?"

新田没有答话,森泽很高兴似的咧了咧嘴角:"外交官的心情,我也不是不能理解。"

"你指名叫我来,就是想跟我说这些吗?"

"这也是我想说的。因为我觉得和你聊天很有趣。"

传到耳中的是很中性的嗓音,哪怕是从一张男人面孔的森泽口中说出来,也一点儿都不违和,可仲根绿说话的声音也确确实实是这个。当时,新田只觉得那是个女人的声音,不,他根本就从未怀疑过那可能不是女人。

"那个男人审讯完了吗?"森泽问道,"那个用绷带把自己裹得严严实实的木乃伊男。"

"为什么问这个?"

"我要说的,是接着他的话开始的,听完他说的,才更好理解我要说的。怎么样了?"

"暂时问完了。根据他本人的供述,他把自己在万圣节时打扮成木乃伊的照片发到社交网站上,就有人问他最近要不要接一个活儿。说是在跨年夜出席一个跨年晚会,然后按照电话的指示行事,就能免费在一流饭店住一晚。一想着有这种好事,他赶紧答应了。"

"虽然我还有其他几个候选人,但他好像是最可靠的。果然如我所料,他完成得很好。"

"用KINOYOSHIO这个名字预订的也是你吗?"

"是啊,因为我认为犯罪也有要幽默感。不过你不觉得可悲吗?一流饭店的工作人员听到那个名字都没反应过来。"

"或许只是在配合你的幽默呢?"

"要是那样倒还好。好了,下一个。那个男人的审讯怎么样了,内山干夫？"

"也告一段落了。"

听新田说完，森泽的眼里闪过一束邪恶的光芒。"你不觉得那个男人很糟糕吗？作为一名教师，教着一群少男少女，背地里却搞外遇。要是出轨是因为真爱，还能替他说几句好话，可自己外遇的女人被杀了，他害怕被牵连，连站都不敢站出来。"

"和泉春菜跟你说过内山的事情吗？"

"没有。是春菜的手机里留着和那家伙联系的记录。她知道和我在一起的时候如果有电话或者短信，我会盘问她，所以她就用我给她的手机和内山联系，因为见到我的时候，那个手机就可以关机了。"

新田想起内山也说过，给春菜打电话经常打不通。

"你觉得我为什么要利用那个男人？"森泽一脸戏谑地问道。

"因为和木乃伊男比起来，他的角色更加重要？"

"有这个原因，"森泽点点头，"要是给我弄砸了可就不好办了。可不仅仅是这个原因。"

"还有对内山的惩罚。"

"这是一个很重要的原因。就像我刚刚说的，他真是个卑劣的男人。有必要给他些惩罚。不过，还有其他更重要的原因。"

"是什么？"

"你不知道吗？想你也不知道。把你叫过来，就是想告诉你这个。啊，还真是有趣。"

看着森泽那张嗜虐成性的脸，新田恨不得上前揍他一顿。但一是当然不允许这么做，二是当嫌疑人一直在说话的时候，不打断是审讯官的原则。新田极力控制着自己的情绪不表现出来，等森泽继续说下去。

"在说这个之前，先把时间往回倒一点儿。"森泽伸出右手食指画了个圈,"回到我从饭店退房的时候。说起来,你应该听到仲根绿跟你道谢的留言了吧?"

"听到了。"

"那个留言有一半是真心的,我是说对山岸小姐。多亏了她和你,我度过了一段非常快乐的时光。但另外一半就是嘲讽了。"

新田没有做任何回答的打算,默默地听着。

"我从饭店出来回到家后,卸了妆,摘掉假发,然后换上迈克尔·杰克逊的衣服,拎着包又出去了。包里装的是迈克尔·杰克逊面具、饭店员工的工作服和假面。顺便说一下,那套工作服是我在网上买的类似的。与真的工作服有些细节上的不同,但一眼看上去基本一样。在回饭店的出租车上,我戴上了迈克尔·杰克逊面具。结账的时候,司机眼睛都瞪圆了。饭店的门童倒是一脸习以为常。我偷偷钻进饭店正门的玄关,坐电梯上了三层。会场前面真是热闹极了。山岸小姐也在,不一会儿你也来了。"

是那个时候吗?新田回想,那时他根据稻垣的指示,去了被分配的位置。好像那时身边就站着一个戴着迈克尔·杰克逊面具的人,还看到了那个木乃伊男。

"然后,这里又要考考你。我刚才说了,我是回了一趟家再去的饭店。那么,我以仲根绿的身份提前两天就住到饭店来,是为了什么?"

森泽盯着新田,一副在估量新田实力的表情,新田一动不动地和他对视着。

"为了查看警备状况吗?"

"Bingo!"森泽竖起手指,"正是如此。因为我想确认警方到底准备到什么程度了。但这也是一次冒险的赌注。警方一定会调出案发公寓的监控录像。为了顺势扰乱警方视线,还必须用到另一张面孔。仲根绿——本名叫牧村绿的女人的脸。说到这儿,关于牧村绿,你们调查了吗?"

"你入住饭店时用的那张信用卡,我们查过了。"新田回答,"那是十年前发行的正规信用卡,这个名字下还有一个银行账户。你是怎么弄到手的?"

"在网络黑市买的。既然用一张女人的面孔示人,就一定要有个作为女人的身份证明。虽然现在很难弄到了,可是那时候在网上可是什么都买得到。用他人名义办手机号也可以。"

好像正是他说的这样。在这次案件中他使用了两部手机,两个手机号都是用他人的名义注册的。

"我对牧村绿的容貌还是有自信的,绝对不会被人看破。"森泽的言语中透露着自豪,"即便如此,我也不敢保证因为是女人就不会被怀疑。一个女人在年末出来住高级饭店,在警方看来不是更奇怪吗?于是我才想到假装是夫妇两个人来入住,结果发现这样做反而更让人怀疑了。警方一定会趁着清扫的时候检查所有房客的房间和行李,监控设备也一定会拍下人员出入的情况。我没有带别人进房间这件事一下子就暴露了。那怎么办呢?想来想去,反正会被怀疑,那就让你们彻底怀疑吧。于是就编了个故事。"

"牧村绿的悲惨爱情故事。为了缅怀已经死去的恋人,完成两人未完成的心愿,而来到当初约定之地的故事。但想骗过警方,需要很完善的准备。这件事花了我不少精力。最伤脑筋的地方就是找谁当这个死去的恋人。凭空捏造的人物是骗不过警方的。于是我想到了利用亲戚经营的医疗系统,在系统内部,信息数据是共通的。在这些数据里,发现了仲根伸一郎。单身、独居,死亡的时间也刚好。最重要的是,他的生日是新年前一天,这一点让我非常满意。于是,一个爱情故事就这么诞生了。"

森泽兴致勃勃地讲述着这些事，仿佛是一个拍了代表作的电影导演，在制片花絮中公开拍摄过程中的秘闻。

"准备妥当后，我就来到饭店，然后放出第一箭，就是以仲根绿这个名字入住。明知会要求出示信用卡，可我还是选择用假名。住进房间后，我通过客房服务点了香槟，顺便第二天早上的早餐也要了双人份。如果查监控录像，应该立马就能发现这个奇怪的女人并没有带男人进过房间——"森泽盯着新田的脸，"那个时候你们发现了吗？"

"没有。注意到你并未和男人一起入住这个疑点，是在清扫客房之后，因为这时出现了很多可疑的地方。"

"明明有香烟和打火机却没有抽完的烟头，明明已经出了小巧的文库本，桌子上却放了一本硬皮书这些？"

"是的。"

森泽脸上的表情舒缓了些："那就好，我还想着这些地方太细小，你们会不会注意不到。"

"之后我们也通过监控录像确认了，除了你以外，没有人进过你的房间。"

"嗯，和我预想的大致一样，但有一点我没料到。点餐时饭店把香槟免费送给我，我还没多想，又给我送一束花说是饭店的礼物时，我就觉得有些奇怪了。让我终于确信自己的想法的，是那次灯光秀。见到你也进了房间，我就知道警方已经开始介入调查了。如果只是个规规矩矩的饭店员工，是不会做那些事的，何况从很早之前我就开始怀疑你是警察了。"

"是吗？"新田惊讶地问道，"为什么会怀疑？"

"这种小事，在前台稍微观察一会儿就能看出来了。你基本上没做过什么接待业务。你在前台的时候，基本上都会有饭店的前台骨干在旁边,尽量不让你干活。因为我已经预料到警方会派人潜入饭店,当时就心想,啊,这个男人一定就是警察了。再就是那个瘦高的行李员也是警察吧。行李员一般是不会参与客房服务的。"

看起来,好像是新田他们先被揭下了伪装的假面。新田觉得很不甘心。

"既然警察都来房间了,那我可得好好展现一番我惊人的演技了。我开始认真对付你们。"

"眼泪,你是怎么做到的?"新田问道。

森泽皱了皱鼻子。"我不仅可以控制我的身体,还可以控制我的心。想要流眼泪的时候,就能让眼泪流出来。"

"是吗,我被你的眼泪骗到了。"新田毫不掩饰地说道。

"是吧。"森泽满足地挺了挺胸脯,"但是需要些过程。所以到了最后,那个小道具,也就是蛋糕的照片就登场了。虽然我不知道你们会不会真的给我做一个一模一样的蛋糕,但拜托你们帮我做是有目的的,但这里又出现了我没料到的事情。不是有个客人想见仲根夫妇吗?我想一定又是警方过来打探了。那正好,就在这个蛋糕模型前,公开我和仲根伸一郎的悲惨爱情故事吧。"

"但是,"森泽摊开双手,"听完山岸小姐带过来的那个男人的话,我整个人都惊呆了。他姓日下部,对吧?还对仲根绿一见钟情。这简直就跟电影《蝴蝶君》一样。如果只有我一个人在,我一定会大笑起来。但是当时不能那么做,所以我认真、郑重地拒绝了。然后他就把山岸小姐叫来,说有些话想问她。我想就趁这个时候把那个悲惨爱情故事讲出来吧。反正都是说,不如让警察也听到,于是就让山岸小姐把你也叫过来了。"

新田没忍住发出"啊"的一声。原来这也是森泽计划中的一环。

"想听你说实话。"森泽说,"你相信了吧?没想到仲根伸一郎和牧村绿可歌可泣的爱情故事,是我编的吧?"

新田一时半会儿不知道该如何回答,结果愣愣地点了点头:"嗯,我没怀疑。"

"是吧,就该这样。"森泽的眼睛变得更加神采奕奕,"一直觉得可疑,一直觉得可疑,但当所有疑问都有了答案的时候,就一点儿都不会再怀疑这个人了。牧村绿退房之后,即便饭店发生杀人案,也没有人会去深入调查她了。为什么?因为她的事情已经很明了了。她与案件没有关系,也就没有调查的必要。"

新田像看外星生物一样看着森泽不停说话的嘴,终于有些理解那些被洗脑的受害人的心情了。森泽把一个个突发奇想条理清晰地讲了出来,而且说话流畅连贯,新田听着听着,甚至觉得自己是个很愚蠢的人。

"你可能会觉得我说话绕了很多弯子,没关系,从这里开始就回到正题了。"森泽继续说道,"打扮成迈克尔·杰克逊回到饭店后,我给内山打了个电话,让他拎着包从房间出来,并且不是让他去晚会会场的三层,而是坐电梯去二层。另一方面,我自己也有要做的事情。那就是确定警方是不是已经在盯着企鹅装扮的内山了。虽然不用说你可能也明白了,内山只是个负责捣乱的角色。但如果警方没有重点标记他的话,他的存在就没有意义了。所以为了让警方注意到他,我下了许多功夫。一是让他用假名字,二是让他收到奇怪的包裹,以及每顿饭都在房间吃。明明是不会去参加晚会的,却戴着假面出去,警方要是在监控录像中看到了,一定会觉得可疑。但最最重要的一点,是我希望警方能够在春菜的公寓或者工作地点周围发现内山。这样一来,他一定会是警方最重点的监视对象,在监控录像里也一定会紧紧盯着他吧。"

"这就是你利用内山作为扰乱视线的工具,而不用花钱雇来的木

354

乃伊男的理由吗？"

"就是这样，看样子你好像终于明白了。"

"你是怎么知道警方是否在监视内山的行动的？"

听到新田这个问题，森泽露出满脸笑容，眼睛里放着光。"这也正是我想说的。你觉得我是怎么做的？"

"不知道。"新田想反正怎么想也想不到，于是干脆地回答。

"你想想当时的情况。三层被那群戴着假面的人挤得热火朝天，其中应该也混进了变装过的警察。另外，二层基本上没有人，但是打扮成企鹅样子的内山在二层下了电梯。那么，警方该怎么行动？单纯依靠监控设备是不行的。于是，只能派就算出现在二层也不会引人注目的警察去查看情况。"森泽说着指了指新田，"我看见你下了楼梯，于是可以确定警方正在严密地监视着内山。所以，确定是否有假扮成饭店员工的警察，以及如果有的话是谁，就是仲根绿肩负的重要任务。"

看着森泽那张骄傲的脸，新田明白了，他就是想炫耀这些才把自己叫过来的。他想表达的是，警方为了查案而扮成饭店员工，反而被自己利用，这些警察真是太蠢了。

"这之后的事情就不需要细说了吧。'迈克尔·杰克逊'换上饭店员工的衣服，去了教堂。打扮成饭店员工，是防止被监控录像拍到。到了教堂后，我开始分别使用两部手机。将交易指示传达给内山，告诉交易方包放在教堂后就挂了电话，然后发信息告诉木乃伊男，说可以去取包了。这之后我立刻听到门外有动静，如果是交易方的人，来得未免太快了些。于是我屏住呼吸躲在暗处，发现有人进来了，就拿电棍将对方击晕了。在把对方的手脚绑起来的时候，我才发现是山岸小姐。没办法，只能连她一起牺牲了。做交易的那个女人是过了一会儿才进来的。"

"呼——"森泽吐出长长的一口气,眼神冷冷地看着新田,"从教堂出来下到三层之后的事情,你都知道了。戴着假面却还是被你认出来,虽然有些讽刺,但我还是钦佩你的眼力。"

"谢谢。"新田稍稍低了低头,"为什么是电击,而不是用别的方法杀人?"

"因为我不想让女人死得难看,而且这样死的时候也不会感到痛苦。但那两个人并不是我的恋人,所以,或许我并不需要考虑这么多。"

"使用计时器,是因为你考虑到会跳闸,对吗?"

"是的。原本应该没有人的教堂突然跳闸,保安们应该会飞快地赶过来。当然,在新年倒计时到零的时候死亡,本身也很精彩。只是我把计时器的时间调错了,我怎么可能犯这样的错误……"森泽说完,靠到塑料椅背上,有气无力地垂下了双手,"我要说的就是这些。之后审讯报告你随便怎么写都行。"

"动机是什么?"

听新田问道,森泽吸了吸鼻子:"你没听那个要和我交易的女人的口供吗?她拜托我的啊,把同伙杀掉。"

"不是这个,是杀掉和泉春菜的动机。或者说,杀掉室濑亚实的动机也行。"新田拿起放在一旁的资料,"十二月三号晚,你被拍到从和泉女士的公寓出来。另外,三年半前的六月十三号,我们也在监控录像中看到你从室濑女士的公寓出来。只是你在饭店时是牧村绿的打扮,化妆和发型都不同,所以我们没有立刻认出来。"

森泽眼珠上翻,面露凶色:"我不想提。"

"为什么?"

"因为是很神圣的内容,不能让无关的人知道。"

新田放下资料,双手交叉抱在胸前,紧紧盯着森泽:"你说审讯报告随便写?那我瞎编一些可以吗?"

森泽狠狠瞪了新田一眼:"怎么编?"

"你刚才说你想哭的时候就能哭出来,难不成,你是一想到妹妹,眼泪就会流出来?"

森泽的表情突然变得僵硬,脸颊微微发红。

新田继续说道:"前几天,我们找笠木美绪小姐问过话了。她是从你手底下逃脱的唯一幸存者。你对她做了些什么,让她做了些什么,我们全都知道了。包括你为什么会开始扮女装。"

"够了!"森泽喊道,"不要再说了!"

"其实,你只是在她们身上寻找妹妹的影子。她因遭男人毒手而亡,所以你尽管身为男性,却开始否定男性。为了保持心理平衡,你依旧化装成女性,可再也无法和以前一样玩扮演姐妹的游戏。于是你开始找妹妹的替身。"

"我说了不要再说了!"森泽狠狠地一掌拍在桌子上,眼睛里布满血丝。

"但是好不容易找到妹妹的替身并且把对方洗脑,那个女人竟然跟别的男人好上了。这在你看来,是绝对不能容忍的背叛。当你发现对方已经不会再回心转意时,扭曲的爱情转化为憎恨——"

"闭嘴!闭嘴!你这种人怎么可能会明白我的心情!我神圣的想法——"

"神圣?你所做的事情,说到底就是杀人。这也叫神圣吗?"

"你再说一遍!"森泽愤愤地站起来。

在旁边负责记录的警察急忙要起身,被新田摆摆手制止了。

"你有什么要反驳的吗?"

"当然有!你非要听,那我就告诉你好了。真相、真正的动机,这次案件的动机!"森泽满是愤怒地嘶吼道。

"不是受交易人委托做的吗?"

森泽瞪大双眼，把脸贴近新田："当然不是。"

"那是怎么回事？"

森泽两手叉腰，抬起下巴用傲视的眼神看着新田："只不过是借机利用和那两个女人的交易罢了。其实我当时早就动摇了。一亿日元也不是拿不出来，而且没什么可惜的。去应付这么廉价的交易，还不如干脆被警察抓了。我正在犹豫的时候，一个自称同伙的女人联系了我，想拜托我杀了主谋的那个女人。我虽然很惊讶，但是却突然很兴奋。知道为什么吗？"

因为实在不知道，新田便沉默地摇了摇头。

"因为我想，复仇的机会到了。"

"复仇？"新田皱起了眉头。

"就是你们，对你们警察的复仇！"森泽用食指直指新田的鼻子，"对杀了世罗的警察的复仇。"

"你妹妹的死应该是自杀，原因也是因为强暴案。"

"没错。我妹妹因为卑鄙的强奸犯坠入了地狱。可是在这个地狱里，继续蹂躏我妹妹的，是你们警察！在审讯的时候，我妹妹遭遇了什么你知道吗？好几个警察，让我妹妹把遇袭时的情景一次又一次地反复陈述，还刨根问底地问她很多细节，更可笑的是，居然还用塑料模特让我妹妹重演一遍当时是如何被侵犯的。可就算这样，我妹妹仍相信警察会替她抓到凶手，无论再怎么痛苦她都忍了，拼命地忍了。可是结果呢？警察到头来也没抓到凶手。你知道那个负责的警察轻浮地笑着跟我妹妹说了什么吗？'小姑娘，你就当被狗咬了，早点儿忘了这件事吧。'——被狗咬了？那明明是一件足以让人精神崩溃的大事！"森泽双手紧紧握成拳头，忍不住不停地发抖，"不久，我妹妹就自杀了。"森泽低声说完，再次狠狠地瞪着新田，"我想早晚有一天，这个仇我一定要报。然后就有了这次的事。这是一个千载难逢的好机会。为了抓捕凶手,警方做好了万全的准备,在这种情况下又发生了杀人案,你觉得如何?警方会失去他们所谓的权威,被世人指责,沦为人们的笑柄。就是这样,没有比这更大快人心的事情了。这样一来,我也对得起在天国的世罗了。所以我就顺着那两个女人的话,答应了她们的交易。一切都是为了世罗!为了复仇!这是我无论如何也要做的事情。为了世罗,就算赌上我这条命,我也要做到。一定要做到给她看!为她报仇……为她雪恨……"

森泽嘶吼着,带着悲怆嘶吼着。渐渐地,他弯下膝盖,直到用两只手抱住脑袋蹲在地上。他仍嘶吼着,无法再说出一句完整的话,只是嘶吼着。

52

出租车的门开了,新田刚要下车,便有人迎过来:"欢迎光临。"新田抬起头,是一张熟悉的、饭店门童笑盈盈的脸。极具特点的长帽和他很搭。

"啊,谢谢。"

从出租车上下来后,新田走向饭店的玻璃大门,一路上仔细环顾着周围。

"怎么了吗?"门童询问道。

"不,没什么。只是想着我都没好好看过这边。你看,我不是一直都在那边嘛。"新田说着指了指玻璃大门的内侧。

"啊,是啊。"门童点点头。

"果然是一流饭店,正门玄关也这么豪华。"

"谢谢,您请慢走。"门童低下头鞠了个躬。

新田穿过大门,走了进去。环顾一圈东京柯尔特西亚大饭店的大堂,明明应该是已经习以为常的景象,他此刻却有一种第一次来的紧张感。

之前见过的行李员也笑着过来打招呼,新田一边点头回应,一边走向前台。

新田在前台看见了氏原的身影。看到新田走近，氏原用热情的笑脸迎了上来，在此之前氏原从没用这样的表情看过新田。"欢迎光临，您要办理入住吗？"

"是的。新田浩介。"

氏原熟练地操作着系统。"让您久等了。新田先生，豪华双人房，从今日起入住一晚，对吗？"

"是的。"

"好的。麻烦您在这边登记一下。"氏原将住宿登记表和圆珠笔放到新田面前。

这种感觉很奇妙。这张表格之前已经看到快吐了，但填写还是第一次，而且这支圆珠笔写起来竟然这么舒服，新田有些惊讶。

"填好了。"

"非常感谢。"氏原接过表格，看着新田，"我听警方那边说了，凶手会发现新田警官您的真实身份，是我的表现太糟糕了，是真的吗？"

"不，与其说氏原先生您的表现不好，不如说是我没做什么前台业务，显得很不自然罢了。"

氏原垂下眼睛，摇了摇头："确实有人会注意到这种事情。非常抱歉，是我考虑不周。"

"不，不，没有。"

"下次我会注意的。"

"不，我想没有下次了。连我都已经受够了。"

氏原好像还想说什么，但听新田这么说，想想也是，便恢复了之前的笑容，继续办理手续。

"新田先生，让您久等了。这是您的房卡。因为正好有空房，所以给您升级了房间。"氏原一边拿出房卡簿，一边说。

"哎？真的吗？太幸运了。"

"是转角套房。"

"哎——"新田一边感叹，一边看了一眼房号，有些惊讶。1701号房，仲根绿住过的那间。

氏原高兴地笑着说："警方许可从今天起这个房间可以正常使用了。新田警官是房间重新启用后的第一位客人。请慢慢享用。"氏原说完，郑重地低下头鞠了个躬。

新田苦笑着离开了前台。

走到礼宾台时，山岸尚美站了起来，低下头："您好，欢迎光临东京柯尔特西亚大饭店。"

"什么时候去洛杉矶工作？"新田问道。

"五月开始。"

"这么算起来，还有三个多月呢。"

尚美一脸认真地摇了摇头："只有三个月了。有很多要准备的东西，时间很仓促。"

"你一定没问题的。"新田轻声说道，"如果有什么不懂的，关于洛杉矶的事我可以给你开一场讲座哦。"

"谢谢，如果有机会的话一定洗耳恭听。"

"那我们制造一个机会吧。今晚，可以一起吃个饭吗？"新田拿出自己的房卡，"没想到给我升级成了转角套房。在房间用餐如何？"

尚美的表情有些为难："晚餐时间，我还没下班呢。"

"所以不行，是吗？"新田盯着她的脸，"谁叫你是礼宾人员呢。"

尚美想了一会儿，抬头看着新田，好像想到了什么好点子。"新田先生，明晚如何？"

"明晚？"

"明天我可以找人换班。"

"这样啊。OK！那就明晚。"新田说着，好像突然想起了什么，然后伸出右手，"还没跟你道谢。感谢你配合我们办案。"

尚美有些意外，一时没反应过来，回过神后她笑着伸出手："应该是我感谢你。救命之恩，永生不忘。"

两人握手，新田觉得尚美的手很软很软。

"到了洛杉矶，继续加油。"

"新田警官也是，注意保重身体。"

松开手，新田转身走了，但没走几步又停下来回过头："明天吃饭的餐厅，就拜托你安排了。嗯，最好是能两个人安静聊天的餐厅。"

"明白了。"尚美一脸自信，"请您好好休息。"

新田轻轻挥了挥手，大步走向电梯间。

图书在版编目（CIP）数据

假面之夜 /（日）东野圭吾著 ; 李倩，黄少安译
. -- 海口 : 南海出版公司，2024.7
ISBN 978-7-5735-0903-1

Ⅰ. ①假… Ⅱ. ①东… ②李… ③黄… Ⅲ. ①长篇小说－日本－现代 Ⅳ. ①I313.45

中国国家版本馆CIP数据核字(2024)第085606号

著作权合同登记号　图字：30-2024-119

MASQUERADE NIGHT by Keigo Higashino
Copyright © 2017 Keigo Higashino
All rights reserved.
First published in Japan in 2017 by SHUEISHA Inc., Tokyo.
This Chinese (in simplified character only) edition published by arrangement with
SHUEISHA Inc., Tokyo
through THE SAKAI AGENCY, INC. and BARDON CHINESE CREATIVE AGENCY LIMITED.

假面之夜
〔日〕东野圭吾 著
李倩　黄少安 译

出　　版	南海出版公司　（0898）66568511
	海口市海秀中路51号星华大厦五楼　邮编 570206
发　　行	新经典发行有限公司
	电话(010)68423599　邮箱 editor@readinglife.com
经　　销	新华书店
责任编辑	倪莎莎
特邀编辑	刘羽悦
营销编辑	张丁文　刘治禹
装帧设计	李照祥
内文制作	王春雪
印　　刷	北京盛通印刷股份有限公司
开　　本	850毫米×1168毫米　1/32
印　　张	11.5
字　　数	278千
版　　次	2024年7月第1版
印　　次	2024年7月第1次印刷
书　　号	ISBN 978-7-5735-0903-1
定　　价	59.00元

版权所有，侵权必究
如有印装质量问题，请发邮件至 zhiliang@readinglife.com